KB082142

삶이
묻고
문학이
답하다

삶이 묻고 문학이 답하다-세계 명작으로 사유하기
김인수 지음

초판 인쇄 2023년 11월 05일
초판 발행 2023년 11월 11일

지은이 김인수
펴낸이 신현운
펴낸곳 연인M&B
기 획 여인화
디자인 이희정
마케팅 박한동
홍 보 정연순
등 록 2000년 3월 7일 제2-3037호
주 소 05056 서울특별시 광진구 자양로 73(자양동 628-25) 동원빌딩 5층 601호
전 화 (02)455-3987 팩스 02)3437-5975
홈주소 www.yeoninmb.co.kr
이메일 yeonin7@hanmail.net

값 17,000원

© 김인수 2023 Printed in Korea

ISBN 978-89-6253-565-5 03810

* 이 도서는 한국출판문화산업진흥원의 '2023년 중소출판사 출판콘텐츠 창작지원사업'의
  일환으로 국민체육진흥기금을 지원받아 제작되었습니다.

세계 명작으로 사유하기

삶이
묻고
문학이
답하다

김인수 지음

세계 명작의 숲길에는
우리 삶의 모든 것들이
담겨 있다!

어떻게 살 것인가에
대한 유용한 대답이
문학이다!

시냇물과 큰 강이
돌고 돌아 펼쳐지는
세계 명작의 바다!

연인M&B

"행복한 가정은 모두 비슷하게 닮았지만, 불행한 가정은 불행한 이유가 각각 다르다."

"아침, 새로운 태양이 잔물결 이는 바다에서 금빛으로 빛났다."

"어느 날 아침 그레고르 잠자는 불안한 잠에서 깨어났을 때, 침대 속에서 한 마리의 커다란 해충으로 변해 있는 자신의 모습을 발견했다."

처음 책장을 펼친 순간 마음을 사로잡던 이런 첫 문장들을 당신은 기억하십니까? 어린 시절 손전등을 켜고 밤새 이불 속에서 읽었던 책, 수업 시간 책상 밑에 숨겨 놓고 선생님 몰래 읽다 들켜서 혼났던 책, 바로 지금의 우리를 만들었고, 여전히 우리의 가슴을 뛰게 하는 책, 그 빛나는 작품들을 우리는 '세계 명작'이라고 부릅니다.

저는 지난 2년간, 국군방송 FM라디오 '세상의 미래를 바꿀 책 읽기

(세미책)' 코너를 통해 매주 한 편씩의 세계 명작을 전하는 시간을 가졌습니다. 청취자님, 독자님들과 함께 빛나는 세계 명작의 숲길을 걷고 또 걸었습니다. 그 속에는 우리 삶의 모든 것들이 담겨 있습니다. 태어나서 죽는 순간까지 늘 매달려 있는 삶의 여러 가지 문제들이 곳곳에 녹아 있습니다. 위대한 작가들이 펼쳐놓은 그곳으로 가면 간절히 원하고 찾아 헤매던 인생의 해답들을 발견할 수 있습니다.

"어떻게 살아갈 것인가?"라는 질문의 답을 구할 때 가장 유용한 도구가 문학입니다. 그중에서도 오랜 시간이 흘러도 변함없는 의미와 가치를 품고 있는 고전입니다. 오랫동안 마음속에 품고 있던 작품들을 다시 하나씩 꺼내어 설레는 마음으로 책장을 펼쳐 보십시오. 이미 알고 있는 작품은 새삼 기억을 떠올리며 다시 음미할 수 있고, 미처 알지 못했던 작품들이라면 설레는 마음으로 대할 수 있습니다. 사실 똑같은 작품을 읽더라도 언제 읽느냐, 어떤 상황에서 읽느냐에 따라 느낌과 받아들이는 부분이 다릅니다. 문학작품을 꼭 어떤 특정한 목적을 가지고 대할 필요는 없지만, 문학의 본질 중 하나가 마음을 위한 깊은 위로라고 볼 때 바쁘고 힘든 중에도 틈틈이 만나는 것이 더욱 필요합니다. 특히, 갈수록 인간의 정체성이 위협받는 첨단 기술 문명의 시대를 살아가는 지금이야말로 문학이 더 필요하고, 세계 명작이 더 유용한 때라는 저의 평소 신념이 독자님들께 간절히 전해지길 바랍니다.

  그동안 국군방송으로 전했던 내용을 '삶이 묻고 문학이 답하다'로 엮어 독자님들의 마음을 찾아갑니다. 삶의 길을 묻는 분들에게 빛나는 하나의 등대가 되고 싶습니다. 행복과 사랑을 찾아가는 삶의 길에서 만나는 시원한 샘물이 되고 싶습니다. 제가 던지는 사유의 끈을 잡고 다시 원작을 만나는 길로 안내하는 마중물이 된다면 고맙겠습니다. 그 길에서 맑은 시냇물도 만나고, 도도히 흐르는 큰 강과도 합쳐지면서 돌고 돌아 펼쳐지는 넓은 세계 명작의 바다에서 마음껏 헤엄칠 수 있다면 더없는 기쁨이자 보람이 될 것입니다.

이 지면을 빌려 문학과 책을 사랑하시는 국군방송 청취자님, 독자님들, 그리고 숭고한 헌신의 길을 걷고 있는 사랑하는 국군장병들께 깊이 감사드립니다. 함께하셨던 국군방송 관계자분들께도 특별한 감사의 마음을 전합니다. 이렇게 책으로 잘 엮어서 독자님들과 만날 수 있게 해 주신 한국출판문화산업진흥원, 연인M&B의 신현운 대표님, 올곧은 신념으로 저와 함께 세미책 운동을 펼쳐 가시는 여러 회원님들께도 사랑과 성원을 보냅니다. 세상의 미래를 바꾸기 위해, 세상을 아름답게 만들기 위해 변함없이 나아가겠습니다.

2023년 가을날
양촌의 인산문학관에서 김인수

|차례|

작가의 말   4

1부 영원불멸의 이야기, 사랑

사랑을 이야기할 땐 언제나, 안나 카레니나 (톨스토이)   12
만인들의 영원한 로망, 데미안 (헤르만 헤세)   19
죽음으로 이룬 사랑, 젊은 베르테르의 슬픔 (괴테)   25
이런 사랑, 참을 수 없는 존재의 가벼움 (밀란 쿤데라)   30
굴하지 않는 당당한 사랑, 제인 에어 (샬럿 브론테)   38
비바람 몰아치는 곳, 폭풍의 언덕 (에밀리 브론테)   45
짧은 순간 영원한 사랑, 한여름 밤의 꿈 (윌리엄 셰익스피어)   52
별처럼 빛나는 사랑, 별 (알퐁스 도데)   60
슬프도록 아린 겨울 나그네, 독일인의 사랑 (막스 뮐러)   65
사랑의 영원한 알파, 첫사랑 (투르게네프)   71

2부 오늘을 잡으시오, 카르페 디엠

진정 소중한 것은 내 곁에, 파랑새 (모리스 마테를링크) 80

자유로운 방랑자, 그리스인 조르바 (니코스 카잔차키스) 87

걸어다니는 은둔자, 좀머 씨 이야기 (파트리크 쥐스킨트) 93

자유로운 영혼과 삶, 크눌프 (헤르만 헤세) 99

삶의 본질과 인간의 실존, 말테의 수기 (라이너 마리아 릴케) 105

세상에서 가장 소중한 선물, 크리스마스 선물 (오 헨리) 113

순간의 소중함을 망각한 아픔, 목걸이 · 보석 (기 드 모파상) 119

세상을 향한 통쾌한 풍자와 해학, 악어 (도스토옙스키) 126

자연 속에서 살아 있다는 즐거움, 안토노프 사과 (이반 부닌) 133

삶의 진실을 마주하는 여정, 밤으로의 긴 여로 (유진 오닐) 139

3부 전쟁의 아픔, 삶과 죽음의 미학

비극적 숙명 불멸의 삶, 닥터 지바고 (보리스 파스테르나크) 148

이상 없다는 것의 허무, 서부전선 이상없다 (레마르크) 154

전쟁 속에 핀 사랑, 무기여 잘 있거라 (어니스트 헤밍웨이) 161

세상에 존재하지 않는 시간, 25시 (게오르규) 167

이런 죽음, 이반 일리치의 죽음 (톨스토이) 174

죽음과 삶에 대한 성찰, 라자로 (레오니드 안드레예프) 181

짧은 삶 긴 하루, 이반 데니소비치의 하루 (솔제니친) 192

끝나지 않는 도전, 모비 딕 (허먼 멜빌) 200

영원한 숙제, 사람은 무엇으로 사는가 (톨스토이) 206

모자람만 못한 지나친 욕망, 베니스의 상인 (셰익스피어) 212

4부 인간의 길, 희망의 길

10일 동안 100편의 이야기, 데카메론 (보카치오)   220

우리의 진정한 영웅, 돈 키호테 (세르반테스)   231

굴하지 않는 엄청난 자기 효능감, 노인과 바다 (헤밍웨이)   243

영원한 생명의 터전, 대지 (펄 벅)   248

인간평등의 위대한 요람, 톰 아저씨의 오두막 (스토우)   255

어린 소녀의 세기적인 고발, 안네의 일기 (안네 프랑크)   261

자유를 향한 원대한 꿈과 희망, 갈매기의 꿈 (리처드 바크)   266

삶을 위한 고귀한 헌신과 희망, 마지막 잎새 (오 헨리)   271

인간의 영원한 노스탤지어, 고향 (노신)   276

위대한 사랑의 정점 용서, 돌아온 탕자 (앙드레 지드)   281

1부

영원불멸의 이야기, 사랑

사랑을 이야기할 땐 언제나, 안나 카레니나 (톨스토이)

"행복한 가정은 모두 비슷하게 닮았지만, 불행한 가정은 불행한 이유가 각각 다르다."

자주 들어 보신 문장이죠? 바로 톨스토이의 '안나 카레니나'라는 소설의 첫 문장입니다.

러시아가 낳은 세계적인 문호들이 많이 있습니다. 톨스토이, 도스토옙스키, 투르게네프, 푸쉬킨, 솔제니친 등 이루 헤아릴 수 없습니다. 그 수많은 문호들 중에 톨스토이는 단연 최고의 위치를 차지하고 있습니다. 말씀하신대로 그는 대단한 명작들을 남겼는데, 얀코 라브린이라는 사람은 톨스토이에 관한 책들로만 도서관 하나를 꽉 채울 수 있을 것이라고까지 했습니다.

이 소설을 쓴 레프 톨스토이는 1828년, 러시아 남부의 야스나야 폴랴나에서 귀족의 아들로 태어났습니다. 부모님이 일찍 돌아가시는 바람에 친척 집에서 성장했고, 술과 도박, 여자에 빠져 방탕한 생활도 했습니다. 그러다가 형의 뒤를 따라 육군 장교가 되어 전쟁에도 참여했습니다. 전역 후에는 고향에 돌아와 농사를 지으며 농민 자녀들을 위한 학교를 열기도 했는데 이러한 경험들이 나중에 그의 작품에 고스란히 녹아 있습니다.

24세인 1852년 '유년 시절'이라는 작품을 내면서 작가의 길을 걷기 시작했습니다. 이후에는 왕성한 창작 활동을 통해 수많은 명작들을 세상에 내놓았습니다. 1862년 소피아와 결혼하고 문학에 전념, '전쟁과 평화', '안나 카레니나' 등의 작품을 발표하면서 일약 세계적인 작가 반열에 올랐습니다. 결혼 생활은 순탄해 보였지만 사실은 성격 차이로 인해 힘겨운 생활을 보냈고, 특히 말년에는 더 힘든 상황에 처하기도 했습니다. 그의 대표작인 '전쟁과 평화', '안나 카레니나' 등은 이런 그의 삶과 사상이 담긴 걸작으로 인정받고 있는데, 삶과 책을 통해 체득한 많은 경험들이 그의 작품 속에 담겨 있음을 알 수 있습니다. 그중에서도 '안나 카레니나'가 톨스토이의 문학에서 의미 있는 것은 이 소설을 기점으로 톨스토이의 문학 세계가 달라졌다는 것입니다.

톨스토이의 생애는 사실주의 문학 중심의 전반부와 종교 사상 중심의 후반부로 나눌 수 있습니다. 앞서 말씀드린 톨스토이의 대표작 '전쟁과 평화'와 '안나 카레니나'는 그의 삶에서 문학 중심인 전반부에 집필된 작품들입니다. 알려진 바에 따르면 그의 삶이 바뀌게 된 특별한 계기가 '안나 카레니나'를 집필하면서 마지막 몇 장을 쓸 무렵에 심각한 죽음에의 공포와 인생의 의미에 대한 고민을 하면서부터였다고 합니다. 이러한 변화가 2년 뒤 고백록의 집필로 이어지고, 종교적인 색채가 강한 작품들을 발표하면서 금욕적인 생활을 추구하게 됩니다. 이것이 톨스토이의 삶을 가른 분기점으로 평가됩니다.

후반부에는 한동안 문학을 거의 포기하다시피 하고 신학과 성서 연구에 전념하면서 자비, 비폭력, 금욕을 강조하기도 했습니다. 우리가 흔히 톨스토이 단편선이라 부르는 대부분의 작품들은 바로 이때 쓰여진 것들이라 종교적이고 구도적인 색채가 강하고, 단편 중에서 걸작으로 불리는 '이반 일리치의 죽음', 중편 '크로이처 소나타' 등도 후반부에 나온 명작이라고 할 수 있습니다. 그는 청빈과 금욕 등을 예찬하면서도 또한 안락한 삶이나 쾌락을 추구했던 것으로도 알려져 있습니다. 이렇게 삶에 있어서 현실 세계와 정신세계 사이의 갈등과 고뇌가 그의 작품에 투영된 것으로 평가할 수 있습니다.

톨스토이의 삶을 보면 사실 일반적인 사람들과 크게 다르지 않았습니다. 행복을 주창하고, 행복을 노래한 대문호도 실제 삶에서는 지극히 평범했고, 오히려 불행하기까지 했다는 것이 어찌 보면 상당한 아이러니라고 할 수 있겠는데요. 그런 게 결국 인간의 삶이 아닐까 싶습니다.

그의 아내 소피아는 16세나 연하였는데, 톨스토이와는 성격적으로 맞지 않았지만 8남매를 낳고 내조도 잘하였으나, 말년에는 심각한 갈등을 겪었고, 결국 톨스토이의 죽음으로 이어지게 됩니다. 톨스토이는 말년에 그의 작품에 대한 판권 문제로 인해 가족들과 심각한 갈등을 겪었습니다. 전 세계적으로 유명인사가 되고, 발표한 작품들이 명작이 되어 많은 사람들에게 널리 읽혀지니 갈등의 요인이 될 수밖에 없었습니다.

말년에 톨스토이는 그의 판권에 집착하는 아내 소피아에게 환멸을 느끼던 중, 가족들 중에서 유일하게 그의 편이었던 딸 알렉산드라에게 모든 저서의 판권을 넘긴다는 유언장을 작성하다가 아내에게 들키고 맙니다. 그것이 계기가 되어 그 유명한 '톨스토이 가출 사건'을 벌입니다. 주치의와 함께 몰래 집에서 빠져나와 기차 여행을 하다가 감기에 걸렸고, 폐렴으로 번지면서 시골 간이역의 역장 집에서 가출한 지 10일 만에 세상을 떠나게 됩니다. 참으로 안타깝고 불행했던 그의 말년의 모습이 많은 사람들에게 인생이란 무엇인가, 행복이란 무엇인가를 깊이 생각해 보게 합니다.

문학의 본질은 인간의 본성을 꿰뚫으며 궁극적으로 인간을 품는 것입니다. 그런 면에서 보면 톨스토이야말로 진정한 문학인이라고 생각합니다. 82년의 삶 자체가 문학이었다라고 할 수 있습니다. 그는 처녀작인 '유년시대'를 비롯하여 '소년시대', '세바스토폴 이야기', '전쟁과 평화', '안나 카레니나' 등의 명작을 남겼으며, '안나 카레니나' 이후로는 종교적 색채가 강한 작품들을 세상에 선보였습니다. '참회록', '교회와 국가', '고백' 등이 대표적인데요. 이러한 변화를 통해 톨스토이즘이라 불리는 사상을 체계화했다는 평가를 받기도 합니다. 그의 마지막 작품이라고 할 수 있는 '부활'은 1899년, 71세에 완성했는데 이 작품에서 러시아 정교를 비판했다는 이유로 종무원으로부터 파문을 당하기도 합니다.

이러한 톨스토이의 작품 세계를 한 마디로 표현한다면, 저는 행복과 사랑이라고 말씀드리고 싶습니다. 인간에 대한 고민, 인간에 대한 의미, 인간에 대한 사랑을 사실적이면서도 세밀하게 들여다보고 전한 행복과 사랑의 전도사입니다. 로망 롤랑은 톨스토이의 부활을 읽고 이렇게 말했습니다. "모든 작품 중 나는 이 작품 속에서 톨스토이의 가장 맑고, 바로 영혼 속으로 스며드는 날카롭고 엷은 회색의 눈동자를, 그리고 모든 사람의 영혼 속에 깃든 신을 보는 눈길을 느낀다."

'안나 카레니나'는 톨스토이의 대표작입니다. 이 소설은 지난 2007년에 영어권 작가 125명이 뽑은 최고의 문학작품으로 선정되었고, 2009년 뉴스위크지가 선정한 세계 100대 명작 중 1위를 차지한 작품입니다. 사실 다른 예술도 마찬가지지만 문학작품을 순위까지 매길 필요가 있을까 싶기도 한데 어쨌든 많은 사람들로부터 숱한 세계 명작 중 최고의 찬사를 받는 작품임에 틀림없습니다. 그와 거의 동시대에 활동했던 세계적인 작가 도스토옙스키도 "안나 카레니나는 예술작품으로서 완전무결하다."라고 극찬했고, 독일의 대표적인 작가인 토마스 만도 "안나 카레니나는 세계문학 사상 가장 위대한 사회소설이다."라고 했을 정도입니다. 그래서 우리가 문학을, 그것도 세계 명작에 대해 얘기하려면 이 '안나 카레니나'는 반드시 알아야 할 것이라 생각합니다.

이 작품은 19세기 후반 역사적 과도기에 놓인 러시아 사회의 풍속과 그 속에서 살아가는 사람들의 내면을 사실적으로 아주 잘 묘사한 작품으로 손꼽힙니다. 이 때문에 영화, 연극, 뮤지컬 등으로도 많이 만들어졌습니다. 특히, 영화에서는 주인공인 안나 역을 맡았던 키이라 나이틀리 라는 배우가 명연기를 선보여 선풍적인 인기를 끌었습니다. 저도 이 영화를 보고 키이라 나이틀리의 팬이 되었습니다.

제목에서 알 수 있듯이 이 소설의 주인공은 누가 뭐래도 '안나 카레니나'입니다. 그런데 소설의 전개는 이 안나의 이야기와 또 다른 주인공인 레빈의 이야기가 두 개의 중심축으로 전개됩니다. 어느 소설가가 말했듯이 분량만 보면 '안나 카레니나'가 아니라 '안나와 레빈'이라고 제목을 바꿔야 하지 않을까 싶을 정도입니다.

남 부러울 것 없는 고위 관리의 아내인 안나가 청년 장교인 브론스키 백작을 만나 사랑에 빠집니다. 위험한 사랑이 시작된 것이죠. 그러나 이 열정적인 사랑은 결국 파국으로 치닫고 맙니다. 반면, 키티 라는 여인과 서로에 대한 깊은 이해와 교감을 통해 이상적인 삶을 보여 주는 레빈의 모습도 있습니다. 이 두 사랑을 통해 아마도 톨스토이는 모두 비슷하게 닮은 행복한 가정과 불행한 이유가 각각 다른 또 다른 사람들의 모습을 보여 주려고 했던 것은 아닌가 싶습니다. 또 하나, 이 작품에는 무려 150명이 넘는 인물이 등장합니다. 책을 읽으면서 그런 인물들과 당시의 모습에 대한 사실적인 묘사를 대하는 것도 매우 흥미로운 여정이 아닐까 생각합니다.

이 작품이 대단한 명작인 만큼 곳곳에 명문장들이 우리의 마음을 흔듭니다. 이 문장들을 사유하는 것만으로도 많은 걸 깨달을 수 있습니다.

"그동안 나는 기적을 찾아 헤매면서 확신을 줄 기적을 보지 못해 안타까워했다. 그런데 이게 기적이다. 유일하게 가능한, 늘 항구적으로 존재하는, 사방에서 나를 에워싸고 있는, 다만 그걸 알아보지 못했을 뿐이다!"

"난 아무것도 발견하지 않았다. 단지 알고 있던 사실을 인식하게 되었을 뿐이다. 나는 과거는 물론이고 지금도 내게 생명을 주는 힘이 무엇인지 깨달은 것이다. 난 기만에서 벗어났고 주인을 알아보게 되었다."

"그들은 제각기 자신이 선택한 삶이 진정한 삶이고, 친구가 택한 삶은 망상에 지나지 않는다고 생각했다."

이 '안나 카레니나'는 톨스토이가 49세에 집필을 마무리했습니다. 말씀드린대로 그의 문학에 있어 이정표가 된 기념비적인 작품입니다. 또 하나 중요한 점은요, 전 세계의 많은 독자들에게도 진실한 사랑과 결혼, 예술, 종교, 죽음 등 삶을 살아가면서 우리가 늘 품고 있는 소중한 가치들에 대해 다시 한 번 생각해 보는 귀한 기회를 제공해 준다는 점에서 최고의 명작이라고 할 수 있습니다.

우리가 문학 속에서 톨스토이를 만나는 것은 캄캄한 바다 위를 항해하는 배가 멀리서 반짝이는 등대의 불빛을 만난 것과 같습니다. 인간은 무엇으로 사는가? 늘 사유하며 성찰하는 삶을 살고자 한다면 주저 없이 톨스토이를 만나야 합니다. '안나 카레니나'는 가장 뛰어난 소설이라는 평을 접어 두고라도 우리가 깊이 생각하고, 품어야 할 소중한 가치들을 문학을 통해 느끼고 깨달을 수 있기를 소망합니다.

만인들의 영원한 로망,
데미안 (헤르만 헤세)

"내 이야기를 하자면, 훨씬 앞에서부터 시작해야 한다. 할 수만 있다면, 훨씬 더 이전으로 내 유년의 맨 처음까지, 또 아득한 나의 근원까지 올라가야 하리라."

만인들의 영원한 로망으로 불리는 작품인 헤르만 헤세의 '데미안'을 펼치면 바로 눈에 들어오는 첫 문장입니다.

헤르만 헤세는 우리 모두가 잘 알고 있는 세계적인 작가입니다. 1877년 독일 남부 칼브에서 태어나 1962년 스위스의 몬타뇰라에서 별세하기까지 비교적 장수한 85년의 삶을 살았습니다. 1946년에는 노벨 문학상을 받았으며, '데미안' 외에도 '수레바퀴 아래서', '유리알 유희', '싯다르타', '황야의 이리', '나르치스와 골드문트' 등 주옥같은 작품들을 많이 남겨 작가로서 누릴 걸 다 누리고, 많은 걸 이루었다는 평가를 받고 있는 대문호입니다.

그렇지만 그의 어린 시절은 그리 순탄하지는 않았습니다. 수도원 학교에서 도망쳐 공장과 서점에서 수습사원으로 일하기도 했고, 열다섯 살 때는 자살을 기도해 정신병원에 입원하기도 했습니다.

작품 활동은 20대 초반부터 시작했습니다. 유명한 '수레바퀴 아래서'가 바로 초기에 쓰여진 작품입니다. 그러다가 그의 삶이 전환점을 이룹니다. 바로 스위스 몬타뇰라로 이사한 것입니다. 그때가 1919년으로, 그의 나이 42세였습니다.

그림과 음악을 좋아하고 함께하게 되면서부터 그의 작품 세계도 새로운 전환을 맞이합니다. 바로 인간의 내면으로 가는 길을 추구한 것입니다. '데미안'이 바로 이때 세상에 나왔습니다. 재밌는 것은, 헤세가 이 소설을 주인공 이름인 에밀 씽클레어 라는 가명으로 발표했는데 폰타네 문학상 수상작으로 선정되자 본명을 밝혔습니다. 오직 작품성만으로 평가받고 싶었다고 한 것이었습니다. 또한, 이 작품을 발표할 당시에 헤세의 나이가 40세가 넘었음에도 많은 젊은이들은 에밀 싱클레어 라는 작가가 젊은 사람이라고 착각할 정도였습니다. 이후 2차 대전 중에는 나치의 폭정에 저항하기도 하는 등 파란을 겪기도 했고, 노벨문학상은 '유리알 유희'를 발표하고 나서 늦은 나이인 69세에 받았습니다.

헤르만 헤세는 그 누구보다도 인간에 집중했던 작가입니다. 인간의 본질적인 정신을 탐구했고, 인간 본연의 삶을 추구했던 휴머니스트였습니다. 오늘날 4차 산업혁명 시대를 살아가는 우리가 헤르만 헤세를 꼭 만나야 하는 이유가 바로 여기에 있습니다. AI나 로봇같이 인간이 만들어 낸 것들로 인해 인간이 힘들어지지 않으려면 말입니다. 이 시대야말로 우리 모두가 헤르만 헤세와 함께 사유하고 성찰해야 할 때입니다.

이 '데미안'은 우리가 흔히 성장소설이라고 말합니다. 학창 시절, 젊은 시절의 이야기들이 들어 있습니다. 그런데 정말 놀랍게도 그냥 일반적이고 일상적인 성장 스토리가 아니라 철학적인 이야기입니다. 책에도 그런 얘기가 나옵니다. 많은 사람들이 채 열 한 살도 되지 않은 꼬마가 이런 생각을 할 수 있으리라고 믿지 않을 것이라고 말입니다. 정말 그 나이에 그런 생각들을 하고 대화를 나눴다는 게 믿어지지 않을 정도입니다.

이 책을 보면서 우리의 모습을 떠올립니다. 우리는 과연 어떨까요? 제가 젊은이들을 과소평가하는 건 아니지만 지금 우리나라의 젊은이들이 이런 책을 읽으며 사유하는 삶을 살아가고 있을까요? 많지 않을 것입니다.

이 소설의 주인공은 싱클레어입니다. 처음에 등장할 때는 라틴어 학교에 다니던 열 살 소년이었습니다. 이 싱클레어와 어디에도 꼭 한 명씩 있을 법한 악동 프란츠 크로머, 그리고 데미안 이 세 소년이 다 주인공이라고 할 수 있습니다.

어느 날 싱클레어는 우연하게도 악의 세계에 발을 들여놓게 됩니다. 사과를 훔쳤다는 허풍 때문이었습니다. 이 일로 인해 싱클레어는 자신의 내면에 밝은 세계와 어두운 세계가 공존하고 있다는 것을 느끼게 되고 괴로워합니다. 그러던 중 신비한 소년 데미안을 만나게 되고, 그가 들려준 성경에 나오는 가인과 아벨의 이야기를 통해 선과 악에 대해 깨닫게 됩니다. 그러다가 상급학교에 진학하면서 데미안과 다시 헤어지게 되고, 다시 어둠의 세계에 빠집니다.

베아트리체, 피스토리우스를 만나고, 에바 부인을 향한 사랑의 열병도 앓습니다. 끝에 가서는 전쟁에 참전도 하죠. 그렇게 씽클레어는 두 세계 사이에서 방황하고, 사랑하면서 참된 자아를 향하고, 자신만의 내면을 발견하게 됩니다.

저는 이 책을 읽으면서 데미안은 실체적으로는 싱클레어의 친구였지만 관념적으로는 싱클레어를 성장케 하고 이끌어 준 선지자가 아니었을까, 또 나의 삶에 있어 데미안은 누구인가, 또 누구였을까 생각하곤 했습니다.

이 책에도 '어린 왕자'나 '별' 같은 명작처럼 널리 알려지고 회자되고 있는 주옥같은 문장들이 많습니다.

"인간에게 있어서 자기 자신에게로 다가서는 일보다 더 어려운 일은 없다."

"우리가 보는 사물들은 우리 마음속에 있는 것과 똑같은 사물들이지. 우리가 우리 마음속에 가지고 있지 않은 현실이란 없어."

"새는 힘겹게 투쟁하여 알에서 나온다. 알은 세계다. 태어나려는 자는 한 세계를 깨뜨려야 한다. 새는 신에게로 날아간다. 그 신의 이름은 아브락사스다."

여기서 아브락사스는 아브라카다브라의 어원이기도 합니다.

"자기 자신과 하나가 되지 못하기 때문에 불안한 거야."

다분히 철학적인 성찰이 느껴지는 문장들입니다. 혹시 소크라테스의 "너 자신을 알라."라는 말도 떠오르지 않으신지요? '데미안'은 재미있으면서도 자기 자신에게 집중하고 자기 내면의 소리에 귀를 기울이게 만드는 작품이라 소크라테스의 사상이 진하게 느껴지곤 합니다.

'데미안'은 한 젊은이가 자기 자신에게로 이르는 길을 그리고 있는 작품입니다. 이것이 단순히 한 사람의 이야기를 넘어 전 세계 모든 청춘의 이야기가 되었다는 데에 이 작품이 갖는 특별한 의미가 있습니다. 싱클레어와 데미안, 베아트리체, 피스토리우스에 빠졌을 세상의 수많은 젊은이들을 생각할 때면 '데미안' 같은 작품은 이전에도 없었고, 이후로도 나오기 어렵지 않을까 생각합니다.

우리가 잘 알고 있는 '멘사'라는 세계적인 천재들의 그룹이 있습니다. 이 멘사 회원들을 지도하는 천재 중의 천재로 아이큐 190인 사람이 있습니다. 이 사람이 한 TV 프로그램에 나와서 천재들과 토론을 하던 얘기를 한 적이 있습니다. 주제는 "이 세상에서 가장 중요한 게 무엇이냐?"라는 것이었습니다. 만약에 제가 이렇게 물어보면 우리 독자님들은 무엇이라고 답하시겠습니까?

물론 각자 각자가 다 다를 수 있을 것입니다. 흔히, 사랑, 행복, 가족, 생명, 돈 등 자기가 생각하는 것을 얘기할 것입니다. 그 천재들은 토론을 통해서 결론을 냈다고 합니다. 과연 천재들은 이 세상에서 가장 중요한 게 뭐라고 얘기했을까요? 궁금하시죠? 바로 답을 말씀드리겠습니다.

"이 세상에서 가장 중요한 것은 바로 지금 당신의 머릿속에 떠오르는 것이다."라는 것입니다.

제가 이 말씀을 드리는 이유가 있습니다. 데미안에 나오는 문장, "내 속에서 솟아 나오려는 것, 바로 그것을 나는 살아 보려 했다. 그러기가 왜 그토록 어려웠을까." 이 말 속에서 주인공인 에밀 싱클레어의 고민과 성찰을 느낄 수 있고, 책을 읽으면서 그 길을 함께 걸어가는 것으로도 우리는 충분히 또 다른 성장을 경험할 수 있다고 생각합니다.

지금 갈 곳을 잃어 방황하는 사람이 있다면 '데미안'을 다시 손에 들고 진지하게 자신을 돌아보길 원합니다. '데미안'을 통해 이 세상의 젊은이들이 싱클레어처럼 자신의 삶을 어떻게 가꾸어 가야 하는지, 자기 자신을 어떻게 바라보고 사랑하며 살아가야 하는가를 사유하고 성찰하는 기회가 되시길 소망합니다.

죽음으로 이룬 사랑,
젊은 베르테르의 슬픔 (괴테)

"1771년 5월 4일, 훌쩍 떠나온 것이 나는 얼마나 기쁜지 모른다."

대문호 괴테가 쓴 '젊은 베르테르의 슬픔'의 첫 문장입니다. 단테, 셰익스피어와 함께 세계 3대 시성으로 불리는 괴테를 우리는 잘 알고 있습니다. 요한 볼프강 폰 괴테. 시인, 소설가, 극작가, 비평가, 정치가, 철학자 등 그야말로 팔방미인의 천재 작가인 그는 1749년 독일 프랑크푸르트에서 태어났습니다. 어려서부터 영특하고 뛰어나 그리스어, 라틴어 등 다양한 언어와 고전문학 등을 배웠고, 학창 시절에는 문학과 미술에도 흥미와 소질을 보였습니다.

그러다가 25세가 되던 해에 첫 소설인 '젊은 베르테르의 슬픔'을 발표했습니다. 이 소설은 그 자신이 유부녀 샤로테 부프와 사랑에 빠졌던 절절한 경험을 녹여낸 작품으로 불과 7주 만에 완성했다고 합니다. '젊은 베르테르의 슬픔'은 출간된 후 그야말로 선풍적인 인기를 끌었고, 괴테는 이 첫 번째 작품으로 인해 일약 세계적인 작가로서의 명성을 얻게 됩니다. 이후의 삶도 늘 문학과 함께했지만, 바이마르의 재상을 비롯하여 10년 남짓 국정에 참여하면서 정치가로서의 삶도 살았습니다.

사랑을 위해 목숨을 바친다. 사랑을 위해 죽는다. 과연 그럴 수 있을까요? 그런 사랑이 있을까요? 있습니다. 비단 문학에서 뿐만 아니라 현실에서도 수도 없이 많습니다. 그것이 어떠한 모습으로 나타나고 발현되는지는 각각 다르겠지만 분명히 사랑을 위해 죽을 수 있습니다. '젊은 베르테르의 슬픔'은 이런 질문과 의문에 단호하게 'YES!'라고 외칩니다.

'젊은 베르테르의 슬픔'은 출간되자마자 젊은 독자들의 마음을 단번에 사로잡으며 괴테의 이름을 독일은 물론 세계에 알리는 계기가 되었습니다. 젊은이들 사이에서 이른바 베르테르 열병이 불어 베르테르의 옷차림인 푸른색 연미복이 유행하기도 했고, 더 나아가서는 베르테르처럼 실연당한 일부 젊은이들이 잇달아 스스로 목숨을 끊은 사태가 빚어지기도 했습니다. 이를 두고 '베르테르 효과'라고 얘기합니다.

"1771년 5월 4일, 훌쩍 떠나온 것이 나는 얼마나 기쁜지 모른다. 나의 소중한 친구여! 인간의 마음이란 대체 어떤 것일까. 한시도 떨어질 수 없을 것만 같던 사랑하는 자네 곁을 떠나와서 이렇게 기뻐하다니!"

앞에서 언급한 '젊은 베르테르의 슬픔'이라는 소설의 첫 문장입니다. 명문장이라고 할 수 있습니다. 이 작품은 괴테가 25세 때 쓴 작품입니다. 이 소설을 쓰기 2년 전에 베츨라 고등법원에서 견습 생활을 했었는데요. 이때 약혼자가 있던 샤로테 부프 라는 여인을 만나 사랑에 빠집니다. 이 경험이 소재가 되었습니다.

'젊은 베르테르의 슬픔'에서 베르테르는 약혼자 알베르트가 있는 아름다운 여인 로테한테 첫눈에 반하고, 사랑에 빠지고 맙니다. 늘 그녀 곁에 있고, 그녀 곁에서 맴돌면서 고통스러워하지만 로테는 어느 정도 거리를 두고 더 이상 가까이 다가오는 것을 허락하지 않죠. 마침내 용기를 내어 로테의 집에 들어가 고백하고 강제로 키스를 시도하자 당황한 로테는 절교를 선언합니다. 절망에 빠진 베르테르는 결국 총으로 머리를 쏘면서 자살하고 맙니다.

이 '젊은 베르테르의 슬픔'은 나폴레옹도 늘 곁에 두고 읽었던 작품으로도 유명합니다. 나폴레옹이 괴테를 자신에 버금가는 인물로 인정하며 찬사를 보낼 정도였으니까 당시에 괴테가 얼마나 대단한 평가를 받았는지 알 수 있습니다. 제가 이 시간을 통해 '젊은 베르테르의 슬픔'을 언급하는 이유는 바로 사랑입니다. 그 사랑이 어떠하든지 간에 누군가를 목숨 바쳐 사랑할 수 있다는 그 느낌, 그 감정, 그 마음, 그 생각에 한번 푹 빠져 보는 것도 삶을 보다 폭넓게 만들 수 있지 않을까 생각합니다.

문학은 우리 인간에게 그러한 사랑 하나 품게 하는 것만으로도 충분히 그 기능을 하고 있다고 생각합니다. 그리고 그 사랑을 어떻게 받아들이고, 어떻게 해석하고, 어떻게 소화하느냐는 온전히 자기 자신의 몫임을 깨달아야 합니다.

"눈물 젖은 빵을 먹어 보지 않고는 인생의 참맛을 모른다.", "배는 항구에 정박해 있을 때 가장 안전하다. 그러나 그것이 배의 존재 이유는 아니다.", "하늘엔 별이 있어 아름답고, 땅에는 꽃이 피어 아름답지만 인간에게는 사랑이 있어 아름답다." 이런 말 자주 들어 보셨을 것입니다. 괴테의 명언, 바로 괴테가 한 말입니다.

우리에게도 많이 알려진 유명한 작품으로는 이 '젊은 베르테르의 슬픔' 외에도 '이탈리아 기행', '빌헬름 마이스터의 수업시대' 등의 작품이 있습니다. 괴테는 천재적인 작가답게 세계문학사에 큰 획을 그었습니다. 특히, 그가 구상에서부터 완성까지 무려 57년에 걸쳐 쓴 '파우스트'라는 작품은 그 안에 담긴 신학, 역사, 심리학, 과학적 내용 등 백과사전 같은 방대한 지식뿐만 아니라 뛰어난 문학적 표현 기법들을 총동원한 아름다운 걸작으로 평가받고 있습니다.

그런 괴테의 문학에서 '젊은 베르테르의 슬픔'은 캄캄한 밤하늘에 홀로 빛나는 별 하나, 거친 들판에 피어난 한 떨기 꽃으로 저는 표현하고 싶습니다. 이 책에는 수많은 명문장들이 담겨 있는데요. 지금 제 머릿속에 떠오르는 문장은 이것입니다.

"이제 그녀밖에 기도할 대상은 없다. 상상력을 있는 대로 긁어모아도 그녀의 모습밖에는 아무것도 나타나지 않는다. 나를 둘러싼 세상 모든 것은 오직 그녀와의 관계에서만 존재한다."

어떻습니까? 마음에 와닿으십니까?

"일꾼들이 유해를 운반해 갔습니다. 성직자는 한 사람도 따라가지 않았습니다." 베르테르가 아주 떠나는 모습입니다. 이 문장을 끝으로 '젊은 베르테르의 슬픔'도 끝이 납니다.

영국에 셰익스피어가 있다면, 독일에는 괴테가 있습니다. 요한 볼프강 폰 괴테! 그는 정말이지 독일 문학을 세계적인 수준으로 끌어올린 위대한 작가입니다. 저는 세계문학 사상 인간이 할 수 있는 가장 절절한 사랑을 담아낸 작품 중의 하나가 바로 이 '젊은 베르테르의 슬픔'이라고 생각합니다. 이 책을 읽다 보면 누구나가 다 정말 이렇게 모든 걸 다 바칠 만큼 사랑 한번 해 보고 싶다는 마음이 절로 들게 될 것입니다. 무엇보다도 인간에 대한 사랑이 점점 더 희미해져 가는 이 시대에 괴테의 문학을 통해 진정한 사랑이 과연 무엇인지 살펴보고 돌아보는 것도 큰 의미가 있을 거라 믿습니다.

이런 사랑,
참을 수 없는 존재의 가벼움 (밀란 쿤데라)

"영원한 회귀란 신비로운 사상이고, 니체는 이것으로 많은 철학자를 곤경에 빠뜨렸다. 우리가 이미 겪었던 일이 어느 날 그대로 반복될 것이고 이 반복 또한 무한히 반복된다고 생각한다면! 이 우스꽝스러운 신화가 뜻하는 것은 무엇일까?"

'참을 수 없는 존재의 가벼움'은 이렇게 니체의 철학으로 시작합니다.

이 작품을 쓴 밀란 쿤데라는 1929년 4월 1일에 체코슬로바키아 브르노에서 태어난 소설가입니다. 음악학자이자 피아니스트인 아버지 루드빅 쿤데라에게서 피아노를 배우고 음악학을 공부했는데, 이런 음악적 배경은 그의 작품 활동에도 많은 영향을 미쳤고, 많은 작품의 모티브가 됩니다. 체코의 수도인 프라하 카렐대학교 예술학부에서 문학과 미학을 공부했으나, 두 학기만에 공연예술아카데미의 영화학부로 옮기게 됩니다.

재학 시절에 정치적인 간섭으로 잠시 학업과 연구 활동이 중단되었는데, 이때 체코 소설가 얀 트레풀카와 함께 '반공산당 활동'이라는 죄목으로 공산당에서 추방당하게 됩니다. 얀 트레풀카는 후에 이 사건을 주제로 중편 '그들에게 내린 행복'을 썼으며, 쿤데라 역시 이때의 인상을 첫 소설인 '농담'에서 풀어냈습니다. 이 작품에는 사회주의 체제의 전체주의적 특질에 대한 풍자적 내용이 담겨 있습니다. 1952년 졸업 후에는 영화 아카데미에서 세계문학을 가르치는 강사로 활동합니다.

그는 후에 자신을 정치적 혹은 반체제적 작가가 아니라 순수한 작가로서 보아 달라고 말했을 만큼 체코 공산당에 많은 영향을 받았습니다. 입당과 추방을 반복하던 쿤데라는 1968년 체코의 예술가이자 작가인 바츨라프 하벨과 함께 그 유명한 '프라하의 봄'에 참여합니다. 하지만 소련군에 점령당한 후 시민권을 박탈당해, 1975년부터 프랑스로 망명하였고, 1981년에 프랑스 시민권을 얻었습니다. 1989년 체코 민주화 이후에는 본국으로 임시 귀국하기도 했습니다.

이러한 굴곡진 삶에도 불구하고 그는 많은 우수한 작품들을 발표했습니다. 단편집 '우스운 사랑들', 희곡 '자크와 그의 주인', 소설 '삶은 다른 곳에', '이별의 왈츠', '웃음과 망각의 책' 등을 발표하여 프랑스 메디치 상, 이탈리아 몬델로 상 등 주요 작품상을 수상했습니다.

프랑스로 망명한 지 10년째가 되던 1984년, 그는 대표작인 '참을 수 없는 존재의 가벼움'을 발표하게 됩니다. 1968년 '프라하의 봄'을 배경으로 역사의 상처라는 무게에 짓눌려 단 한 번도 '존재의 가벼움'을 느껴 보지 못한 현대인의 삶과 사랑을 다룬 소설로 평가받는 이 작품으로 인해 쿤데라는 명실공히 세계적 작가로 인정받게 되었고, 1985년 예루살렘 상을 수상했습니다. 이후에도 왕성한 집필 활동을 펼쳐 에세이 '소설의 기술', '만남', 소설 '불멸', '느림', '정체성', '향수' 등 철학적이고 미학적인 관점의 주옥같은 작품들을 사람들에게 전하고 있습니다.

프라하의 봄은 1968년에 있었던 체코슬로바키아의 민주자유화 운동을 말합니다. 제2차 세계대전 이후 소련이 간섭하던 체코에 개혁파인 둡체크가 집권하면서 변화가 시작됩니다. 둡체크는 민주, 자유화 노선을 제창하는 강령을 채택하고 다당제 도입, 언론 출판 집회의 자유 보장과 경제의 자유화, 체코와 슬로바키아의 연방제 등 개혁을 기치로 내걸었습니다. 그러나 소련과 바르샤바 조약 동맹국이 체코를 불법 침공하여 둡체크 개혁을 중단시키면서 약 8개월간에 걸친 프라하의 봄이 막을 내리게 됩니다.

오늘날 우리가 러시아의 우크라이나 침공을 보고 있지 않습니까? 당시에도 체코의 개혁은 소련에서 볼 때 달갑지 않은 일이었으며, 협상이 실패하자 장갑차와 탱크를 보내어 침공한 것입니다. 그 결과 대규모 이주 물결이 체코를 휩쓸었고, 학생의 자살 투쟁도 있긴 하였으나 사람들은 비폭력 시위로 대응하였으며 큰 군사 저항은 없었습니다. 당시 소련군이 장갑차와 탱크를 앞세워 무고한 시민들을 죽이자 전 세계 여론의 비판이 일었습니다.

둡체크의 뒤를 이어 집권한 구스타프 후사크는 대통령에 올라 둡체크의 모든 개혁을 무효로 돌리며 프라하의 봄이 끝나게 되고, 이후 체코는 1989년에 와서야 하벨을 위시한 벨벳혁명을 통해 꿈을 이루고 맙니다. 프라하의 봄과 우크라이나 침공을 보면서 역사는 반복된다는 것을 기억하게 되고, 자유를 향한 인간의 의지는 그 어떤 것도 막을 수 없고, 막아서도 안 된다는 마음을 깊이 품어야 하지 않을까 생각합니다. 그리고 또 한 가지 소망이 있다면 프라하의 봄이 끝내 이루어졌듯이 우크라이나의 봄도 반드시 이루어지길 간절히 염원합니다.

1988년, 미국의 영화감독 필립 카우프만이 이 작품을 영화화했습니다. 그 이름도 유명한 다니엘 데이 루이스와 줄리엣 비노쉬, 레나 올린 등이 주연한 작품입니다. 제가 개인적으로 줄리엣 비노쉬 라는 배우를 좋아해서 '데미지'와 더불어 이 작품이 특히 더 기억에 남습니다.

우리가 잘 알다시피 문학의 5대 장르에 희곡이 포함되어 있습니다. 희곡은 최초부터 연기를 위해 쓰인 문학작품입니다. 그러나 시와 소설 등의 문학작품은 각색 과정을 거쳐 연기를 위한 작품으로 태어납니다. 문학작품이 영화나 연극으로 만들어진 것은 이루 헤아릴 수 없이 많습니다. 셰익스피어의 4대 비극은 단골이고, 최근에 선풍적인 인기를 끌고 있는 이민진 작가의 '파친코'도 그렇습니다. 또, 워낙 유명해서 우리가 잘 알고 있는 '해리포터와 마법사의 돌', '반지의 제왕', '다빈치 코드', '헝거게임', '마션' 등 원작보다 더 알려지고 흥행한 작품들도 많습니다.

문학작품을 먼저 볼 것인가? 아니면 영화나 연극, 드라마를 먼저 볼 것인가? 라는 문제는 대단히 흥미롭지만, 정답은 없습니다. 다만, 한 가지 생각해 보아야 할 점은 아무리 영화나 연극 등이 독립된 예술 영역이라고는 해도 문학작품을 소재로 할 경우에는 그 작품이 담고 있는 본질적인 의미나 가치를 훼손해서는 안 된다고 생각합니다. 그렇게 되면 그건 원작과 작가에 대한 심각한 모독이자 독자들에 대해서도 기만입니다.

저의 경우에는 역시 문학을 먼저 대하는 게 좋다고 생각합니다. 책이 갖는 장점 중의 최고는 순간순간 사유할 수 있다는 것입니다. 그냥 눈으로 쉽게 읽어 내려가는 것이 아니라 장면마다, 대목마다 생각하면서 읽게 됩니다. 눈과 마음으로 같이 읽어야 합니다. 그럴 때 작품 속에 담긴 진정한 의미를 느낄 수 있고, 더 나아가서는 그 작품을 온전히 자기화할 수 있게 되는 것입니다.

반면, 연극이나 영화, 드라마는 종합예술입니다. 원작과 각본 외에도 수많은 분야들이 모여 이루어집니다. 좋은 쪽으로 보면 입체적이라 강렬하게 와닿고, 비판적으로 보면 마음이 분산된다고 할 수 있습니다. 각색 과정에서 원작과 다소 다른 부분도 있고, 연출자의 의도에 따라 달리 해석되는 부분도 있습니다. 이러한 특성상 전개 속도가 빠르기 때문에 생각할 시간도 없고, 영상이나 화면 등의 장면이 호기심이나 상상력을 제한하기에 아무래도 원작이 있는 경우에는 원작을 먼저 대하고, 그다음에 다른 예술로 표현된 작품들을 대하는 것이 좋지 않을까 싶습니다.

'참을 수 없는 존재의 가벼움'은 네 사람이 주인공입니다. 토마시, 테레자, 사비나, 프란츠입니다. 토마시는 자유분방한 남자이고, 테레자는 토마시와의 만남을 운명으로 생각하는 여자입니다. 토마시는 테레자의 진지한 사랑을 부담스러워하고, 테레자는 토마시가 끊임없이 다른 여자들을 만나는 것에 대해 질투합니다. 그 옆에는 토마시의 연인 사비나가 있습니다. 그녀 역시 자유롭게 살아가길 원하고, 그런 사비나에게 프란츠가 매료됩니다. 이 네 사람이 펼치는 사랑 이야기가 때로는 무겁게, 때로는 가볍게 롤러코스터처럼 넘나듭니다. 그것이 이 작품의 전부입니다.

그런데 이 '참을 수 없는 존재의 가벼움'은 그 어떤 연애와 사랑 이야기를 능가합니다. 저는 이 작품을 '연애와 사랑에 대한 고차방정식'이라고 표현하고 싶습니다. 고차방정식은 학교에서 배웠듯이 차수가 3보다 크거나 같은 다항식과 0을 같다고 둔 방정식이죠. 그러니까 이 작품의 경우에는 '$X4+aX3+bX2+cX+d=0$'이라는 방정식인 셈입니다. 물론 상수 a, b, c, d는 각각 토마시, 테레자, 사비나, 프란츠를 말합니다.

사람의 마음이란 건 딱부러지게 정의할 수도, 표현할 수도 없습니다. 그때그때 다르고, 순간순간 다릅니다. 그러니 모든 것들이 맞물려 돌아가는 고차방정식인 셈입니다. 그 방정식을 풀어가는 것이 연애이고 사랑입니다. 그런 면에서 이 작품은 이 분야의 최고봉이라고 말할 수 있습니다.

이 작품이 갖는 매력이라면 단연코 재미입니다. 사실 '참을 수 없는 존재의 가벼움'이라고 해서 가벼울 것 같은데 결코 그렇지 않습니다. 니체의 영원회귀 사상이 담겨 있듯이 대단히 철학적입니다. 그러면서도 재미있습니다. 한번 손에 쥐면 금방 빨려 들어갑니다.

일반적으로 책이라는 것은 재밌어야 합니다. 재밌다는 뜻은 읽고 싶다는 마음, 술술 넘어가듯이 읽기 편하고 쉽게 이해되는 내용, 읽고 난 뒤에 갖는 만족감 등이 다 포함되는 뜻입니다. 그런 면에서 이 '참을 수 없는 존재의 가벼움'이라는 소설은 재밌는 작품의 전형이라고 할 수 있습니다.

그러면서도 한 문장, 한 대사, 한 단락이 사랑과 인생에 대한 깊은 통찰을 전해 줍니다. 책을 읽다 보면 문학작품이면서도 알기 쉬운 철학이라는 생각이 절로 듭니다. 톡톡 튀는 문장을 통해 직설적이고 정확하게 사랑하는 사람의 마음을 드러내고 표현합니다. 수많은 명문장들이 '참을 수 없는 존재의 가벼움'을 때로는 어깨를 짓누르듯이 무겁게, 때로는 새털처럼 가볍게 우리의 마음을 들었다 놓았다 합니다.

"영원한 회귀가 가장 무거운 짐이라면, 이를 배경으로 거느린 우리 삶은 찬란한 가벼움 속에서 그 자태를 드러낸다. 그러나 묵직함은 진정 끔찍하고, 가벼움은 아름다울까?"

"모든 모순 중에서 무거운 것-가벼운 것의 모순이 가장 신비롭고 가장 미묘하다."

"동반 수면은 사랑의 명백한 범죄다. 사랑은 정사를 나누고 싶다는 욕망이 아니라 동반 수면의 욕망으로 발현되는 것이다."

"모든 여자는 토마시의 잠재적 애인이었고, 그녀는 그것이 두려웠다."

"어떤 한 사건이 보다 많은 우연에 얽혀 있다면, 그 사건에는 그만큼 중요하고 많은 의미가 있는 것이 아닐까."

"인간의 삶은 단지 악보처럼 구성된다. 인간은 가장 깊은 절망의 순간에서조차 무심결에 아름다움의 법칙에 따라 자신의 삶을 작곡한다."

우리가 살아가는 이 시대를 사랑을 잃어버린 시대라고 말하는 사람들이 많습니다. 사랑을 찾지 않고, 연애도 없어지고, 결혼도 안 합니다. 이런 시대에 우리들, 특히 젊은이들은 이 '참을 수 없는 존재의 가벼움'을 손에 쥐어야 합니다. 밀란 쿤데라가 전하는 연애와 사랑의 고차방정식을 함께 풀어 보면서 어떻게 사랑할 것인가? 어떻게 살아갈 것인가? 를 사유하고 성찰하는 삶이 바로 이 작품이 전하는 궁극적인 메시지가 아닐까 생각합니다.

굴하지 않는 당당한 사랑,
제인 에어 (샬럿 브론테)

"그날은 산책하는 것이 불가능했다. 사실 우리는 오전에 한 시간 동안 잎이 다 떨어진 관목 숲을 이리저리 거닐었었다. 그러나 점심 식사 이후부터(리드 부인은 손님이 없으면 일찌감치 식사를 했다.) 찬바람과 함께 어두컴컴한 구름이 몰려오고, 몸을 적실 정도로 비가 내렸기 때문에 집 밖에서 운동을 하는 것은 아예 불가능했다."

'제인 에어'의 첫 문장입니다.

이 작품의 작가인 샬럿 브론테는 브론테 자매들 중 장녀입니다. 브론테 자매는 아주 유명한 작가 자매인데, 샬럿 브론테의 동생들이 '폭풍의 언덕'을 쓴 에밀리 브론테, '아그네스 그레이'를 쓴 앤 브론테입니다.

영국 요크셔 출신의 브론테 자매가 작가로 활동한 것은 1840년대에서 1850년대까지 불과 10여 년이지만, 그들의 소설은 발표 당시부터 커다란 반향을 일으켰으며 지금도 영문학의 고전으로 여겨지고 있습니다. 이러한 문학적 성취와는 달리 그들의 삶은 가난했고, 불우했습니다. 아버지 패트릭 브론테 신부는 아일랜드 출신으로 요크셔의 작은 도시인 하워스에서 성공회 사제로 목회하였고, 1남 5녀를 두었으나 어릴 적에 어머니와 두 언니가 모두 일찍 사망했습니다. 남동생 브란웰도 아편중독과 폐결핵으로 젊은 나이에 사망하여 남은 세 자매가 서로 의지하며 자랍니다.

장녀인 샬럿이 1816년에 태어났고, 에밀리와 앤은 각각 두 살 터울씩입니다. 하지만 이 세 자매 역시 작가로서의 꿈을 더 펼치지 못하고 안타깝게도 젊은 나이에 요절했습니다. 에밀리가 30세에 세상을 떠났고, 앤이 그다음 해인 29세에, 샬럿은 다시 6년 후인 39세에 사망했습니다. 사망 원인은 안타깝게도 폐렴과 폐결핵이었습니다.

아버지 패트릭은 자매들을 기숙학교에 보냈고 당시 기숙학교의 숨막힐 듯한 규율 때문에 자매들은 학교를 극도로 싫어하였습니다. 당시 기숙학교의 생활상은 후일 샬럿 브론테의 '제인 에어'에 생생하게 묘사됩니다.

이 소설을 처음 접하시는 분들도 읽다 보면 혹시 이 이야기가 샬럿 자신의 이야기가 아닐까 싶은 생각이 들 것입니다. 그래서 그런지 몰라도 샬럿은 이 소설을 처음 세상에 낼 때 커러 벨이라는 남자 필명으로 내놓았습니다. 필명을 쓴 또 하나의 이유를 추측해 보면 당시의 사회상에서 충분히 짐작할 수 있습니다. 당시의 영국은 산업혁명으로 인해 봉건제가 해체되고 사회와 경제 분야에서 엄청난 변혁을 겪는 시대였습니다. 그럼에도 불구하고 아직까지 여성이 전면에 나서기는 힘든 상황이었습니다.

샬럿 자신이기도 한 '제인 에어'는 시대를 앞서간 독립적이고 주체적인 여성이었습니다. 그러나 절대 과격하지 않았고, 기존의 사회제도와 종교적 윤리 등에 충실하면서 그 안에서 나름대로 독립된 자아를 추구하고 실현하고자 무던히도 애썼던 사람입니다.

소설 속에서 '제인 에어'는 가난하고 예쁘지 않지만 작고 귀엽고, 총명하며 의지가 굳은 처녀입니다. 샬럿 스스로가 자신을 예쁘다고 할 수는 없었을 것입니다. 그런데 이런 평범한 여성이 주체적이고 독립적인 모습으로 전면에 등장합니다. 당시로서는 획기적이 아닐 수 없습니다. 그것도 신데렐라처럼 우연한 기회에 신분상승을 하는 여인이 아니라 스스로 삶을 개척하고 노력해서 사랑을 쟁취합니다. 바로 이 점이 주목받은 것입니다. 또한, 당시 영국 사회에서의 감리교, 복음주의 교회 등 기독교를 생생하게 그려 내고 있고 개인의 정체성과 신학적 고민이 이렇게 잘 드러난 작품도 없기에 아직도 영국 문학을 배울 때 꼭 읽어야 하는 작품 중 하나로 많은 사람들이 평가하고 있습니다.

이 작품은 나오자마자 베스트셀러가 되었지만 동시에 격렬한 논란도 불러일으켰습니다. 보수적인 비평가들에게 여자 주인공의 굽힐 줄 모르는 자의식과 독립적인 인간이라는 선언이 영 불편했는지, 정치적 반역과 분노가 가득하다고 비판해 금서 목록에 오르기도 했습니다. 심지어 샬럿 브론테의 친구였고 샬럿의 사후 그녀에 대한 우호적인 전기를 펴낸 데다가, 그 자신이 논쟁적인 정치소설을 썼던 작가 엘리자베스 개스켈조차도 자신의 딸이 20세가 되기 전까지는 '제인 에어'를 읽지 못하게 했다고 전해집니다. 그런데 저는 이 '제인 에어'를 이 차별과 폭력의 관점에서 한번 들여다볼 필요가 있습니다. 인류의 삶이 고대와 중세, 근대를 거쳐 현대에 들어와 있는 지금, 인류 전체에 있어 가장 금기어가 차별과 폭력이라고 할 수 있습니다.

작품의 내용을 보면 작가 샬럿은 로체스터의 부인인 식민지 여성 버사를 희생시켜서 순수 영국 혈통 여성인 주인공 제인과의 사랑을 완성시킵니다. 더 나아가서는 버사가 광녀가 되어 다락방에 갇힌 것은 버사의 솔직하고 정열적인 성격이나 언행, 혈통을 혐오하는 영국의 백인 귀족 남성 로체스터의 횡포이거나, 작정하고 아내의 재산을 차지하려는 음모였을 수도 있다고 분석하는 사람들도 있습니다. 이것이 차별입니다. 여성, 그것도 가난하고 예쁘지 않은 여성의 권리를 말하는 명작 '제인 에어'에서조차 영국 출신이 아닌 여성은 부당하게 그려진 것입니다.

재밌는 사실이 또 있습니다. 1966년 도미니카 태생의 작가 진 리스는 소설 '제인 에어'를 버사의 입장에서 다시 쓴 소설인 '광막한 사르가소 바다'를 발표합니다. 주인공을 바꾸고, 관점을 바꾼 셈입니다. 당시 미국에서는 흑인 민권 운동과 흑인 여성 페미니즘 운동이 나란히 진행되고 있었음을 주목할 필요가 있습니다.

오늘날 우리 사회도 젠더 갈등이나 페미니즘 논쟁이 끊이지 않고 일어나고 있습니다. 작품에 등장하는 두 여성 제인과 버사의 경우처럼 같은 시공간에 있어도, 같은 여성이어도 여성이 겪는 폭력, 차별과 억압의 양상은 균등하지 않습니다. 개별적이고 주체적인 존재로서의 개인을 보아야 하는 게 옳지, 뭉뚱그려서 여성이라거나 그것도 더 구분하여 젊은 여성, 20대 여성 등 집단으로 묶어서 대하는 것은 결코 바람직하지 않습니다. 그런 의미에서 페미니즘은 결코 여성 우월주의이거나 남성 폄하주의가 아닌 것입니다.

이 소설의 줄거리는 간단합니다. 엄청난 반전이나 복선도 별로 없습니다. 그야말로 잔물결치는 고요하고 잔잔한 강물과도 같다고 할 수 있습니다. 온갖 고난과 역경을 딛고 일어선 어느 한 여인의 주체적인 삶, 독립적이고 능동적인 삶을 다루고 있습니다.

어릴 때 부모를 여읜 제인은 외숙모의 손에 맡겨집니다. 외삼촌이 돌아가시면서 제인을 데려다 키우라고 유언한 것입니다. 그러나 외숙모와 사촌들이 사는 게이츠헤드 저택에서 제인은 행복하지 않습니다. 학대와 폭력도 경험합니다. 그러다가 로우드 자선학교로 보내지게 되고 그곳에서 많은 어려움을 겪으면서 공부합니다. 졸업한 제인은 손필드 저택에 가정교사로 취직하게 되고 저택의 주인인 로체스터 백작과 사랑하는 사이가 되어 청혼을 받게 됩니다. 그러나 결혼식 당일, 로체스터가 정신병을 일으킨 부인 버사를 다락방에 가둔 채 제인과 또 결혼하려던 사실이 드러나게 되고, 제인은 로체스터의 곁을 떠나 우연히 도착한 마을에서 교사로 일합니다.

이후 작은아버지의 유산을 받아 부자가 된 후 손필드 저택을 방문해 보니 저택은 버사가 불을 질러 폐허가 되어 있었고, 버사는 사망했으며 로체스터는 눈과 한쪽 손을 잃은 불구의 몸으로 살아가고 있었습니다. 그런 로체스터와 제인은 마침내 결혼합니다. 그리고 사랑으로 로체스터의 눈을 뜨게 하고 아이를 낳고 행복하게 살아갑니다. 결말은 완벽한 해피 엔딩입니다.

이 작품 속에도 우리의 마음에 새겨야 할 명문장들이 많습니다.

"그 애에겐 그 모든 부끄러움을 넘어설 무언가가 있는 것 같았다. 그애의 시선은 바닥을 향해 있었지만 나는 잘 안다. 마룻바닥을 본 것이 아니라 자신의 마음속으로 들어가 있다는 걸. 저 애는 눈에 보이는 것을 보는 게 아냐. 저 애는 어떤 애일까? 착한 애일까? 나쁜 애일까?"

"만약에 그녀가 좀 더 성숙한 내면과 부드럽고 따뜻한 마음씨를 가졌더라면 나는 그녀에게 심한 질투심을 느꼈을 것이다. 그러나 그녀의 부족함들은 오히려 나로 하여금 로체스터 씨에 대한 희망을 불러일으켰다."

"지금 육신의 고통을 벗어나고자 하는 저이의 영혼이 이 세상을 떠난다면 어디로 가는 것일까? 이 땅을 떠난 영혼은 어디로 가는 것일까? 문득 헬린 번스가 죽기 전에 한 말이 떠올랐다. 육체를 떠난 영혼은 평등해."

"시란 마치 천재가 사라지는 것이 아니듯 죽는 일이 절대로 없다. 시와 천재는 시대를 살아갈 뿐 아니라 언젠가는 그 시대를 지배하고 구원한다.”

“나는 당신을 사랑하오. 이상하게도 내 마음을 끄는 당신. 마치 이 세상 사람이 아닌 것 같은 당신. 가난하고 이름도 없고 조그맣고 예쁘지도 않은 당신을 나는 사랑하오. 나의 아내가 되어 주겠소?” 로체스터가 ‘제인 에어’에게 한 프러포즈가 정말 멋지지 않습니까?

　모든 예술가들은 시대를 담아내며, 시대를 앞서가는 사람들입니다. 그들이 전하는 세상 속에서 우리는 위로를 받고, 평안을 얻고, 힘과 용기도 얻습니다. 샬럿 브론테의 ‘제인 에어’는 어두운 시대, 어두운 세상 속에서 그냥 묻혀지지 않고 당당하게 살아간 한 여성의 진실한 사랑 이야기입니다. 오늘날 이 시대를 살아가는 젊은이들이 ‘제인 에어’를 통해 힘과 용기를 얻고, 진정한 사랑을 찾는 삶이 되시길 빕니다.

비바람 몰아치는 곳, 폭풍의 언덕 (에밀리 브론테)

샬럿 브론테의 '제인 에어'에 이어 샬럿의 동생인 에밀리 브론테의 '폭풍의 언덕'을 살핍니다. 소설의 첫 시작은 이렇습니다.

"1801년, 방금 내 지주를 방문하고 돌아왔다. 그는 고독한 이웃이며 앞으로 나를 난처하게 만들 그런 사람이다."

브론테 자매들은 어린 시절부터 책을 좋아하고, 서로 책을 읽어 주면서 문학으로 성공하는 것을 꿈꾸었다고 알려져 있습니다. 그들은 각자 글을 쓰고 있었는데, 집안 정리를 하던 언니 샬럿이 우연히 에밀리가 쓴 글들을 보고 작가 데뷔를 하는 게 어떻겠냐고 권유했지만 에밀리는 남이 쓴 글을 왜 멋대로 보냐며 격하게 화를 내며 거절했다고 하고, 그 광경을 본 동생 앤이 자신도 글을 쓰고 있었다는 사실을 밝히면서 자매들이 같이 작가 데뷔를 준비했다고 전해집니다.

오늘날 우리가 브론테 자매들의 삶에 대해 가장 확실하게 알 수 있는 방법은 빅토리아 시대 전문가 데버러 러츠가 쓴 '브론테 자매 평전'을 통해서입니다. 그는 브론테 자매들의 삶에 대해 이렇게 말합니다.

"샬럿이 에밀리의 책상을 뒤지지 않았다면 '커러, 엘리스, 액턴 벨의 시집'이라는 그 얇은 책은 세상의 빛을 보지 못했을 것이다. 그제야 그들은 장편소설을 출판사에 보낼 자신이 생겼다. 샬럿이 밀어붙이고 에밀리는 저항했던 이 일은 아마도 책을 출간하는 행위, 그리고 심지어 장편소설을 집필하는 행위에 진정한 추동력을 보탰을 것이다. 분노와 싸움이 결합된 이런 복잡한 협력 과정이 없었다면, 그들의 걸작은 출간되지도, 혹은 아예 쓰이지도 않았을지 모른다."라고 말입니다.

여기서 언급한 '커러, 엘리스, 액턴 벨의 시집'은 1844년에 언니인 샬럿 브론테, 동생인 앤 브론테와 함께 공동으로 낸 시집입니다. 출간 당시에는 겨우 두 권이 팔릴 정도로 철저하게 외면당했지만, 에밀리의 시만큼은 뛰어나 가장 시인으로서 재능이 돋보인다고 평가받았습니다.

혹자는 브론테 자매들이 천재가 아니었을까 하는 의문도 제기했는데요. 실제 이들을 연구한 옥스퍼드 출신의 역사학자 줄리엣 바커 라는 사람은 이들이 천재는 아니었고, 후천적인 경험과 노력 덕분이었다고 밝혔습니다. 어렸을 때부터 책과 시사잡지, 장난감 등이 가득한 집안에서 서로 글쓰기와 이야기 만들기를 하면서 상호 보완하는 역할을 주고받았고, 자매들도 그런 생활을 게임처럼 즐겼기에 작가로서의 자질을 쌓을 수 있었을 거라고 분석하고 있습니다.

에밀리 브론테는 유일한 소설인 '폭풍의 언덕'과 함께 시인으로도 유명한데, 특히 이중에 '죄수', '내 영혼은 비겁하지 않노라', '상상력에 기대어', '추억', '늙은 금욕주의자' 등의 시가 많이 알려져 있습니다. 이중 '내 영혼은 비겁하지 않노라'는 19세기 대표 여류 시인인 미국의 에밀리 디킨슨의 애송시였고, 에밀리 디킨슨의 사망 시 그녀의 유언에 따라 장례식장에서 낭송되었습니다. 이 시집들을 들여다보면 그녀는 '자유로우면서도 올바르게 사는 것'을 매우 동경했음을 알 수 있다고 합니다.

　　브론테 자매가 모두 요절한 직접적인 원인은 폐렴과 폐결핵 등으로 알려졌는데, 당시의 의료 수준으로 보면 이해할 수 있는 측면이 있습니다. 그러나 흥미로운 사실은 당시 영국의 어린이 훈육 문화가 작용했다는 해석이 있습니다. 당시 영국에서는 매우 금욕적이고 엄격하게 어린이를 키워야 한다고 여겼고, 어린이가 맛있고 양 많은 음식을 먹는 것조차 금지하였다고 합니다. 실례로 '제인 에어'를 보면 어린이를 어떻게 대했는지에 대해 구구절절 자세히 묘사됩니다. 어린 시절부터 제대로 먹지 못한 채 허약해진 몸으로 황량한 요크셔 지역에서 쓸쓸하게 살아야 했으니 다들 건강이 좋았을 리 없었고 그런 몸에 병원균이 들어왔으니 회복할 수 없었을 거라고 추측하고 있습니다.

　　특히, 에밀리는 오빠 브론웰과 같은 연도에 세상을 떠났습니다. 1848년 9월에 결핵에 걸려 고열에 시달리던 오빠 브론웰이 죽은 후 많이 상심했고, 오빠의 장례식 때 걸린 감기가 급속도로 악화돼 이후 결핵이 되어 유명을 달리합니다. 한 가지 아쉽고 안타까운 건 에밀리가 죽어가면서 그동안 자신이 남겼던 흔적을 대부분 없앤 것입니다. 평생 써

오던 일기라든지 공책에 적어 둔 많은 글들이 불태워 사라졌기에 많이 아쉽습니다.

'폭풍의 언덕'은 서른 살의 나이에 요절한 에밀리 브론테가 죽기 1년 전에 발표한 유일한 소설입니다. 셰익스피어의 '리어왕', 허먼 멜빌의 '모비 딕'과 더불어 영문학의 3대 비극 작품으로 평가받고 있습니다. 출간 당시에는 좋은 평가를 받지 못했는데 그 이유는 당시 시대상과 어울리지 않은 작품의 분위기, 내용, 문체 등이 복합적으로 작용했습니다. 에밀리 브론테가 '엘리스 벨'이라는 가명으로 발표했을 당시에는 거칠고 음산한 힘과 등장인물들이 드러내는 사랑과 복수의 야만성 때문에 반도덕적이라는 비난을 받았고, 심지어 그녀의 언니 샬럿마저도 1850년에 출판된 소설의 서문에서 "어쭙잖은 작업장에서 간단한 연장으로 하찮은 재료를 다듬어 만든 것"이라고 밝힌 바 있습니다.

그럼에도 사후에 그녀가 불후의 문학적 명성을 얻게 된 것은, 바로 이 작품에서 보이는 빛나는 감수성과 시적이고 강렬한 필치, 그리고 깊은 비극성과 시적인 표현으로 인한 것입니다. 이 작품이 특히 더 주목받는 것은 당시의 시대상, 즉 빅토리아 왕조의 이상적인 풍토에서 나온 교훈적이고 도덕적이었던 다른 작품들과는 달리 개인의 실존에, 정열과 의지에, 인간 존재의 궁극적인 진실에 초점을 맞췄기 때문이라는 평가가 지배적입니다.

이 작품의 가치와 관련하여 한 가지 꼭 말씀드리고 싶은 것이 있습니다. 오늘날 우리는 '자유'라는 말을 자주 쓰고 있습니다. 이 '자유'는 에밀리 브론테의 삶 자체였다고 할 수 있습니다. 그 누구 못지않게 자유를 중시한 에밀리 역시 '폭풍의 언덕'을 쓰면서 주인공 캐서린에게 자신의 모습을 투영했다고 전해지고 있습니다. 그래서 이 작품을 읽으실 때 사랑과 복수에 관한 이야기에만 초점을 맞추기보다는 인간에게 있어 진정한 자유란 과연 무엇인지 사유할 수 있는 기회를 갖는 것도 매우 의미 있지 않을까 싶습니다.

훗날, 같은 영국의 전설적인 작가들인 서머싯 몸, 버지니아 울프 등이 '폭풍의 언덕'을 극찬하였고 오늘날에는 누구나 인정하는 세계적인 명작으로 여겨지게 되었습니다. '폭풍의 언덕'을 인류 역사상 가장 위대한 문학작품 중 하나라고 극찬한 프랑스의 사상가 조르주 바타유는 에밀리 브론테에 대해 "그녀는 정신적 순결을 간직했고, 그녀보다 엄격하고, 그녀보다 용감하고, 그녀보다 올곧은 사람이 거의 없었다."라고 말했습니다.

이 작품도 사랑 이야기입니다. 그것도 비극적인 사랑입니다. 고립된 시골 마을의 언쇼 가문과 린턴 가문이라는 두 집안의 이야기입니다. 황량한 들판 위의 외딴 저택 워더링 하이츠를 무대로 벌어지는 주인공 캐서린과 히스클리프의 비극적인 사랑, 에드거와 이사벨을 향한 히스클리프의 잔인한 복수를 록우드 라는 남자와 엘렌 딘이라는 가정부 두 사람의 이야기로 그려집니다. 솔직히 말씀드리면 읽기가 쉽지 않고, 조금은 불편하기까지 합니다.

주 내용이 사랑과 복수다 보니 인간이 어디까지 비정하고 잔혹해질 수 있는가, 타인과의 관계를 통한 진정한 사랑과 행복은 무엇인가에 대해서 많은 생각을 하게 됩니다. 작가인 에밀리 브론테는 삶과 죽음, 자연과 초자연, 환상과 현실, 자아와 타자, 혼돈과 조화 등 양 극단에 서 있는 가치들을 아우르고 조화시키면서 광대한 상상력을 바탕으로 인간의 본질을 꿰뚫는 통찰력을 보여 줍니다.

"두 아이는 저 같으면 떠올리지 못할 기특한 생각으로 서로를 위로하고 있었어요. 세상의 어떠한 목사님도 그들이 순진하게 이야기하면서 그려 낸 것만큼 아름다운 천국은 그려 내지 못했을 거예요."

"머리에 계속 남아 생각을 변화시키는 꿈이 있어. 그 꿈들은 마치 물에 포도주를 섞듯 내 안으로 샅샅이 스며들어 내 마음의 빛깔을 바꿔 놓지."

"그 애가 정말로 나를 잊는다면, 내 앞날은 죽음과 지옥이라는 두 마디로 끝나."

"엘렌은 이곳에 살면서 어떻게 인간의 보편적인 심성을 간직할 수 있었어?"

"우리의 영혼이 무엇으로 만들어졌든 그의 영혼과 내 영혼은 똑같아. 하지만 린턴의 영혼은 달빛과 번개, 서리와 불이 다르듯 우리와는 다르지."

"모든 것이 소멸해도 그가 남는다면 나는 계속 존재해. 하지만 다른 모든 것이 있어도 그가 사라진다면 우주는 아주 낯선 곳이 되어 버리고 말 거야."

'인간의 굴레'와 '달과 6펜스'를 쓴 영국의 소설가 서머싯 몸은 '폭풍의 언덕'을 그 어느 소설 작품과도 비교가 불가능하며, 세계 10대 소설로 꼽을 만하다고 극찬했습니다. 또 버지니아 울프는 에밀리 브론테를 우리가 인간 존재에 관해 알고 있는 모든 것을 뿌리째 흔들고, 그 인지할 수 없는 투명성을 실재를 초월하는 삶의 격정으로 채울 수 있는 능력의 소유자라고 평가했습니다. 이 두 사람의 말을 들으면 이 작품이 얼마나 대단한지 아마 짐작하실 수 있을 것입니다.

지금 우리가 살아가고 있는 이 땅이 바로 비바람이 몰아치는 '폭풍의 언덕'입니다. 살아가면서 겪는 모든 것은 다 폭풍입니다. "내 영혼은 겁쟁이가 아니기에 폭풍이 몰아치는 영역에서 떨지 않는다네."라고 한 에밀리 브론테처럼 그것을 어떻게 견뎌 내고, 어떻게 이겨 낼 것인가? 그 속에서 어떻게 영혼의 자유함을 찾는가는 결국 각자 각자에게 주어진 몫이라는 점을 우리에게 전해 주고 있다고 생각합니다.

짧은 순간 영원한 사랑,
한여름 밤의 꿈 (윌리엄 셰익스피어)

윌리엄 셰익스피어의 '한여름 밤의 꿈' 1막 1장은 이렇게 시작합니다.

"자, 아름다운 히폴리타,
이제 우리 혼인날이 빨리 다가오는구려.
행복한 나흘 뒤면 새 달이 뜬다오.
근데 저 낡은 달은 얼마나 느리게 기우는지!
계모나 과부가 젊은이의 재산을 오랫동안 축내듯이
내 욕망을 질질 끌어 풀 죽게 만든다오."

아마도 전 세계에서 셰익스피어를 모르는 사람들은 거의 없을 거라고 생각합니다. 셰익스피어는 영국의 시인이며 극작가로서, 영문학 역사상 가장 위대한 작가이자 세계 최고의 극작가, 더 나아가 탁월한 언어 창조자로 널리 인정받고 있습니다. 당연히 현대의 영국인들에게는 최고의 자부심 중 한 사람입니다. 인도와도 바꾸지 않겠다고 한 어느 역사학자의 말도 기억합니다.

1564년에 태어난 그는, 어릴 적부터 주로 성경과 고전을 통해 읽기와 쓰기를 배웠고, 라틴어 격언도 암송하곤 했다고 전해집니다. 11세에 입학한 문법학교에서 문법, 논리학, 수사학, 문학 등을 배웠습니다. 특히 성경과 더불어 로마의 시인인 오비디우스의 작품으로, 천지창조로부터 율리우스 카이사르가 신이 되는 과정을 그린 '변신 이야기'가 셰익스피어에게 상상력의 원천이 되었다고 알려져 있습니다.

셰익스피어를 이해함에 있어 가장 중요한 키워드는 자연입니다. 그는 자연으로부터 모든 것을 배운 자연의 아들이자 천재였습니다. 대학 교육을 전혀 받지 못했음에도 불구하고 자연을 통해 체득한 타고난 언어 구사 능력과 무대예술에 대한 천부적인 감각, 다양한 경험, 인간에 대한 심오한 이해력은 그를 위대한 작가로 만드는 데 부족함이 없었습니다.

1616년 52세라는 나이에 일찍 세상을 떠났지만, 생전의 삶은 비교적 순탄했습니다. 특히 엘리자베스 여왕과 제임스 1세에게 후대를 받아 1594년에는 궁내부장관 극단의 전속 극작가로 임명되어 활발한 작품 활동을 펼쳤고, 경제적으로도 여유로웠다고 합니다.

셰익스피어의 수많은 희곡 중 셰익스피어를 대표하는 것이 바로 우리가 잘 알고 있는 '셰익스피어 4대 비극'입니다. 4대 비극이 무엇인지는 아마 다 잘 알고 계실 것입니다. 자신의 아버지를 죽이고 어머니와 결혼한 클로디어스에게 복수하는 과정에서 일어나는 비극을 그린 '햄릿', 무어인 장군 오셀로가 이아고의 간계에 빠져 사랑하는 아내를 질투하고 살해하는 비극을 다룬 '오셀로', 자신에 대한 딸들의 충성을 시험하다 비극을 맞는 '리어왕', 권력을 향한 욕망으로 비극을 초래하는 '맥베스'가 그것입니다.

이 4대 비극 외에 전 세계 사람들이 가장 잘 알고 있고 사랑하는 '로미오와 줄리엣', 그리고 5대 희극이라고 알려져 있는 '베니스의 상인', '한여름 밤의 꿈', '말괄량이 길들이기', '12야', '뜻대로 하세요'를 비롯하여 '줄리어스 시저', '안토니와 클레오파트라', '헨리 4세' 등 37편의 희곡과 '비너스와 아도니스' 등의 시집, 54편의 소네트를 썼습니다.

이런 대부분의 작품이 괴테의 살아생전에 인기를 누렸으니 그 누구보다도 행복한 작가였다고 할 수 있습니다. 한 가지 흥미 있는 건 이 '한여름 밤의 꿈'과 '로미오와 줄리엣'을 거의 비슷한 시기에 썼다고 합니다. 대표적인 희극과 비극을 거의 동시에 쓴 셈인데, '한여름 밤의 꿈'에 극중극으로 선보이는 '피라미스와 디스비' 이야기가 바로 로미오와 줄리엣 이야기라고 알려져 있습니다.

셰익스피어의 작품 세계를 한 마디로 규정하면 그의 예술은 연극이라는 매체를 통해 인간 내면의 세계를 극한까지 추구한 것으로 평가되고 있습니다. 셰익스피어가 쓴 작품들 속에는 인간을 들여다보는 깊이 있는 시선이 담겨 있습니다. 그렇기 때문에 오랜 세월이 흘러도 많은 이들이 끊임없이 재해석하고, 셰익스피어가 그려 낸 인물들을 파고듭니다. 그 끈질긴 생명력이 바로 셰익스피어 작품들이 지닌 가치입니다.

그의 모든 작품은 시적 표현이 넘치는 최고의 운문과 함께 세계문학사와 연극사의 텍스트로 전해지고 있습니다. 또한 18세기 이래 영국에서는 '셰익스피어학'이라는 독립된 학문이 발전하여 모든 비평 원리의 선례로 이용되고 있으며, 극단에서는 셰익스피어의 극이 배우의 등용문으로 되어 있을 정도입니다.

1623년에 벤 존슨은 그리스와 로마의 극작가와 견줄 수 있는 사람은 오직 셰익스피어뿐이라고 호평하며, 그는 "어느 한 시대의 사람이 아니라, 모든 시대의 사람"이라고 칭찬했고, 1668년에 존 드라이든은 셰익스피어를 "가장 크고 포괄적인 영혼"이라고 극찬했습니다.

셰익스피어의 초기작이자 대표적인 낭만 희극인 '한여름 밤의 꿈'은 꿈과 환상으로 가득한 작품으로 꾸준히 대중들의 사랑을 받고 있습니다. 읽어 보신 분들은 등장인물이 생각나실 것입니다. 엇갈린 사랑의 네 주인공인 라이샌더, 허미아, 드미트리우스, 헬레나가 주인공이고, 요정 왕인 오베론, 요정 여왕인 타타니아, 오베론의 시종으로 장난꾸러기 요정인 퍼크가 등장합니다.

어긋난 사랑의 운명에 눈물 흘리는 젊은 남녀와 이들에게 마법을 거는 요정들이 어우러져 한바탕 유쾌한 소동이 벌어지고, 결국 연인들의 사랑의 마찰과 갈등이 초자연적인 힘을 빌려 해결된다는 한 편의 꿈같은 이야기입니다. 셰익스피어의 작품 중 가장 환상적이고 몽환적이며 작가의 상상력이 가장 잘 발휘된 작품으로 평가받고 있습니다. 셰익스피어는 중세의 사랑 이야기와 서사시, 고전 신화 등에서 빌려 온 서로

다른 이야기들을 유기적으로 결합하여 사랑의 고난과 맹목적인 사랑
이라는 주제를 아름답게 그려 냈습니다.

이 작품이 특히 뛰어난 것은 탁월한 상상력입니다. 작품 속에서 유령,
마녀, 요정 같은 초현실적인 존재들이 많이 등장하고, 요정들의 마법의
숲을 생생하게 묘사함으로써 셰익스피어의 시적 상상력이 응집된 작품
입니다. 그래서 이 작품을 읽으실 때는 가급적 소리를 내어 읽되, 연극
을 하듯이 혼자서 여러 역할을 번갈아 가면서 각 주인공에게 감정이입
을 하여 읽으면 더 실감나게 받아들이실 수 있습니다. "큐피드의 화살
맞은 자주색 꽃이여, 이 눈동자 적시어라. 그가 님을 보게 되면 그녀는
저 하늘 샛별처럼 찬란하게 빛나리라." 이렇게 말입니다.

이 작품에서 꼭 아셨으면 하는 한 가지가 바로 마법의 묘약입니다.
잠자는 사이 눈에 넣으면 잠에서 깨어 처음 본 것을 맹목적으로 사랑
하게 되는 바로 그 사랑의 묘약입니다. 작품에서는 오베론 왕이 아테
네 젊은이들에게도 이 묘약을 사용하여 잠시 변심했던 드미트리우스
가 예전처럼 헬레나를 사랑하게 함으로써 복잡하게 얽힌 그들의 사랑
의 갈등이 해결되는 역할을 하게 됩니다.

셰익스피어 작품들은 하나같이 다 명문장의 보고입니다. 마치 한 편
의 시가 이어지는 듯합니다.

"우리는 내일 밤 달의 여신 포이베가
칼날 같은 풀잎에 진주 이슬 달아 주며

자신의 은빛 얼굴 물거울에 비춰 볼 때
(연인들의 도피를 언제나 감춰 주는 그 시각에)
아테네 성문을 빠져나갈 작정이야."

1막 2장에서 드미트리우스의 변심을 겪은 헬레나가 사랑의 맹목적이고 무분별한 속성을 말합니다.

"아무리 천하고 천하여 멸시할 만한 것이라도
사랑은 훌륭하고 품위 있는 것으로 바꾸어 주지.
사랑은 눈으로 보지 않고 마음으로 보는 것.
그래서 날개 달린 큐피드를 소경으로 그린 것.
그리고 사랑하는 마음에는 분별심이라고는 조금도 없지.
눈은 없고 날개만 있는 것은 물불을 가리지 않는
그런 성급함을 나타내는 거야."

또, 젊은 연인들이 숲에서 겪은 이야기를 듣고 테세우스 공작이 하는 이 대사처럼 셰익스피어는 이 극 속에서 이런 상상력을 발휘하고 있습니다.

"광인이나 연인이나 시인은 모두 상상력으로
머릿속이 꽉 차 있는 사람들이오.
시인의 상상력은 지금까지 알려져 있지 않은 것을
형상화하고 시인의 펜은 그들에게 확실한 형태를 만들어 주며
존재하지도 않은 것에 거처와 이름을 붙여 주는 것이오.

그런 재주는 뛰어난 상상력이 있기 때문이오."

이 작품과 함께 제가 좋아하는 인기그룹 SG워너비의 '한여름 날의 꿈'과 그 유명한 결혼행진곡이 나오는 멘델스존의 '한여름 밤의 꿈'도 더운 여름날 들어 보시고 기억하시면 좋을 듯싶습니다.

우리가 살아가는 이 세상은 한 마디로 표현하기에는 너무나 복잡합니다. 그런 세상에서 백여 년 남짓 짧은 생을 살아가는 사람들은 복잡한 세상 만큼이나 복잡한 삶을 살아갑니다. 사랑, 돈, 권력, 명예 등등이 사람과 사람 사이에 얽히면서 어렵게 하고 힘들게 합니다. 그 속에서 가장 중요한 가치는 역시 위대한 사랑이라는 걸 깨닫게 합니다. 허미아의 "오! 지옥이다. 다른 사람의 눈으로 사랑을 택하다니."라는 외침이 가슴에 오래 남습니다.

그러나 이 모든 것은 사실 다 한여름 밤의 꿈같은 것입니다. 사랑의 묘약도 하룻밤이 지나고 나니 약효가 사라져 모든 것이 정상으로 돌아오듯 세상의 모든 일은 다 한여름 밤의 꿈같은, 금방 사라지고 마는 것입니다. 그러니 대문호 셰익스피어도 오직 참사랑만을 추구하라, 한여름 밤의 꿈 같은 것들을 잡으려 하지 말고, 오직 지금 이 순간을 살아가라는 메시지를 전하고 있는 것입니다.

시인이 노래하는 사랑은 한여름 밤의 꿈에 나오는 연인들처럼 용솟음치는 사랑입니다. 그 사랑은 그냥 사랑이 아닙니다. 잔잔한 마음에 불타오르는 정열입니다. 한여름 밤의 꿈에서 사랑을 나눈 라이샌더, 드미트리우스, 허미아, 헬레나 네 젊은이의 풋풋하면서도 정열적인 사랑이 금방 느껴질 정도입니다. 그 사랑이 내 곁에 있는 한 어떠한 상황에서도 희망의 꿈을 꿀 수 있는 것입니다. 이 세상에 존재하는 모든 것이 다 한여름 밤의 꿈같은 것이라면 지금 이 순간, 우리는 무슨 꿈을 꾸어야 할까요?

별처럼 빛나는 사랑,
별 <small>(알퐁스 도데)</small>

"뤼브롱 산에서 양치기를 하던 때였다. 몇 주일씩 마을 사람들과 떨어져 사냥개 라브리와 함께 양떼를 돌보며 홀로 목초지에서 지내고 있었다."

밤하늘의 별처럼 영원히 빛나는 '별'의 첫 문장입니다.

교과서 속의 세계 명작은 많습니다. 제목만 들어도 아! 하면서 그 시절에 읽었던 느낌, 감정, 생각들이 줄줄이 떠오를 것입니다. 알퐁스 도데의 '마지막 수업', 오 헨리의 '마지막 잎새'를 비롯하여 '알프스 소녀 하이디', '어린 왕자', '안데르센 동화집', '왕자와 거지', '레 미제라블', '정글북', '파랑새', '피노키오' 등등 이루 헤아릴 수 없이 많은 작품들이 기억나실 것입니다.

우리가 그 작품들을 읽으며 자랐습니다. 이처럼 어릴 때, 젊은 시절에 책을 읽는 습관을 기르는 게 중요합니다. 그것은 사라지거나 없어지지 않습니다. 제가 인문학 강의를 하면서 젊은이들에게 말하곤 하지만 우리의 마음속에, 우리 몸의 세포 속에 하나하나 다 알알이 박혀서 우리를 성장케 하고, 지탱케 하는 힘이 됩니다.

그렇게 별처럼 빛나는 수많은 세계 명작 중에서 진짜 별 같은 작품이 있습니다. 바로 알퐁스 도데의 '별'입니다. 이 작품은 우리 모두의 가슴속에 별처럼 늘 살아 있습니다. 아름답고 순수한 사랑 이야기와 직접 가 보지는 않았더라도 프로방스의 멋진 자연의 풍광이 절로 떠오를 것입니다. 또 이 작품으로 인해 스테파네트 아가씨가 전 세계 만인의 연인이 되기도 했습니다.

알퐁스 도데는 전 세계 많은 사람들로부터 사랑받는 작가입니다. 그는 예리한 지성과 섬세한 감성을 소유한 작가로 널리 알려져 있습니다. 1840년 프랑스에서 태어났는데, 바로 프로방스가 도데의 고향입니다. 그래서 '프로방스의 시인'으로 불리기까지 합니다. 18세에 시집 '연인들'을 발표하면서 문학의 길을 걸었습니다. '별'은 29세에 발표한 첫 단편소설집 '풍차 방앗간의 편지'에 실린 소설로 그의 대표작입니다. 이 별과 함께 전 세계인들로부터 사랑받는 '마지막 수업'이라는 작품이 있습니다. 아멜 선생님이 쓰신 '프랑스 만세'를 끝으로 끝나는 마지막 수업 말입니다. 이런 작품들을 통해 우리는 짧은 문학작품 하나가 그 어떤 서사나 웅변보다도 더 많은 사람들의 마음을 움직일 수 있음을 느낄 수 있습니다.

또 한 가지 기억해야 할 것은 클래식 음악을 좋아하는 사람들이라면 알고 있는 조르쥬 비제의 '아를의 여인'이라는 작품이 있는데, 이 '아를의 여인'이 바로 알퐁스 도데의 희곡입니다. 이것을 비제가 작곡한 것입니다.

'별'이라는 작품에는 부제가 붙어 있습니다. '프로방스의 어느 양치기 이야기'라고 말입니다. 주인공은 프로방스 뤼브롱 산의 양치기입니다. 그리고 또 한 명의 주인공이 있죠? 우리가 영원히 잊지 못하는 이름입니다. 바로 '스테파네트 아가씨' 기억나시죠? 한번도 본 적이 없지만 스테파네트 아가씨가 얼마나 아름다운 아가씨인지 우리는 다 알고 있습니다.

'별'은 이 두 사람의 순수한 사랑 이야기입니다. 마치 우리나라의 소설로 따지면 황순원님의 '소나기'처럼 말입니다. 양치기는 산 위에 있는 목장에서 양을 치는 외로운 사람입니다. 보이는 건 산과 풀과 양들과 그리고 밤만 되면 하늘에 무수히 떠 있는 별들뿐입니다. 그에겐 아랫마을에서 주기적으로 식량과 생필품을 가져다 주는 사람들이 있는데, 어느 날 아무리 기다려도 아무도 오지 않습니다. 그러다가 난데없이 스테파네트 아가씨가 찾아온 것입니다. 그가 늘 마음에 품고 짝사랑하던 그 아가씨가요. 말도 못하고 어버버하죠. 저녁이 되어 돌아가겠다고 길을 나선 아가씨가 불어난 물로 빠진 채 다시 돌아옵니다. 그러면서 이 세상에서 가장 아름다운 둘 만의 하룻밤이 시작됩니다. 모닥불 앞에 앉아 밤하늘의 별 이야기를 들려주는 양치기의 모습, 그 이야기를 듣고 있다가 양치기의 어깨에 기대어 잠이 드는 스테파네트 아가씨.

그리고 별처럼 빛나는 명문장이 뒤를 잇습니다. 그 모습을 상상하면서 한번 들어 보시죠.

"우리 주위의 수많은 별들은 유순한 양떼처럼 소리 없이 걷고 있었다. 나는 그 별들 가운데에서 가장 아름답고 빛나는 별 하나가 길을 잃고 내려와 내 어깨에 머리를 기댄 채 잠들어 있다고 생각했다."

세계 명작에는 멋진 첫 문장을 포함하여 빛나는 문장들이 보석처럼 박혀 있습니다. 그중에서도 "나는 그 별들 가운데에서 가장 아름답고 빛나는 별 하나가 길을 잃고 내려와 내 어깨에 머리를 기댄 채 잠들어 있다고 생각했다." 이 문장은 단연코 별 중의 별입니다.

오늘날 우리가 '별'이라는 작품을 만나야 하는 이유가 분명히 있습니다. 아마도 지금 우리가 처해 있는 환경과 여건으로, 우리의 시각으로 이 상황을 다시 본다면 이렇게 순수하고 아름답게 그려 낼 수 있을까요? 우리가 양치기가 된다면, 스테파네트 아가씨가 된다면 이렇게 별과 어우러진 아름다운 사랑 이야기의 주인공이 될 수 있을까요? 쉽게 장담하진 못할 것입니다. 물론 이 작품이 1800년대에 쓰여진 것이기에 그럴 수도 있지만 세월이 지나도 여전히 빛나는 문학이 주는 감동이 바로 이런 것이 아닐까 싶습니다. 아가씨가 산을 내려갈 때의 심정을 양치기는 이렇게 표현했습니다.

"목동아 잘 있어."
"안녕히 가세요. 아가씨."

"아가씨는 빈 광주리를 가지고 떠나 버렸습니다. 아가씨가 비탈진 산 길로 사라졌을 때 노새의 발굽에 차여 뒹구는 자갈돌 하나하나가 내 심장 위로 떨어져 내리는 것 같았습니다. 그 소리는 오래도록 내 귓가 에 맴돌았습니다. 나는 꿈이 깨져 버릴까 봐 해가 질 때까지 몽롱한 상 태 그대로 꼼짝 않고 앉아 있었습니다."

어떻습니까? 양치기의 그 마음이 생생하게 전해져 오지 않습니까? 우리는 지금 많은 것을 추구하는 시대를 살아가고 있습니다. 과거에 없던 것, 새로 생겨난 것들이 수없이 많습니다. 그 많은 것들은 우리의 삶을 풍족하게 하고 편리하게는 할지언정 진정으로 아름답게는 할 수 없습니다. 우리의 삶을 진정 아름답게 할 수 있는 건 오직 인간다운 마 음뿐입니다. 문학을 통해 이런 마음을 기르고, 보듬고, 품어 가야만 우 리가 살아가는 이 세상이 위태롭지 않고, 보다 아름답고 따뜻할 수 있 습니다.

지금, 이 순간 우리의 삶을 돌아봅니다. 우리가 살아가는데 있어 소 중히 간직해야 할 가치들을 떠올립니다. 빛남, 고귀함, 순결함, 순수함 등등 참으로 아름다운 가치들입니다. 알퐁스 도데의 '별'에는 바로 이 런 소중한 가치들이 수많은 별처럼 반짝거립니다. 단어 하나, 문장 하 나에 숨어서 빛을 냅니다. 우리도 이 '별'을 통해 별처럼 빛나는 삶을 펼 쳐 가면 좋겠습니다.

슬프도록 아린 겨울 나그네,
독일인의 사랑 (막스 뮐러)

"누구의 어린 시절이든 나름대로 비밀과 경이로움을 갖고 있다."

이 작품의 첫 문장입니다.

'독일인의 사랑'을 쓴 작가 막스 뮐러는 소설가라기보다는 비교언어학의 세계적 권위자로 잘 알려진 학자입니다. 독일의 낭만주의 서정시인 빌헬름 뮐러의 아들입니다. 빌헬름 뮐러는 슈베르트의 유명한 연가곡 '아름다운 물방앗간의 처녀'와 '겨울 나그네'의 노랫말을 쓴 시인입니다. 이런 아버지를 닮아서인지 막스 뮐러는 어릴 때부터 어학과 문학에 뛰어난 소질을 보였는데, 그의 생애에 소설은 오직 한 편을 남깁니다. 그 작품이 바로 '독일인의 사랑'입니다.

참고로, 세계문학사를 살펴보면 단 하나의 작품으로 영원히 빛나는 작가들이 많습니다. 우리가 잘 알고 있는 '바람과 함께 사라지다'의 마거릿 미첼이 가장 대표적인 작가입니다. 또한, '폭풍의 언덕'의 에밀리 브론테, 우리나라에서도 한글의 보고라고 알려진 장편 대하소설 '임꺽정'을 남긴 벽초 홍명희 선생을 들 수 있습니다.

막스 뮐러는 1823년 독일 베를린에서 태어났습니다. 그가 네 살 때에 아버지 빌헬름 뮐러가 33세의 젊은 나이로 세상을 떠나는 바람에 힘든 어린 시절을 보내야만 했으나, 어머니의 사랑과 지원으로 제대로 된 교육을 받으며 성장했습니다. 베를린대학에서 공부한 후 27세인 1850년에 옥스퍼드대학 교수에 임명되었으며 곧 영국으로 귀화합니다. 이후 인도-게르만어의 비교언어학, 비교종교학의 과학적 방법론을 연구하면서 학자의 길만을 걸어갑니다.

학자로서 그의 업적은 대단합니다. 종교의 기원은 물론 종교와 도덕, 신화 사이의 관계와 이를 연구하기 위한 적절한 방법론에 천착하여 오늘날 과학적 종교 연구의 개척자로 불리우게 됩니다. 말년에도 독일로 돌아가지 않고 77세의 나이에 세상을 떠나 영국에 묻힙니다.

이 작품을 읽으면서 빌헬름 뮐러의 '겨울 나그네'를 한번 음미해 보는 시간을 가져도 좋을 거라 생각합니다. 빌헬름 뮐러의 시에 슈베르트가 곡을 붙인 연가곡집 '겨울 나그네'는 총 24개의 노래로 이루어져 있습니다. '밤의 안녕'으로부터 '얼어붙은 가슴', '보리수', '최후의 희망' 등을 거쳐 24번째인 '거리의 악사'로 이어집니다.

이 '겨울 나그네'는 제게도 많은 추억이 있는 곡입니다. 제가 육사생도 시절에 안성기, 이미숙, 강석우 배우가 주연하고 곽지균 감독이 연출한 그 영화, 가슴 아픈 민우와 다혜의 사랑 이야기인 '겨울 나그네'를 보고 흠뻑 빠졌던 기억이 있습니다.

다음은 가곡 '겨울 나그네' 중 우리에게 잘 알려져 있는 '보리수'입니다.

"성문 앞 샘물 곁에 서 있는 보리수
나는 그 그늘 아래 수많은 단꿈을 꾸었네

보리수 껍질에다 사랑의 말 새겨 넣고
기쁠 때나 슬플 때나 언제나 그곳을 찾았네

나 오늘 이 깊은 밤에도 그곳을 지나야 했네
온통 캄캄하게 어두웠지만 두 눈 꼭 감았네

살랑이는 나뭇가지는 꼭 날 부르는 듯했네
친구여, 내게로 오라, 여기서 안식을 찾아라!

차가운 바람이 불어 얼굴을 세차게 때렸네
바람에 모자 날려도, 나 돌아다보지 않았네

이제 그곳에서 떨어진 지 한참이 되었네
여전히 속삭임 소리 들리네
친구여, 거기서 안식을 찾으라고!"

이제 작품 속으로 들어갑니다. 독일인의 사랑은 깊은 마음을 담은 아름다운 문장들로 가득하여 한 마디로 표현하면, 수많은 세계 명작들 중에서도 우뚝 솟은 인문학의 보고라고 말할 수 있습니다. 아름답고 순결한 그러나 몸이 아파 시한부 인생을 사는 한 귀족가의 소녀와 그런 소녀에게 동경을 느끼는 순수한 소년의 플라토닉 사랑을 이야기합니다.

줄거리는 단순합니다. 주인공인 '나'와 심장병 때문에 몸을 움직이지 못하는 소녀 마리아가 신분을 초월하여 애절한 사랑을 나누지만, 결국 마리아의 죽음으로 그들의 아름다운 사랑은 끝이 납니다. 이 작품이 탁월한 것은 비교언어학의 대가답게 작가의 언어 표현이 정말 섬세하고 살아 있기 때문입니다. 곳곳에 스며 있는 비유와 묘사 등이 신비로우며, 각각의 회상이 마치 한 편의 장편 시라고 느껴질 만큼 아름답습니다. 그러면서도 인간의 삶과 사랑의 진정한 의미를 사유할 수 있습니다.

"오, 이 땅에 얼마나 엄청난 보물이 감추어져 있는지를 차라리 몰랐더라면 좋았을 것을! 한 번 사랑하고 나서 영원히 고독해져야 한단 말인가! 한 번 믿고 나서 영원히 의혹에 빠져야 한단 말인가! 한 번 빛을 받고 나서 영원히 눈이 멀어야 한단 말인가!"

이렇게 이 작품은 막스 뮐러의 맑고 깊은 정신과 끝없는 사유를 통해 표현된 세상 그 자체입니다. 문학, 종교, 예술, 사랑에 대한 아름답고 주옥같은 문장들이 춤추고 있습니다. 또한, 워즈워스의 '산지의 소녀' 등 아름다운 시들도 많이 담겨 있습니다. 그래서 이런 문장들을 직접 접하는 것만으로도 큰 기쁨이자 행복입니다.

"인생의 새벽빛이 우리 영혼 안에 감추어진 꽃받침을 열어 줄 때면 마음 깊은 곳에서 그윽한 사랑의 향기가 풍겨 나오기 마련이다. 우리는 서서 걷는 법, 읽고 말하는 법을 배운다. 하지만 어느 누구도 우리에게 사랑을 가르쳐 주지는 않는다. 한 송이의 꽃도 햇빛이 없으면 만개하지 못하듯, 인간도 사랑 없이는 한순간도 살아갈 수 없다."

"나는 소년답게 최대한으로 그녀를 사랑했다. 그러한 소년기의 사랑에는 청년기와 장년기에서는 볼 수 없는 순수함과 진실이 담겨 있으며, 온 마음을 다해 사랑하는 특성이 있다. 하지만 당시의 나는 그녀가 이미 타인이며, 사랑을 고백해서는 안 될 인간에 속한다고 믿고 있었다."

"시인들은 얼마나 행복할까요. 시인의 언어는 침묵하고 있는 수많은 사람의 깊은 감정을 현실로 불러올 뿐 아니라, 그들의 노래는 매우 감미로운 비밀을 지닌 고백이 되기도 하거든요. 시인의 심장은 가난한 사람의 가슴에서도, 부자의 가슴에서도 똑같이 고동칩니다. 행복한 사람은 시인과 함께 노래하고, 마음이 슬픈 사람은 시인과 더불어 눈물짓지요."

어떻습니까? 충분히 그 느낌이 전해져 오지 않습니까? 명작이 달리 명작이 아님을 '독일인의 사랑'을 통해 또 한 번 확인할 수 있습니다. 이제 글을 맺습니다. 주인공인 '나'와 마리아가 사랑하며 나누는 대화 속에, 그리고 작가인 막스 뮐러의 깊은 사유 속에 이 작품이 오늘날을 살아가는 우리에게 던지는 메시지가 차고 넘칩니다.

"어쩌면 삶이란 문학과 같은 것인지도 모르겠다는 생각이 들어요. 참된 시인이 가장 아름답고 진실된 것을 운문 형식에 담아 표현하는 것처럼, 인간이라면 사회의 여러 가지 속박을 받으면서도 사상과 감정의 자유를 지킬 줄 알아야 한다고 생각해요."

"가장 선한 것은 모름지기 우리가 가장 사랑하는 것이어야 한다. 이 사랑에 있어서는 유용이나 무용, 이익이나 손해, 습득이나 상실, 명예나 불명예, 칭찬이나 비난, 그 밖에 모든 그런 종류의 일을 염두에 두면 안 된다. 가장 고귀하고 가장 선한 것은 다만 그 고귀함과 선함 때문에 가장 사랑하는 것이 되어야 한다. 따라서 인간은 외형으로나 내면으로나 그것을 향해 살도록 자신을 다스려야 한다."

곳곳에서 네 편 내 편을 가르며 살아가는 사람들이 많은 안타까운 세상입니다. 어려울 때일수록 사람을 더 믿고 의지하며, 사람을 더 사랑해야 하는데 보이는 현실은 그렇지 못합니다. 다른 사람을 인정하고 함께 가야 하는데 혼자 빨리 가려고만, 더 많이 차지하려고만 애씁니다. 이러한 때야말로 문학이 절실히 필요하고, 인문학이 곳곳에 스며들어야 합니다. 우리 모두 '독일인의 사랑'을 통해 진정한 삶과 사랑을 사유하고 성찰하는 시간이 되시길 마음 모아 소망합니다.

사랑의 영원한 알파,
첫사랑 ^(투르게네프)

"손님들은 이미 오래전에 뿔뿔이 흩어져 돌아갔다. 시계가 12시 30분을 쳤다. 방 안에 남은 사람은 주인과 세르게이 니콜라예비치, 그리고 블라지미르 페트로비치뿐이었다."

첫사랑은 이렇게 시작합니다. 투르게네프의 '첫사랑'이라는 작품을 대하면 우리 모두의 마음속에 아련하게 남아 있는 첫사랑이 떠오를 것입니다.

작가인 이반 투르게네프는 제가 좋아하는 작가 중의 한 사람으로, 러시아가 낳은 수많은 대작가들 중에서도 단연 돋보입니다. 그의 글과 작품을 읽어 보시면 다 느끼시겠지만 시적인 아름다움과 향기가 곳곳에 스며들어 있고, 예리한 관찰력과 섬세한 감각이 빛납니다.

전문가들의 평 역시 최고입니다. 자기 표현과 형식의 완비, 인생에 대한 치밀한 관찰, 심도 있는 성격 해부, 훌륭한 음악과도 같이 세련된 예술적 정서로 인해 세계문학에서 확고부동한 위치를 차지하고 있다는 평이 주를 이룹니다. 그야말로 모든 작가들이 부러워할 만한 천재적인 시인이자 소설가입니다. 또 한 가지 그가 탁월한 것은 단순히 작가를 넘어 선각자라는 것입니다. 그는 부유한 귀족 집안에서 태어나 많은 농노를 거느리고 살았는데, 그 농노들의 비참한 삶을 보고 나중에 부모님이 돌아가신 후 농노를 다 해방시킨 시대를 앞서간 인물입니다.

1818년 11월 9일, 러시아의 오룔에서 기병대 장교였던 부친과 연상의 부유한 상속인이었던 모친 사이에서 3형제 중 차남으로 태어났습니다. 물질적으로 풍족하여 어릴 적부터 외국인 교사들에게서 영어, 불어, 독어, 라틴어를 배웠습니다. 1833년에 모스크바대학 문학부에 진학, 다음해에 페테르부르크대학 철학부 언어학과에 편입하여 졸업했습니다. 그가 작가가 된 이유는 조금 특이합니다. 1838년 베를린대학에 유학도 하고, 대학교수가 되려고 박사학위도 취득했으나 그의 전공인 철학 강좌를 당국에서 위험 사상의 온상이라 하여 폐지하는 바람에 전부터 좋아했던 문학의 길을 걷게 된 것입니다.

투르게네프에 대해서는 말씀드릴 내용이 참 많습니다. 그가 작가로서, 작품을 통해서 세상에 어떤 영향을 미쳤는지 우리가 꼭 알아야 할 필요가 있기 때문입니다. 투르게네프가 문인으로서의 명성이 높아진 계기가 있습니다. 바로 '사냥꾼의 수기'라는 단편집으로 인해서입니다. 그의 나이 29세인 1847년부터 1851년까지 4년 동안 쓰여진 '사냥꾼의 수기'는 러시아 중부의 아름다운 자연을 배경으로, 농노제도 하에서 농민들이 겪고 있는 생활상과 그들의 인간미를 서정적으로 묘사한 작품입니다. 당시로서는 보잘것없는 삶을 살아가던 농노들을 한 사람의 인간으로 바라보면서 그들의 모습을 진솔하게 그려 내고 있습니다.

이 '사냥꾼의 수기'가 문학적인 사건일 뿐만 아니라 사회적인 대사건이었던 이유가 여기에 있습니다. 투르게네프는 이 작품에서 상류계급보다는 농부들에게 큰 연민의 정을 갖고 농민들을 그리고 있고, 반면에 지주들은 저속하고 잔인하며 혹은 무능력한 사람들로 묘사합니다. 농부들 안에 숨어 있는 그들의 인간성, 상상력, 시적이고 예술적인 재능, 기품과 총명함을 강조했습니다.

농노도 똑같은 인간일 뿐만 아니라 인간성에서는 오히려 지주들보다 더 영리하고 우수하다는 것을 보여 줌으로써 농노제도에 반대했던 것입니다. 이 책은 어느 정도 영향을 미쳤냐면 니콜라이 1세의 장남으로 1855년부터 81년까지 26년간 러시아제국의 대개혁기를 이끌었던 알렉산드르 2세에게 강한 인상을 주게 되고, 결국 알렉산드르 2세는 농노해방령을 공포하여 농노제를 폐지한 것입니다. 문학이 어떻게 세상을 바꿀 수 있는지를 보여 준 투르게네프, 펜은 칼보다 강하다는 것을 여실히 보여 준 투르게네프였음을 우리는 기억해야 합니다. 작가는 그 누구보다도 사람을 사랑해야 합니다. 만약에 사람을 편 가르고, 사람을 비난하고, 사람을 미워하는 작가가 있다면 그 누구든 투르게네프로부터 배워야 합니다.

통상 러시아 문학 하면 작품에 등장하는 인물들 이름이 길고 어려워 읽기 쉽지 않다고 하는 분들이 많습니다. 또, 이런저런 연유로 인해 몇 몇 작품을 빼놓고는 잘 접하지 못한 것도 사실입니다. 러시아 문학을 접하는데 있어 걸림돌 중의 하나가 등장인물들의 이름이라는 말은 그냥 우스갯소리는 아니고 실제 그렇습니다. 특히 장편소설 등 대작들의 경우에는 가뜩이나 어려운 이름이 정말 많이 등장하는 바람에 이름이 헷갈려 읽어 나가기가 쉽지 않다는 말을 많이 합니다. 하지만 자주 접하시면 조금 더 익숙해지실 수 있을 것입니다.

　러시아 문학을 한 마디로 표현하기란 쉽지 않지만 저에게 물어보신다면 숨조차도 마음대로 쉴 수 없었던 암울하고 고독한 시대를 살아간 사람들에게 숨통을 틔워 주고, 인간의 위대한 정신은 결코 스러지지 않는다는 것을 도도하게 보여 준 영혼의 위로라고 말씀드리고 싶습니다.

　통상 우리가 말하는 러시아 문학 하면 고대문학이 아닌 현대문학입니다. 정확하게는 19세기입니다. 훌륭한 작가와 눈부신 대작들이 이때 등장했습니다. 물론 최근에도 많은 작가들이 활동하고 있지만 대중들에게는 이 시기의 작가와 작품들이 러시아 문학의 대표라고 깊게 각인되어 있는 게 사실입니다. 나보코프 라는 평론가는 러시아 문학의 발전은 정신적 성장이 이루어진 19세기부터 전반적으로 정치적 억압이 이루어지기 전이었던 20세기 초반까지 가능했다고 말합니다. 이 말을 통해 알 수 있듯이 문학은 인간의 자유롭고 다양한, 그리고 풍부한 정신적 성장 속에서 함께 성장합니다. 물론, 추운 겨울 눈 속에서도 꽃이 피어나듯이 저항문학이라고 하여 억압받고, 고통받는 상황 속에서도 문학이 꽃 피울 수 있지만 일반적으로 볼 때는 그리 쉽지는 않은 것입니다.

문학은 시대를 반영하고, 인간을 담아냅니다. 시대와 인간은 문학에 있어서 영원한 주제입니다. 러시아 문학의 황금기라 할 수 있었던 19세기는 바로 이 두 개의 키워드인 시대와 인간이 절묘하게 들어맞았던 시기였습니다. 투르게네프, 도스토옙스키, 톨스토이 등의 대작가들이 등장하면서 러시아는 문학의 황금시대를 맞이하였고, 작가들은 점차 붕괴되어 가는 구체제의 제도와 사회 변화와 더불어 젊은이들 사이에 새로운 사상이 은밀하게 퍼지던 당시 러시아의 모습을 작품에 담아내면서 19세기 러시아 문학의 특징을 이루었습니다. 이러한 현실을 반영하여 19세기 러시아 소설에는 보수적인 귀족들, 기득권을 내놓기 싫어하는 부자들, 새로운 생각을 실천하려는 젊은이들의 이야기가 주로 나타나고 있습니다. 4차 산업혁명 시대를 살아가는 우리에게도 여전히 많은 생각을 하게 만드는 귀한 작품들입니다.

　'첫사랑'이라는 작품은 워낙 유명해서 학창 시절에 한 번쯤 읽어 보셨을 것입니다. 투르게네프가 중년인 42세에 쓴 작품으로 그의 대표작이라 할 수 있습니다. 잘 아시다시피 감수성이 예민한 청년과 정열적인 연상녀의 갈등과 사랑이 주제이고, 애틋한 소년의 사랑을 심리적으로 잘 묘사해 전 세계적으로 오랜 시간 동안 사랑을 받아 왔습니다.

　이 작품은 자전적인 색채가 농후합니다. 앞에서 말씀드린 대로 그의 부친은 미남으로 기병 장교였고, 모친은 여섯 살 위인 정력적이고 교만한 여자였습니다. 부친이 연상인 여자와 결혼한 동기는 그 재산을 탐낸데 있었다고 할 정도로 그들 부부 사이는 결코 원만치 못해 애정의 갈등이 자주 일어났습니다. 그것이 남달리 감수성이 예민한 투르게네프에게 영향을 주었던 것입니다.

투르게네프는 스스로 이렇게 말하고 있습니다. "지금까지 내가 만족스럽게 생각하는 유일한 소설이다. 왜냐하면 이 소설은 내 생활 그 자체이고, 지어낸 이야기가 아니기 때문이다."라고 말입니다. 이 작품은 일단 재밌고, 경쾌하며, 잘 읽힙니다. 문장이 아름답고 유려하여 한 편의 장편 연애시를 음미하는 듯한 느낌입니다.

주인공인 블라디미르 페트로비치가 자신의 뜨거운 첫사랑을 친구들에게 얘기하면서 시작합니다. 주인공은 어느 날 옆집에 이사 온 공작 부인의 딸 지나이다 라는 연상의 여인을 보고 몸이 달아오르는 느낌과 함께 헤어나올 수 없는 감정의 소용돌이를 겪게 됩니다. 그렇게 갑자기 찾아온 낯선 감정이 사랑인지 집착인지, 사춘기 소년의 성적인 욕망인지를 알아 가는 과정이 아주 상세하고 섬세하게 담겨 있습니다. 블라디미르가 지나이다에게 한눈에 얼마나 반했는지 다음 문장을 들어 보시면 금방 이해하실 겁니다.

"그렇게 그녀를 바라보고 있는 사이에, 그녀는 내게 더없이 귀중하고 더없이 친근한 존재가 되어 버린 것이다. 나는 퍽이나 오래전부터 그녀를 알았고, 또 그녀와 알기 이전의 일은 아무것도 기억에 없을 뿐더러, 이 세상에 살아 있었던 것 같지도 않았다."

또 숨 막히는 사랑의 감정을 짙게 표현한 이런 문장도 있습니다.

"나는 물속의 고기처럼 만족하고 평생을 이 방 안에서 나가고 싶지 않다. 이곳에서 움직이고 싶지 않다고 생각했다. 그녀의 눈꺼풀이 살짝 오르며 또다시 그 밝은 눈이 나를 향해 상냥하게 빛을 던지는가 했더니, 또 한 번 그녀는 빙그레 비웃는 듯이 웃었다."

"나는 잠을 청하기 전에 신뢰와 존경에 찬 마음으로 다시 한 번 그녀의 모습에 작별의 키스를 했다. 오오, 첫눈에 불타오르던 애정이여. 감동한 영혼의 부드러운 음향이여. 그 아름다움과 그윽함이여. 첫사랑의 감격의 감미로운 기쁨이며… 그것들은 어디 있는가, 지금은 어디 있는가."

"나는 이 뜻하지 않은 행복을 가슴속 깊숙이 간직하고 있었으므로, 이 새로운 행복의 결과, 어쩐지 그녀를 보는 것조차 두려운 생각이 들었다. 아니 그녀를 보고 싶지 않을 지경이었다. 이제는 더 이상 운명에게 요구할 것이 아니다. 오직 지금은 마지막 숨을 실컷 쉬고 그래도 죽어 버렸으면 하는 심정이었다."

주인공인 블라디미르 페트로비치의 절절한 사랑의 감정을 느끼실 수 있을 거라 생각합니다.

제 개인적으로 이 작품에서 제일 좋아하는 문장은 이것입니다.

"어쩌면 그대가 지닌 아름다움의 비밀은 무엇이든 해낼 수 있는 가능성에 있는 것이 아니라, 무엇이든 해내리라고 생각할 수 있는 가능성에 있는 것인지도 모른다." 우리 모두가 한 번쯤 깊이 생각해 볼 문장이라고 생각합니다.

 투르게네프의 '첫사랑'을 통해 우리 모두의 첫사랑을 다시 떠올려보는 시간을 가졌습니다. 시대와 인간과 사랑! 문학에 있어서 영원한 주제인 이 세 가지를 하나의 작품에 함축적으로 아름답게 다 담아낸 대표적인 작품이 바로 '첫사랑'입니다. 그렇기에 투르게네프의 첫사랑은 이 세상을 살아가는 모든 사람들의 첫사랑이고, 앞으로 우리의 뒤를 이어 이 세상에서 살아갈 수많은 후손들의 영원한 첫사랑이 될 것입니다. 사랑의 영원한 알파인 첫사랑을 통해 우리는 모두가 위대한 사랑을 품고 살아가는 세상에서 가장 귀한 존재임을 한순간도 잊지 마시길 바랍니다.

2부

오늘을 잡으시오, 카르페 디엠

진정 소중한 것은 내 곁에,
파랑새 (모리스 마테를링크)

"이 작품의 독자나 관객들이라면 이 책이 보여 주는 순수한 기적에 끌려가는 것으로 충분하다." 프랑스의 한 문학평론가가 한 말입니다. 그냥 애쓰지 않고 편안한 마음으로 순수한 기적에 끌려가는 환상적인 여행에 나서기만 하면 된다는 뜻입니다. 바로 파랑새를 찾아서 말입니다. 동화 '파랑새'를 모르시는 분은 없으실 겁니다. 그래도 대부분 어렸을 때에 읽어서 기억이 가물가물하실지도 모르겠습니다. 그래서 모처럼 파랑새를 찾아가는 동심의 세계로 들어가 보는 것도 좋을 듯합니다.

'파랑새'는 벨기에의 셰익스피어라고 불리는 시인이자 극작가 모리스 마테를링크가 1908년에 쓴 희곡입니다. 마테를링크는 상징주의를 대표하는 작가로 널리 알려져 있습니다. 세계 명작을 얘기할 때 벨기에 작가는 흔치 않습니다. 이런 벨기에가 유럽의 만화 강국으로 불릴 정도로 유명합니다. 이름만 들어도 잘 아는 만화 캐릭터인 '개구쟁이 스머프', 그리고 애견 밀루와 함께 세계를 돌아다니며 모험을 하는 열혈 소년기자 '땡땡(틴틴)'의 고향입니다. 벨기에 여권에 스머프와 땡땡을 그려 넣을 정도니까요.

마테를링크는 1862년에 태어났습니다. 비교적 유복한 어린 시절을 보내고 대학에서는 법률을 전공한 변호사였습니다. 그러나 어린 시절부터 접했던 문학의 꿈을 잃지 않고 살다가, 24세가 되던 해에 첫 산문 작품인 '무고한 자들의 학살'을 발표하고, 3년 뒤에 '온실'이라는 시집을 발표하면서 본격적인 작가 활동을 시작합니다. 1889년에 첫 희곡인 '말렌 공주'로 유명 작가의 반열에 오르게 되고, 드디어 1908년, 46세에 희곡 '파랑새'를 발표합니다. 그는 스웨덴 학술원에 의해 독창적이고 참신하며, 쉰 살이 되지 않은 나이에 신비스럽고 심오한 작품 세계를 구축한 비범한 작가라는 평가를 받으며 1911년 노벨 문학상을 수상했고, '파랑새'는 세계적인 명작이 되어 널리 알려지게 됩니다.

우리가 흔히 동화 하면 어린이들만 읽는 책이라고 생각하기 쉽습니다. 그러나 이러한 생각은 대단히 위험합니다. 어린이들만 읽는 책이라고 치부해 버리면 뛰어난 명작을 읽을 기회를 스스로 박탈해 버리는 셈이 됩니다. 물론 어렸을 때 읽었다면 괜찮겠지만 읽지 않은 사람들도 많을 테니까요. 또 한 가지는 동화라고 해서 내용 자체가 가볍거나 결코 의미가 덜하지 않다는 점을 꼭 말씀드리고 싶습니다. 동화는 알기 쉽고 이해하기 쉬운 내용이 담겨 있고, 재미와 흥미를 불러일으키는 신비한 세계가 펼쳐집니다. 그러면서도 그 안에 담긴 의미와 가치는 결코 가볍지 않습니다. 나이가 들어 동화를 다시 읽어 보면 어렸을 때 느끼지 못했던 점들에 대해 새로운 시각으로 바라보고, 새롭게 느끼는 경험을 하게 됩니다.

이 작품 '파랑새'를 다시 한 번 찾아 읽어 보십시오. '틸틸'과 '미틸'을 통해 우리가 살아가는 모습을 다시 한 번 살펴보십시오. 우리가 살아가는 지금 이 시대가 어떤 시대입니까? 너도 나도 자기만의 파랑새를 찾아다니고, 쫓아 헤매는 시대입니다. 정작 자기 안에, 자기 가까이에 파랑새를 두고도 말입니다. 또 이 나라를 이끌어 가려는 사람들은 자기만이 국민이 원하는 파랑새를 찾아 줄 수 있다고 목소리를 높이고 있습니다. 그러나 결코 그렇지 않습니다. 파랑새는 누가 가져다 주고, 누가 찾아 주는 것이 아닙니다. 오직 자기 자신이 발견하는 것임을 꼭 전하고 싶습니다.

한 가난한 나무꾼에게 '틸틸'과 '미틸'이라는 남매가 있었습니다. 크리스마스 전 날, 남매는 이웃 부잣집의 불빛과 흥겨운 음악 소리를 들으며 부러워합니다. 그때 이상한 할머니가 나타납니다. 노래하는 파랑새를 꼭 찾아 달라고 합니다. 이야기는 이렇게 시작합니다. 남매는 할머니가 준 다이아몬드가 달린 모자를 쓰고 파랑새를 찾아 떠납니다. 개와 고양이를 데리고, 빛의 요정의 안내를 받으면서 말입니다.

제일 처음에 나온 곳이 '추억의 나라'입니다. 그곳에서 깊은 잠을 자는 할아버지 할머니를 만나고 티티새를 손에 넣었지만 소용없었습니다. 다음 나라는 '밤의 궁전'이었습니다. 빛의 요정은 들어갈 수 없기에 남매만 들어갑니다. 근데 여기서 고양이가 심술을 부립니다. 밤의 궁전을 지키는 여왕을 만나 남매가 궁전을 차지할 거라며 거짓말을 합니다.

여왕은 궁전의 문을 여는 열쇠를 건네는데 문을 열 때마다 유령, 질병, 전쟁, 도깨비불들이 나옵니다.

마침내 맨 안쪽에 있는 커다란 문 하나만을 남겨 놓았는데 여왕이 무서운 말로 경고합니다. 그러나 틸틸이 용기를 내서 문을 열고 드디어 파랑새를 발견합니다. 그것도 한두 마리가 아니라 셀 수 없이 많습니다. 그런데 남매가 파랑새를 잡아 궁전 밖으로 나오자 모두 죽어 버립니다. 밤의 궁전에 있던 파랑새는 햇빛 속에서는 살 수 없었던 것입니다.

다음은 숲속으로 들어갑니다. 나무 요정들을 만나지만 역시 파랑새를 구하지 못하고 도망 나옵니다. 그다음에 간 곳이 '행복의 궁전'입니다. 이름 그대로 인간의 행복이 다 들어 있는 곳이니 당연히 파랑새도 있을 것이라고 생각했습니다. 그곳에는 사치도 있었고, 기쁨도 있었지만 역시 파랑새는 구할 수 없었습니다.

끝으로 찾아간 곳은 '미래의 나라'였습니다. 그곳에서 파란 옷을 입은 아이들과 금세 친구가 되었지만 세상으로 나갈 아이들을 부르러 오신 '때의 할아버지'를 피해 모자에 달린 다이아몬드를 돌리니 어느새 집 앞에 와 있었습니다. 빛의 요정, 개와 고양이 등 그동안 정든 친구들과 헤어진 틸틸과 미틸은 집으로 돌아오게 되고, 침대 위에서 잠에서 깨어납니다. 이때 옆집 할머니가 아픈 딸을 위해 새를 구하러 오고 집에 있는 회색 산비둘기를 드리려고 하는데 바로 그 새가 파랑새로 변해 있었습니다. 파랑새 덕분에 옆집 할머니 딸의 병이 나았고, 남매는 행복하고 기쁜 크리스마스를 맞이하게 됩니다.

   작품 속의 빛나는 명문장들을 살펴봅니다. 문장들만 읽어도 파랑새가 날아다니는 그 멋진 장면들이 눈에 선할 정도입니다.

   "환상적인 파랑새들이 달빛과 별빛을 받으며 보석처럼 빛나는 수많은 별들 사이를 쉬지 않고 날아다닌다. (…) 아득한 지평선까지 날아다니는 수많은 파랑새들은 파란 하늘처럼 보이기도 하고, 정원에 부는 바람 같기도 하며, 환상적인 정원 그 자체인 것처럼 보이기도 한다." (2막 4장 중에서)

   "그동안 인간이 주었던 고통과 우리가 견뎌 왔던 끔찍한 순간들을 떠올리면, 인간에게 어떤 심판을 내려야 할지 너무 분명하다네." (3막 5장, 떡갈나무의 대사 중에서)

   마테를링크는 작품 곳곳에서 행복은 우리 가까이에 있다는 소중한 메시지를 전하고 있습니다.

   "세상에는 사람들이 생각하는 것보다 훨씬 많은 소박한 행복들이 있거든요. 하지만 대부분의 사람들은 그런 행복을 전혀 알아보지 못해요." (4막 9장, 빛의 요정의 대사 중에서)

   "모두 들었지? 틸틸이 자기 집에 행복이 이렇게 많이 있냐고 묻는 거! (…) 틸틸! 너희 집은 문이랑 창문이 터질 정도로 행복으로 가득 차 있

어!" (4막 9장, 집에 있는 행복의 대사 중에서)

사실 이 '파랑새'는 그냥 쉽고 재미있는 얘기로만 읽고 넘겨서는 안 됩니다. 그 어떤 문학책이나 철학책보다도 심오한 행복 메시지가 담겨 있습니다. 우리는 그걸 찾아야 하고, 알아야 합니다. 그것이 곧 우리의 파랑새입니다.

한 가지 더 말씀드릴 게 있습니다. 18세기 프랑스의 계몽주의 철학자 장 자크 루소는 자연으로 돌아가라고 말했습니다. 루소는 사람의 마음 중에서 비교하는 마음에 관심을 두었습니다. 우리가 이미 알고 있다시 피 불행은 대부분 비교하는 마음에서 찾아오고, 비교하는 마음이 심할 수록 행복은 우리 곁에서 멀어져 가는 것입니다.

루소는 인간의 불평등이 사유재산제도로 인해 야기되었다고 했습니 다. 그러면서 할 수만 있다면 인간의 본성을 회복하고, 자연을 닮은 삶 을 살아가라고 전한 것입니다. 루소가 말한 자연은 다른 사람의 시선 을 의식하거나, 다른 사람의 삶과 비교하지 않고 온전히 자기 자신의 본성에 따라 자연스럽게 살아가는 삶입니다. 비교, 이기심, 시기, 질투 에서 벗어나는 삶입니다.

'파랑새'를 찾아가는 것은 문명에 의한 타락에서 벗어나 온전히 자기 자신의 행복을 찾아가는 과정입니다. 그리고 우리 모두가 애타게 찾아 다니는 그 파랑새가 바로 내 곁에, 내 자신의 내면에 있음을 깨닫는 것 입니다.

오늘도 많은 사람들이 파랑새를 찾아 길을 나섭니다. 그 길은 틸틸과 미틸이 떠났던 길이고, 저와 당신이 떠났던 길이고, 우리 모두가 떠났던 길입니다. 파랑새를 찾아가는 그 길은 진정 우리들의 마음속에 있음을 다시 한 번 깨닫습니다. 새들의 노랫소리가 마음속에 있었네 라고 고백하는 시인의 마음처럼 말입니다. 그래도 아직 모르고, 깨닫지 못한 사람이 있다면 조용히 내면으로 들어가십시오. 그곳에서 진정한 자기 자신을 만나면서 자기만의 파랑새를 꼭 찾으십시오. 그러면 행복은 멀리 있지 않고, 바로 지금 이 순간 당신과 함께 있다는 것을 분명 느끼실 거라 믿습니다.

자유로운 방랑자, 그리스인 조르바 (니코스 카잔차키스)

"항구도시 피레우스에서 조르바를 처음 만났다. 나는 그때 항구에서 크레타섬으로 가는 배를 기다리고 있었다."

이렇게 시작하는 '그리스인 조르바'는 오늘날 그리스 문학을 대표하며, 20세기 최고의 문호이자 가장 자유롭고 가장 영성적인 작가로 평가받는 니코스 카잔차키스의 장편소설입니다. 그를 세계적인 작가의 반열에 올려놓은 작품입니다.

니코스 카잔차키스는 1883년에 이 작품의 배경이기도 한 크레타섬에서 태어났습니다. 그래서 자연스럽게 어린 시절부터 크레타인들의 독립과 자유를 향한 투쟁, 열망을 보면서 자랐습니다. 스무 살 때 아테네로 건너가 아테네대학에서 법학을 공부했고, 스물여섯 살에 희곡 '동이 트면'이라는 작품으로 작가상을 수상하며 주목을 받게 됩니다. 이후에는 매우 다양한 삶을 살았습니다. 프랑스에서 니체와 베르그송의 철학을 공부했고, 유럽과 북아프리카 전역을 여행하기도 했으며, 탄광 사업을 하기도 했습니다. 이러한 그의 학습과 여행 경험이 '그리스인 조르바'를 포함하여 작품 속에도 많이 드러납니다.

많이 알려지지 않은 사실이지만 이 카잔차키스가 1938년에 중국과 일본도 여행했습니다. 그 체험을 쓴 '천상의 두 나라'라는 책이 출간되기도 했습니다. 그 당시는 우리나라가 일제의 식민 지배를 받고 있었을 때입니다. 카잔차키스가 우리나라를 방문했다면 어땠을까요? '그리스인 조르바'는 그의 삶에 있어서 말년이라고 할 수 있는 63세에 발표했습니다. 원제가 '알렉시스 조르바의 삶과 모험'으로 주인공인 알렉시스 조르바는 카잔차키스에게 깊은 영향을 끼쳤던 실제 인물로 알려져 있습니다. 카잔차키스는 74세의 나이에 세상을 떠났습니다. 사망하기 각각 6년 전, 1년 전인 1951년과 1956년에 두 번이나 노벨 문학상에 지명되기도 했습니다. 이 작품 말고도 방금 말씀드린 '천상의 두 나라', '지중해 여행' 등이 우리나라 독자들에게도 많이 알려졌습니다.

우리 모두는 그리스에 대해 잘 알고 있습니다. 그리스는 인류 문명의 보고라고 할 수 있습니다. 문학은 물론 철학, 미술, 조각 등 모든 예술 분야에 있어서 인류의 정신세계를 이끌어 왔고, 깊고 넓게 해 준 탁월한 문명을 이루어 냈습니다. 그런 면에서 현대문학이 고대처럼 빛을 발하지 못한 부분이 다소 아쉽게 여겨질 수 있습니다. 노벨 문학상을 몇 명 받았느냐가 꼭 중요한 것은 아니지만 영어권 국가에서 28명, 프랑스어와 독일어권에서 각각 14명이 나왔음에도 그리스어권에서는 단두 명만 배출된 것은 조금 아쉽다고 할 수 있습니다. 아마도 불과 1천만여 명이 사용하는 그리스어권의 한계로 인한 게 아닌가 싶습니다.

참고로 말씀드리면, 그리스에서 노벨 문학상은 카잔차키스가 사망한 이후인 1963년과 1979년에 각각 시인인 요르기오스 세페리스와 오디에 사스 엘리티스가 받았습니다. 소설가는 아직 없습니다. 카잔차키스가 두 번이나 올랐음에도 못 받은 게 조금 아쉽다고 할 수 있고, 더 오래 살았다면 반드시 받았을 거라 생각합니다.

작품 속으로 들어갑니다. 앞에서 살펴본 대로 "내가 그를 처음 만난 건 항구도시 피레우스에서였다. 나는 그때 항구에서 크레타섬으로 가는 배를 기다리고 있었다."로 시작하는 이 작품의 첫 문장은 매우 유명한 명문장입니다. 사실 소설의 구조나 스토리는 꽤 단순합니다. 주인공은 조르바가 대장이라고 부르는 젊은 지식인인 나입니다. 그 내가 이 소설의 화자입니다. 나는 크레타로 가는 항구에서 60대의 조르바를 처음 만납니다. 내가 크레타로 가려고 하는 이유는 유산으로 상속받은 탄광을 경영하기 위해서인데요. 마침 그 탄광을 실질적으로 운영할 수 있는 사람을 찾던 중 조르바와 함께하기로 한 것입니다.

나와 조르바는 다른 성향의 사람입니다. 나는 책을 좋아하고, 책 속에 갇혀 있는데 반해 조르바는 현재에 집중하며 자유롭게 살아가는 사람입니다. 다른 세상과 마찬가지로 수많은 속물들이 살고 있는 크레타섬에서, 인간 세상의 표본이기도 한 집단적 광기와 침묵이 공존하는 마을에서 조르바와 함께 살면서 세상을 다시 알아 가게 되고, 깨닫게 됩니다.

하지만 결국에 가서는 사업은 실패하고 빈털터리가 됩니다. 그렇게 모든 게 다 끝나지만 나는 좌절하지 않습니다. 나를 무너뜨리고자 하는 적에게 소리칩니다. "너는 내 영혼 안으로 절대 들어올 수 없어. 내가 문을 열어 주지 않을 테니까. 내 불꽃을 끌 수도 없어. 넌 나를 무너뜨릴 수 없을 테니까." 이 말의 진정한 의미를 깨닫는다면 우리의 삶에 과연 무엇이 좌절이고, 절망이고, 실패일까요? 진정 아무것도 아닐 것입니다. 그렇게 나는 조르바로 인해 무위의 경지와 진정한 해방감을 느끼게 되고 두 사람은 크레타섬을 떠나 각자의 길을 찾아갑니다. 훗날 조르바가 죽은 뒤 그가 분신처럼 여겼던 산투르 악기를 내게 남긴다는 편지가 도착합니다.

간략하게 이 작품의 줄거리를 말씀드렸지만 솔직히 이 작품은 줄거리가 어떤지 전혀 중요하지 않다고 생각합니다. 작품 속에 나와 있는 한 단어, 한 문장, 한 문단이 중요합니다. 어떤 상황 속에서 어떻게 생각했는지, 어떻게 말했는지, 어떤 대화를 주고받았는지… 그 속에서 느끼고 공감하고 깨닫는 것이 더 중요합니다. 예를 들면 이런 것입니다. 읽으면서 제가 밑줄을 쳐 놓은 문장이 있습니다.

"조르바의 말을 들으면 온 세상이 처녀성을 회복한다. 모든 일상의 것들, 빛바랜 것들이 하느님의 손을 처음으로 벗어나던 때처럼 다시 빛나기 시작했다. 강과 바다도, 여자도, 별도, 빵도, 모두 태초의 신비스러운 근원으로 되돌아가고, 하늘에서는 하느님의 수레바퀴가 원초적 힘을 되찾곤 했다."

어떻습니까? 정말 신비스러울 정도로 빛나지 않습니까? '그리스인 조르바'에는 이렇게 대장인 나와 조르바가 생각하고, 느끼고, 공감하며 전하는 언어들이 깊은 사유의 세계로 우리를 안내합니다. 그래서 어느 작가님이 말한 것처럼 이 작품은 단어마다, 문장마다 지중해의 찬란한 햇살을 부숴 넣은 작품이 아닐까 싶습니다.

이 '그리스인 조르바'는 특히 번역에 어려움이 많은 작품으로 알려져 있습니다. 그리스어를 직접 번역하는 번역작가가 드물어 대부분 영어로 번역된 것을 다시 우리나라 말로 번역하기에 원작의 뜻을 충실히 표현하기 어려운 것도 있고, 또 카잔차키스의 풍부한 어휘력, 예를 들면 원래 그리스어는 물론 크레타와 터키 지방의 방언까지 포함된 그 놀랄 만한 어휘들을 정확하게 표현하기가 쉽지 않다는 것입니다. 하지만 다행스럽게도 몇 년 전에 그리스어 원전을 번역한 책이 출판되었습니다. 그래서 이 작품을 읽으실 때는 가급적 그리스어 원전을 직접 번역한 책을 찾아 읽으시는 게 이해하시는데 도움이 되실 거라 생각합니다.

'그리스인 조르바'가 전하는 메시지는 분명합니다.

"사람의 행복의 크기는 똑같은 게 아니라 계속 변하니까. 기후에 따라, 침묵에 따라, 고독에 따라, 함께 있는 친구에 따라 사람의 영혼이 얼마나 변하는지…."

"새 길을 닦으려면 새 계획을 세워야지요. 나는 어제 일어난 일은 생각 안 합니다. 내일 일어날 일을 자문하지도 않아요. 내게 중요한 것은 오늘, 이 순간에 일어나는 일입니다. 나는 자신에게 묻지요. '조르바, 지금 이 순간에 자네 뭐 하는가?' '잠자고 있네.' '그럼 잘 자게.' '조르바, 자네 지금 이 순간에 뭐 하는가?' '일하고 있네' '잘해 보게.'"

"두루미들의 울음소리를 듣는 순간, 나의 내면 깊은 곳에서는 누구에게나 인생은 영원함 속에서 한 번 훌쩍 지나가면 다시는 주어지지 않는 단 한 번뿐인 기회이니, 바로 이 순간 삶에서 즐길 수 있는 모든 것을 마음껏 누리라는 끔찍한 경고가 메아리쳤다."

"나는 아무것도 바라지 않는다. 나는 아무것도 두려워하지 않는다. 나는 자유다."

이렇게 찬란한 언어들 안에 담겨진 메시지의 핵심은 바로 '카르페 디엠'입니다. 로마의 시인 호라티우스가 노래하고, '죽은 시인의 사회'에서 키팅 선생님이 말한 그 '카르페 디엠' 말입니다. 이것이 바로 인간이 가질 수 있고 누릴 수 있는 근본적인 자유요, 본질이 아닐까 생각합니다.

사실 우리 모두의 마음속에는 다 조르바의 마음이 들어 있음을 저는 압니다. 그러나 현실에 쫓기고, 당장 해야 할 일에 치입니다. 여기저기 신경을 써야 할 일에 시달립니다. 그러다 보니 미처 생각할 겨를도 없이 하루하루 보내고 있지만 마음 깊은 곳에는 조르바가 살고 있음을 느낍니다. 이제 우리가 할 일은 분명합니다. 마음속에만 담아 두지 않고, 생각에만 머무르지 말아야 합니다. 조르바는 행동하는 사람입니다. 지금 이 순간을 살아가는 사람입니다. 당신도 '그리스인 조르바'를 만나 보시죠? 진정 카르페 디엠의 깊은 의미를 느껴 보십시오. 지금 이 순간 당신의 삶을 진정 자유롭고 행복하게 만들 수 있는 길이 바로 그 안에 담겨 있음을 깨달으실 겁니다.

걸어다니는 은둔자,
좀머 씨 이야기 (파트리크 쥐스킨트)

"오래전, 수년, 수십 년 전의 아주 오랜 옛날, 아직 나무타기를 좋아하던 시절에 내 키는 겨우 1미터를 빠듯이 넘겼고, 내 신발은 28호였으며, 나는 훨훨 날아다닐 수 있을 만큼 몸이 가벼웠다. 정말 거짓말이 아니었다. 나는 그 무렵 정말로 날 수 있었다."

독일의 베스트셀러 작가 파트리크 쥐스킨트의 '좀머 씨 이야기'입니다. 파트리크 쥐스킨트는 '향수', '깊이에의 강요' 등의 작품으로 유명합니다.

쥐스킨트는 1949년 5월 26일 독일 뮌헨 출생으로, 저널리스트인 아버지와 스포츠 트레이너인 어머니 사이에서 태어났습니다. 1968년부터 1974년까지 뮌헨대학교와 프랑스의 프로방스대학교에서 역사학을 전공했고, 졸업 후에는 신문사와 잡지사에서 편집자로 일하며 여러 편의 단편소설 및 시나리오를 집필했으나 알려지지 못한 채 오랜 기간 무명시절을 겪었습니다. 1984년 34세 때 어느 극단의 원고 청탁으로 모노드라마 성격의 '콘트라베이스'를 집필, 연극이 성공적으로 발표되면서 문단의 주목을 받게 됩니다. 당시 이 작품은 우리 시대 최고의 희곡이자 문학작품이라는 호평을 받았습니다.

그리고 바로 뒤를 이어 그 이듬해인 1985년 발표한 장편소설 '향수'가 전 세계적인 성공을 거두며 베스트셀러 작가 반열에 오릅니다. 쥐스킨트는 이 '향수'를 집필하기 위해 파리의 다락방에 18세기 파리의 지도를 붙여 놓고, 향수의 도시 그라스를 직접 방문해 취재하기도 했다고 전해지는데, 출간 이래 세계 45개국에서 1,500만 부 이상의 판매기록을 달성했으며, 영화로도 만들어졌습니다. 이후 '비둘기', '좀머 씨 이야기', '깊이에의 강요' 등과 같은 작품들을 연이어 발표하며, 베스트셀러 작가로서의 명성을 이어 가고 있습니다.

하지만 파트리크 쥐스킨트의 삶은 다른 작가들과는 아주 다른 모습을 보여 줍니다. 그는 '향수'의 성공으로 쏟아진 세간의 관심을 피해 모습을 감추고 구텐베르크 문학상, 투칸 문학상 등 여러 문학상의 수상도 거부한 채 철저한 은둔 생활을 고집하고 있습니다. 모든 매스컴의 인터뷰를 거절하며 사진 촬영도 기피하는 탓에 극히 일부의 사진이나 정보만 공개되어 있을 뿐입니다. 집필 외적인 것에 대해서는 저널리스트로 활동하는 형 마르틴 쥐스킨트가 그를 대신해서 출판사와의 작품 출간을 관리해 주고 있다고 합니다.

파트리크 쥐스킨트의 작품들은 주로 인간 본성과 현대사회의 부조리 등을 꼬집는 우울하고 냉소적인 주제들과 다소 충격적이라고 할 수 있을 내용들을 다루고 있습니다. 그러면서도 우리 모두가 인간으로서 꼭 새겨야 할 소중한 의미와 가치들을 돌아보게 합니다. 그리고 무엇보다도 소재나 내용들이 매우 흥미 있습니다. 이것이 파트리크 쥐스킨트의 매력입니다. 또, 그의 많은 작품들이 영화로도 만들어졌는데, 이처럼 매우 다양한 주제와 기발하고 탁월한 상상력을 통해 독자들에게 소설의 매력 속에 푹 빠지게 만드는 이 시대 최고의 작가 중의 한 사람이라고 할 수 있습니다.

그의 작품 세계를 논할 때 빼놓을 수 없는 게 앞에서도 잠깐 말씀드린 '향수'입니다. 오늘날 그를 세계적인 작가 반열에 오르게 한 대표작으로 '어느 살인자의 이야기'라는 부제가 붙어 있는 작품입니다. 태어나면서부터 냄새에 관한 천재적인 능력을 타고난 주인공 그루누이가 향기로 세상을 지배하는 과정을 기발하면서도 충격적으로 그려 냅니다. 중세시대 파리를 배경으로 생선가게의 악취 속에 태어난 주인공 장 그루누이가 천재적인 후각을 이용해 세상에서 가장 황홀한 향수를 만들기 위해 연쇄살인을 벌이게 되는 내용입니다. 여자들을 무려 스물다섯 차례나 살해하고 그녀들의 체취를 모아서 완성된 최고의 향수는 모든 사람들이 살인자인 그루누이를 사랑하게 만드는 치명적인 향기였는데, 그향기에 도취된 부랑자들이 그루누이에게 달려들어 향수가 뿌려진 그의 온몸을 뜯어먹는다는 충격적인 결말로 마무리됩니다.

이 외에도 조나단 노엘이라는 한 경비원의 내면 세계를 심도 있게 묘사한 '비둘기', 오늘 함께할 작품인 '좀머 씨 이야기' 등의 중ㆍ장편소설과, 단편집 '깊이에의 강요', 시나리오 '로시니 혹은 누가 누구와 잤는가 하는 잔인한 문제', '사랑의 추구와 발견' 등의 작품을 발표하면서 전 세계 독자들을 사로잡았습니다.

1991년에 발표된 '좀머 씨 이야기'는 '향수'와 더불어 쥐스킨트의 대표 작으로 꼽히는 작품으로 삽화와 어우러져 한 편의 동화 같은 소설입니다. 화자인 나무타기를 잘 하는 어린 소년의 삶과 그의 눈으로 바라보는 방랑자 좀머 씨의 모습을 담담히 그려 냅니다.

작품 속에 등장하는 좀머 씨는 대단히 독특한 사람입니다. 계절별로 늘 같은 옷을 입고, 버터 빵 한 쪽과 모자가 달린 우비만을 넣은 배낭을 메고 이상한 호두나무 지팡이에 의지해 이곳저곳을 돌아다니지만 오직 걷기만 하고, 세상 어느 것에도 관여하지 않습니다. 하루에 열둘, 열넷 혹은 열여섯 시간까지 근방을 헤매고 다니는지 아무도 아는 사람이 없는, 그야말로 걸어다니는 은둔자인 셈입니다.

이 좀머 씨는 결정적인 순간마다 소년과 우연히 만나게 되고, 소년의 마음속 깊이 각인됩니다. 비와 우박이 쏟아지는 어느 여름날에도, 좋아하는 여자아이가 약속을 지킬 수 없게 되어 낭패감과 비참한 심정으로 집으로 돌아가는 길목에서도, 피아노 건반 위에 떨어진 선생님의 코딱지 때문에 엉뚱한 건반을 눌러 버려 호된 꾸지람을 듣고 자살하려고 나무 위에서 뛰어내리려는 순간에도 소년의 곁에는 기이한 모습의 좀머 아저씨가 있었습니다.

"난 가문비나무의 줄기를 꽉 끌어안으며 나뭇가지 위에 앉았다. 내가 어떻게 그 자리까지 되돌아갔는지는 나 자신도 모르겠다. 온몸이 부들부들 떨렸다. 오한이 났다. 낭떠러지로 떨어지고 싶은 생각이 갑자기

싹 가셨다. 웃기는 짓거리 같았다. 난 내가 어떻게 그런 바보 같은 생각을 했는지도 기억할 수 없었다. 그까짓 코딱지 때문에 자살하다니! 그런 어처구니없는 생각을 했던 내가 불과 몇 분 전에 일생을 죽음으로부터 도망치려고 하는 사람을 보지 않았던가!"

소년이 자기 자신이 죽은 이후에 벌어질 장례식과 무덤가에서의 모습을 상상하며 드디어 자살을 결행하려는 순간 좀머 아저씨가 나타나게 되고, 소년은 나무 위에서 내려옵니다. 좀머 아저씨가 소년을 살린 것입니다. 그리고 5~6년이 지나 이번에는 좀머 씨가 호수 속으로 걸어 들어가는 모습을 소년은 목격하게 됩니다.

좀머 씨가 사라지고 나서 여러 가지 소문들이 떠돌아다녀도 소년은 끝내 입을 다뭅니다. 작품의 끝 장면인데, 소년은 이렇게 말하고 있습니다.

"내가 어째서 그렇게 오랫동안 또 그렇게 철저하게 침묵을 지킬 수 있었는지는 나도 모르겠다. 하지만 그것은 두려움이나 죄책감 혹은 양심의 가책에서 비롯된 것은 아니었다. 그것은 나무 위에서 들었던 그 신음 소리와 빗속을 걸어갈 때 떨리던 입술과 간청하는 듯하던 아저씨의 말에 대한 기억 때문이었다.

"그러니 나를 좀 제발 그냥 놔두시오."

이 소설에서 단 한 문장만을 꼽자면 주저 없이 "그러니 나를 좀 제발 그냥 놔두시오."를 들 것입니다. 이 말이 참으로 많은 생각을 갖게 합니다. 또한, 소설의 내용도 재미있지만, 삽화를 보는 재미도 쏠쏠합니다.

내용에 맞게 여러 삽화가 담겨 있는데, 수채화풍의 세밀한 풍경 묘사가 돋보이는 이 삽화들을 그린 사람도 대단히 유명한 작가입니다. 장 자크 상페라고 '꼬마 니꼴라'의 삽화도 그렸습니다.

소설 속에서 이 소년과 좀머 씨는 특별한 인연으로 맺어지지 않습니다. 끊임없이 걷고 있는 좀머 씨를 소년은 늘 지켜보고 있을 뿐이었습니다. 그러나 결국에는 좀머 씨가 소년을 살리고, 좀머 씨의 최후를 소년만 목격합니다. "그러니 나를 좀 제발 그냥 놔두시오."라는 말만 뇌리 속에 남습니다.

많은 독자님들이 이 작품을 읽으며 자기만의 세계 속에서 해석할 수 있을 것입니다. 저는 좀머 씨가 비가 오나 눈이 오나 죽기 바로 직전까지 쉼 없이 걸었던 그 과정이 바로 좀머 씨의 삶 그 자체였다고 생각합니다. 홀로 끊임없이 걸었던 좀머 씨의 삶 역시 행복을 향한 강한 의지가 아니었을까 싶습니다.

또 한 가지 말씀드리면, 현대사회를 살아가는 우리의 모습입니다. 우리는 늘 누군가와의 관계 속에서 살아갑니다. 그 관계가 우리를 기쁘게도 하지만 슬프게도 하고, 힘과 용기를 주지만 어렵고 힘들게도 만듭니다. 그럴 때 우리는 혼자만의 시간, 자기 만의 세계가 그리워지게 되고, 그런 경험이 꼭 필요하게 됩니다. 좀머 씨는 이 시대를 살아가는 우리들에게 "그러니 나를 좀 제발 그냥 놔두시오."라는 말을 통해 그 깊은 의미를 깨닫게 해 주고 있는 게 아닌가 싶습니다.

자유로운 영혼과 삶,
크눌프 (헤르만 헤세)

"1890년대 초, 크눌프는 몇 주 동안 병원에 누워 있어야 했다. 퇴원했을 때는 2월 중순경으로 날씨가 몹시 고약했다. 겨우 며칠을 돌아다녔을 뿐인데도 다시 열이 올라 잠시 머물 곳을 찾지 않을 수 없었다. 친구가 없는 것은 아니었다."

헤르만 헤세의 '크눌프'라는 작품의 첫 부분입니다. 헤르만 헤세는 독일이 낳은 세계적인 대문호입니다. 아마도 독일이 낳은 작가 중에서 괴테와 더불어 가장 위대한 작가가 아닐까 싶습니다.

작품 활동은 20대 초반부터 시작했는데 유명한 '수레바퀴 아래서'가 바로 초기에 쓰여진 작품입니다. '크눌프'는 1915년, 그의 나이 38세에 쓴 작품입니다. 이후 그의 삶이 전환점을 이룹니다. 1919년에 스위스 몬타뇰라로 이사하면서 새로운 삶을 시작하게 되고, 그의 작품 세계도 새로운 전환을 맞이합니다. 바로 인간의 내면으로 가는 길을 추구한 것입니다. 그의 대표작인 '데미안'이 바로 이때 쓰여졌습니다. 이후 2차

대전 중에는 나치의 폭정에 저항하기도 하는 등 파란을 겪기도 했고, 노벨 문학상은 '유리알 유희'를 발표하고 나서 1946년, 그의 나이 69세에 받았습니다.

　오늘 함께할 작품인 '크눌프'는 떠돌이 방랑자 크눌프의 모습을 통해 관습과 속박에서 벗어난 자유로운 영혼과 삶을 보여 주는 유명한 작품입니다. 작품의 부제가 '크눌프 삶의 세 이야기'로, '초봄', '크눌프에 대한 나의 회상', '종말'이라는 세 편의 이야기로 구성되어 있습니다. 작가의 고향인 남부 독일을 배경으로 전개되는 방랑자 크눌프의 이야기는 대단히 철학적이지만 어렵거나 딱딱하지 않고 재미있습니다. 자유로운 영혼의 소유자인 크눌프의 모습은 지금 이 세상을 살아가는 우리들과 별반 다르지 않습니다. 우리 모두도 크눌프와 같이 늘 자유로운 영혼을 꿈꾸고 있기 때문입니다. 그러나 결정적인 단 한 가지의 차이가 있습니다. 그것은 바로 행동하느냐, 안 하느냐입니다. 크눌프는 자유로운 영혼을 소유하고 있으면서 자유롭게 행동합니다. 삶 속에서 실천합니다.

　첫 번째 이야기에서 병원을 갓 퇴원한 크눌프가 찾아간 곳은 무두장이 친구 로트푸스 집입니다. 그곳에서 며칠 동안 머뭅니다. 고상하고, 교양 있고, 감수성이 풍부한 크눌프는 무두장이 집에 자유로움의 활기찬 분위기를 불어넣습니다. 이런 모습에 반한 무두장이 부인의 유혹을 물리치고 그 대신에 이웃의 순진한 처녀와 무도회의 밤을 즐기도 합니다. 그리곤 봄을 만끽하며 방랑을 떠납니다.

두 번째 이야기는 크눌프에 대한 화자의 회상입니다. 어느 여름 화자는 방랑길에 크눌프와 동행하면서 크눌프가 혼자 방랑의 길을 나선 이유를 듣게 됩니다. 사랑하는 여인과 친구들에게 크게 상처받은 크눌프는 평범한 삶의 길에서 이탈하여 허무적이고 체념적인 생의 철학을 갖게 된 것이었습니다. 어느 날 아침 아무 말 없이 크눌프가 떠난 것을 알게 되고 나서야 크눌프가 끊임없이 이야기했던 인간의 실존적 고독을 깨닫게 됩니다.

세 번째 이야기는 종말입니다. 쇠약해지고 나이가 든 크눌프는 고향을 다시 한 번 보기 위해 길을 떠납니다. 도중에 만난 크눌프 친구인 의사 마횰드는 크눌프의 병색을 알아채고 요양원에 입원시키려고 합니다. 그러나 끝내 거부하고 다시 자유의 몸이 됩니다. 마침내 고향에 도착한 크눌프는 젊은 시절의 추억이 담긴 곳들을 헤매고 다니고, 첫눈이 내리는 날 신과의 환각적 대화에서 자신의 운명과, 삶과 화해합니다.

크눌프가 어떤 사람인지는 이 한 문장으로 잘 알 수 있습니다.

"그는 자신의 천성이 요구하는 대로 행동하는 것이었고 다른 사람들이 그의 행동을 따라하기는 어려웠다. 그는 마치 어린아이처럼 모든 사람들에게 말을 걸고 그들을 자신의 친구로 삼았으며, 모든 소녀들과 여인들에게 재미있는 이야기를 들려주며 매일매일을 일요일처럼 살았다."

작품 속에 등장하는 크눌프의 생각, 대화들은 인생의 깊은 의미를 담고 있습니다. 이어지는 주옥같은 명문장들입니다.

"사람은 생각하는 대로 행동하는 게 아니야. 사실은 전혀 깊이 생각해 보지 않고 마음 내키는 대로 자기의 길을 한 걸음씩 걸어가지. 우정이니 사랑이니 하는 것도 그럴 거야. 결국 사람은 각자 오직 자신을 위해서 자기의 세계를 갖는 것이지 다른 사람과 그것을 공유할 수 없다는 것이네."

"모든 사람은 영혼을 가지고 있는데, 자신의 영혼을 다른 사람의 것과 섞을 수는 없어. 두 사람이 서로에게 다가갈 수도 있고 함께 이야기할 수도 있고 가까이 함께 서 있을 수도 있지. 하지만 그들의 영혼은 각자 자기 자리에 뿌리내리고 있는 꽃과도 같아서 다른 영혼에게로 갈 수가 없어. 만일 가고자 한다면 자신의 뿌리를 떠나야 하는데 그것 역시 불가능하지. 꽃들은 다른 꽃들에게 가고 싶은 마음에 자신의 향기와 씨앗을 보내지. 하지만 씨앗이 적당한 자리에 떨어지도록 꽃이 할 수 있는 일은 아무것도 없어. 그것은 바람이 하는 일이야. 바람은 자신이 원하는 대로, 자신이 원하는 곳에 이곳저곳으로 불어 댈 뿐이지."

"이제 곧 알게 되겠지, 샤이블레. 하느님은 아마 날더러 너는 왜 판사가 되지 않았느냐? 하고 묻지는 않으실 거야. 아마도 그분은 그냥 그렇게 말씀하시겠지. 네가 다시 왔구나, 이 철부지야? 그러시면서 저 위에서 애를 보게 하시거나, 뭐 그런 쉬운 일을 맡기실 거야."

"나는 그대의 있는 모습 그대로가 필요했다. 나의 이름으로 그대는 방랑하였고 정착해서 사는 사람들에게 매번 다시 자유에 대한 그리움을 조금 불러일으켰다. 나의 이름으로 그대는 어리석은 일을 하면서 사람들의 웃음거리가 되었다. 다시 말하면 바로 나 자신이 그대 안에서 웃음거리가 되기도 하고 사랑받기도 한 것이다. 그러니 그대는 나의 아들이요 나의 형제이며 나의 분신이다. 그대가 맛보고 경험한 모든 것은 모두 그대 안에서 내가 그대와 함께했다."

한 문장만 더 소개하고 싶습니다. 작품의 끝부분에 크눌프가 하나님과 대화하는 장면이 나옵니다.

"듣거라! 나는 너를 달리 만들 수는 없었다. 너는 내 이름으로 방랑 생활을 해 오면서, 일정한 고장에 머물러 사는 사람들에게 언제나 자유에 대한 향수를 불러일으키게 하였다. 너는 아들이며 동생으로서 말하자면 내 분신이었다. 그러므로 네가 맛보고 겪은 모든 괴로움은 나도 함께 느꼈던 것이다. 그럼 이제는 더 불평이 없느냐? 모든 것이 될 대로 잘된 거냐?"

"네. 모든 것이 썩 잘되었습니다."

인간의 삶이라는 것이 무엇인지 참으로 깊이 새겨볼 만한 명문장이 아닐까 싶습니다.

주인공 크눌프에 관해 헤세는 1935년 어느 독자에게 보낸 편지에서 "크눌프 같은 인물들이 저를 사로잡습니다. 그들은 유용하지 않지만 해롭지도 않습니다. 유용한 인물들보다는 훨씬 덜 해롭지요. 만약 크눌프처럼 재능 있고 영감이 풍부한 사람들이 자신들의 세계에서 자리를 찾지 못한다면, 크눌프뿐만 아니라 그 세계에도 책임이 있는 것입니다."라고 말했습니다.

방랑자 크눌프의 삶을 통해 우리의 모습을 돌아봅니다. 이 시대의 우리의 모습은 어떻습니까? 눈에 보이지 않는 꽉 짜여진 틀에 매여 살아갑니다. 그러니 마음속으로는 누구나가 다 방랑자 크눌프를 부러워하고, 그와 같이 살아가고 싶어하는 마음을 품고 있습니다. 단지 현실을 거부할 수 없기에 참고 살아갈 뿐입니다.

크눌프는 자유 그 자체입니다. 인간이면 누구나가 꿈꾸는, 인간이 인간으로서 가지고 누려야 할 가장 최고의 가치인 바로 그 자유입니다. 하지만 안타깝게도 진정한 자유를 누리기가 점점 더 어려운 세상이 되어 가고 있습니다. 크눌프같이 자유로운 영혼을 가진 사람들이 설 곳도 점점 더 사라져 가고 있습니다. 그런 세상에서 헤세가 전하는 방랑자 크눌프는 일종의 대리만족입니다. 갇혀 살고 매여 살아가는 우리에게 자유에 대한 향수를 전해 주고, 진정한 자유를 꿈꾸게 하는 역할을 하는 것입니다. 하루하루 삶이 공허하고 의미 없다고 느낄 때 영원한 방랑자 크눌프를 만나 보시길 권합니다.

삶의 본질과 인간의 실존, 말테의 수기 (라이너 마리아 릴케)

"사람들은 살기 위해서 여기로 몰려드는데, 나는 오히려 사람들이 여기서 죽을 것 같다는 생각이 든다."

라이너 마리아 릴케가 쓴 '말테의 수기'의 유명한 첫 문장입니다. 라이너 마리아 릴케는 독일이 낳은 유명한 시인으로 시인의 대명사라고 불리는 작가입니다. "인생은 축제와 같은 것"이라고 노래한 '인생'이라는 시가 아주 유명합니다.

"인생을 꼭 이해해야 할 필요는 없다
인생은 축제와 같은 것
길을 걷는 아이가 바람이 불 때마다
꽃잎들의 선물을 받아들이듯
하루하루를 일어나는 그대로 맞이하라

아이는 꽃잎을 모아 간직하는 일에는

관심이 없다
머리카락에 행복하게 머문 꽃잎들을
가볍게 털어 버리고
아름다운 젊은 시절을 향해
새로운 꽃잎을 달라 두 손을 내민다."

꽃잎을 줍는 순간을 즐기고 그 순간에 만족하면 그뿐이라는 시인의 마음이 곧, 제가 글과 방송에서 늘 말씀드리고 있는 '카르페 디엠'인 것입니다.

시, 시인을 생각하면 우리나라 국민들이 가장 먼저 떠올리는 시인이 바로 윤동주 시인이나 김소월 시인일 것입니다. 20세기를 대표하는 시인인 라이너 마리아 릴케는 그렇게 전 세계인들이 시인 하면 떠올리는 가장 대표적인 시인입니다. 실제로 우리나라의 백석, 김춘수, 윤동주 시인이 릴케의 영향을 받았다고 하며, 백석의 시 '흰 바람벽이 있어'(오늘 저녁 이 좁다한 방의 흰 바람벽에/어쩐지 쓸쓸한 것만이 오고 간다. 이렇게 시작하는 시인데, 끝부분에 프랑시스 잠과 도연명과 라이너 마리아 릴케가 등장함)와 윤동주의 시인 '별 헤는 밤'(계절이 지나가는 하늘에는 가을로 가득 차 있습니다. 이렇게 시작하는 시인데, 여기에도 프랑시스 잠과 라이너 마리아 릴케가 등장함)에도 릴케의 이름이 등장합니다.

자유로운 영혼의 방랑자 크눌프 못지않은 고독과 방랑의 시인이 바로 릴케입니다. 평생을 떠돌며 실존의 고뇌에 번민하는 삶을 살았습니다. 오스트리아-헝가리 제국의 지배를 받던 프라하의 독일계 가정에서 1875년에 태어난 그의 어린 시절은 스스로의 정체성을 찾기 어려울 정도였습니다. 첫딸을 잃은 어머니는 릴케를 여자처럼 키웠지만, 군인 출신인 아버지의 못다 이룬 꿈을 위해 5년간 군사학교를 다녀야 했을 정도입니다. 그러나 몸이 허약하여 중도에 그만두었고, 프라하대학에 들어가 문학을 공부했습니다.

문학청년이었던 릴케는 뮌헨대학교로 적을 옮긴 후 운명의 여인 루 살로메를 만나 정신적, 문학적으로 성숙하게 됩니다. 또 루 살로메와의 두 차례 러시아 여행을 통해 톨스토이도 만납니다. 러시아에서 돌아온 릴케는 독일 화가마을 보르프스베데에 정착하였고, 그곳에서 화가들과의 교류를 통해 화가의 눈으로 사물을 바라보는 안목을 키우게 됩니다. 이때 로댕의 제자였던 조각가 클라라 베스토프와 결혼하였고, 그후 파리로 가 로댕의 조수가 됩니다. 이때의 파리 생활의 체험이 '말테의 수기'에 담긴 것입니다.

러시아 여행을 통해 펴낸 '기도시집', 보르프스베데 시대에 주로 쓴 시를 모은 '형상시집'과 '신시집', 그리고 그의 대표작이라고 할 수 있는 장편 연작시 '두이노의 비가'와 '오르페우스에게 바치는 소네트'를 완성하고, 51세인 1926년에 스위스의 요양원에서 백혈병으로 세상을 떠났습니다.

소설 '말테의 수기'는 1910년, 그의 나이 35세인, 릴케 문학의 완숙기에 창작된 작품입니다. 덴마크 출신의 젊은 시인 말테가 파리에서 고독

속에서 살아가는 모습을 수기 형식으로 담은 이 소설은 릴케의 문학과 인생에 대한 고민을 잘 보여 주고 있습니다. 이 작품은 참으로 독특합니다. 소설이라기보다는 한 편의 길고 긴 시 같기도 하고, 담담하게 풀어 놓는 에세이 같기도 합니다. 읽기에 결코 쉬운 작품도 아닙니다. 저도 학창 시절에 처음 이 작품을 접했는데, 그때는 다소 뻐기고 싶은 마음에 제대로 이해하지도 못하고 읽었던 기억이 있습니다.

통상 소설이라고 하면 주인공을 포함하여 중심되는 인물이 등장하고, 그 인물들을 중심으로 사건 등의 서사가 진행되기 마련입니다. 이야기들이 얽히고설킨 장편 대하소설일지라도 이야기의 맥을 쫓아가다 보면 그리 어렵게 느껴지지 않을 수 있는데, '말테의 수기'는 그렇지 않습니다. 사건이 아닌 화자의 생각과 상상, 기억만으로 이야기가 펼쳐집니다. 말테의 수기를 넘어 말테의 사색이라고 할 정도인데, 이 안에 담긴 내용이 28세 청년인 말테의 생각이라고 하기에는 믿기 어려울 정도로 심오합니다. 마치 인생을 다 산 것처럼 삶의 본질과 인간의 실존, 그리고 진정한 사랑에 대해 고민하는 등 주제들이 매우 흥미롭습니다.

"나는 아무도 아는 사람 없이, 아무것도 가진 것 없이, 트렁크 하나와 책 상자 하나를 가진 채, 사실 어떤 것에도 호기심 없이 세상을 돌아다니고 있다."

"모든 것에 대해 불만족하고 자신에 대해 더욱더 불만족하며 지금 이 밤, 고독과 적막 속에서 나는 스스로 기력을 되찾고 자신을 조금 사랑하고 싶다. 내가 사랑하던 사람들의 영혼들이여, 내가 찬양하던 사람들의 영혼들이여, 나를 굳세게 해다오. 나를 지탱할 수 있게 해다오. 내가 이 세상의 허위와 부패로부터 멀리 있게 해다오."

대부분 이러한 사색과 독백 식의 문장들이 이어집니다. 그래서 이 작품은 우리가 통상 이야기하는 줄거리나 내용이 어떤가를 논하는 게 큰 의미가 없습니다.

또 한 가지 말씀드리고 싶은 건, 우리가 책을 읽을 때 소설 등의 문학 작품의 경우에는 처음부터 끝까지 한 번 읽고 나서는, 다 읽었으니 책 꽂이에 꽂아 두고 그다음에는 다시 읽지 않는 경우가 많습니다. 그런데 '말테의 수기'는 그렇지 않습니다. 릴케의 사상과 정신이 오롯이 담겨 있는 그야말로 문학의 보고입니다. 그러니 늘 가까이에 두고 시간 날 때마다 들춰 본다면 한 인간의 정신세계가 어디까지 깊어지고 넓어질 수 있는지 느끼실 수 있고, 그것을 읽고 사유하는 것만으로도 보다 의미 있고 풍성한 삶을 살아갈 수 있지 않을까 싶습니다.

내용에 대해 조금만 더 말씀드리면, 이 작품의 배경이 되는 곳은 프랑스 파리입니다. 릴케는 프랑스의 조각가 로댕에 대한 평전 집필을 청탁 받고 파리로 갔는데, 이때 겪었던 릴케의 파리 체험은 두 가지 중요한 결과를 가져왔습니다. 우선 그는 로댕으로부터 예술가의 자세를 배웠고, 그것을 그의 시 세계에 구현하려고 했습니다. 그리고 또 하나가 바로 자전적 소설인 이 '말테의 수기'입니다. 릴케는 파리에서 죽음의 대도시를 보았고, 그것을 숨 막히도록 절박한 문체로 묘사했습니다. 몰락한 귀족 집안에서 태어난 덴마크 시인 말테가 늘 자신이 꿈꾸던 대도

시인 파리에 가게 되지만, 젊고 예민하고 섬세한 시인의 눈에 비친 파리는 말도 안 될 정도로 크고 위협적인 세상이었습니다.

첫 문장에 나온 것처럼 말테의 눈에 비친 모습은 마치 살기 위해서 살아가는 사람들이 아니라, 죽기 위해서 살아가는 사람들이었습니다. 죽음마저 대량으로 생산되는 현실을 목격하면서 말테는 그렇게 생각합니다. 급기야 말테 자신도 병원에서 치료를 받아야 함에도 가난의 고통에서 몸부림치는 이들을 지켜볼 수가 없어서 뛰쳐나오고 맙니다.

책 속의 한 줄을 살펴봅니다. 이 책 속에는 다분히 철학적인 문장들이 많습니다. 심지어는 현학적이기까지 합니다. 쉽게 이해하기 어렵지만 찬찬히 들여다보면 그 마음이 어느샌가 스며들어와 말테 시인의 생각을 통해 흘러나오는 릴케의 깊이와 넓이가 느껴지게 됩니다.

"내가 이미 말했던가? 보는 법을 배우고 있다고, 그래, 나는 시작했다. 아직 서투르지만 시간을 최대한으로 활용하려 한다."

"물론 인생에서 구분을 짓는 것은 누구에게나 자유지만 그런 구분은 원래 있던 것이 아니라 생각해 낸 것임을 자신에게 일렀다. 그리고 그런 구분을 생각해 내기에는 내가 너무나 모자람을 깨달았다. 그런 구분을 해 보려고 시도할 때마다 실제 인생에서는 그런 구분이 전혀 있지 않음을 느꼈다."

이 문장을 사유하면서 저는 오늘날 우리를 포함하여 인간 세상에서 일어나는 각종 구분들, 가장 기본적인 내 편과 네 편으로부터 시작하여, 민족과 종교, 이념과 이익에 따라 구분 짓고 다툼을 벌이는 사람들이 이 문장을 깊이 받아들이고, 깨달아야 하지 않을까 하는 생각도 듭니다.

"사람이 젊어서 시를 쓰게 되면, 훌륭한 시를 쓸 수 없다. 시를 쓰기 위해서는 때가 오기까지 기다려야 하고 한평생, 되도록 아주 오랫동안, 의미와 감미를 모아야 한다. 그러면 아주 마지막에 열 줄의 성공한 시행을 쓸 수 있을 거다."

이 문장은 젊은 시인들에게는 다소 거북하게 들릴지도 모르겠습니다. 다만, 릴케가 시인이기에 자기의 생각을 솔직하게 표현한 것이고, 삶의 원숙함을 강조한 것이라고 가볍게 보시면 그리 기분 나쁘지도 않을 것이라 생각합니다.

이렇게 '말테의 수기'는 세상에 나온 지 110년이 넘었는데, 읽다 보면 그 오랜 세월이 느껴지지 않을 정도로 오늘날을 살아가는 우리에게 많은 걸 느끼게 합니다. 또 한편으로는 책을 읽는 게 얼마나 인내를 요하는지도 가르쳐 줍니다. 쉽게 술술 읽히고 넘어가는 책이 아니지만, 그러면서도 읽는 재미가 있습니다. 그 속에 깃든 의미, 한 단락과 한 문장이 전하는 의미와 통찰을 느껴 볼 수 있는 좋은 길잡이입니다.

우리가 '말테의 수기'라는 작품을 접하며 사유하고 성찰해야 할 것은 분명합니다. 삶과 죽음, 사랑을 넘나드는 말테의 사색을 통해 인생이란 과연 무엇인지? 사람으로 태어나 사랑하며 살아가는 것이 과연 어떤 의미인지? 깨달아야 합니다. 점점 더 사람이 소외되어 가는 시대를 살아가는 우리가 끝까지 사람을 붙들어야 하는 이유를 말테의 수기, 릴케의 사색을 통해 느낄 수 있는 것입니다.

세상에서 가장 소중한 선물,
크리스마스 선물 _(오 헨리)

"1달러 87센트, 그것이 전부였다. 그리고 그중 60센트는 1센트짜리 동전이었다."

오 헨리의 '크리스마스 선물'의 첫 문장입니다. 오 헨리는 1862년에 미국 노스캐롤라이나주에서 태어나 1910년에 세상을 떠날 때까지 48년이라는 짧은 생을 살았습니다. 평론가들이 미국의 단편소설을 이해하기 위해서는 오 헨리의 작품을 읽어 보고, 이해해야 한다고 말을 하는데, 이유가 있습니다. 바로 오 헨리의 작품들이 미국적인 삶의 모습을 가장 자세하고 선명하게 그려 내고 있기 때문입니다. 한 마디로 가장 미국적인 작가가 오 헨리라고 말씀드릴 수 있는 것입니다.

제가 개인적으로 전 세계의 수많은 작가들 중에서 오 헨리를 좋아하는 이유는 그의 작품 속에는 진정한 휴머니즘이 담겨 있기 때문입니다. 인간으로서 품어야 할 가장 소중한 가치, 인문학에서 늘 말하는 위대한 인간의 사랑이 그 안에 있습니다. 오 헨리의 작품들이 풍부한 상상력과 치밀한 구성으로 재미있기도 하지만 결말에 가서는 마음이 따뜻해지고 콧등이 시큰해지는 큰 감동을 주는 것은 바로 그러한 까닭입니다. 거기에 더해 해피 엔딩이지만 뻔한 해피 엔딩이 아니라 반전이 있는 사랑의 해피 엔딩이 독자들의 마음을 사로잡습니다.

오 헨리의 전기를 쓴 알폰소 스미스 라는 작가는 미국의 단편소설을 단 한 마디로 이렇게 표현했습니다. '스케치북'의 워싱턴 어빙이 미국 단편소설을 전설화하고, '검은 고양이'의 애드거 앨런 포가 표준화하고, '주홍글씨'의 너새니얼 호손이 우화화하고, '정직한 사람 제임스 이야기'의 브렛 하트가 지방화했다면, '마지막 잎새'의 오 헨리는 비로소 인간화했다고 말입니다. 그렇습니다. 오 헨리는 바로 인간에 주목했습니다. 인간이란 무엇인가? 인간은 무엇으로 사는가? 대문호 톨스토이가 늘 천착했던 인간을 오 헨리 역시 수많은 작품들을 통해 전하고 있습니다.

많은 작가들이 다 휴머니즘을 이야기하고, 휴머니스트가 되지만, 오헨리는 그 수많은 작가들 중에서 마지막 잎새처럼, 밤하늘의 별처럼 고결한 휴머니즘을 전하는 탁월한 작가임에 틀림없습니다. '마지막 잎새'와 더불어 오 헨리의 대표적인 작품이 바로 '크리스마스 선물'입니다. 정말이지 크리스마스 시즌이 되면 늘 우리 머릿속에, 마음속에 떠오르는 불후의 명작이 아닐 수 없습니다. 이 작품의 키워드는 제목에서도 나와 있듯이 딱 두 개입니다. 하나는 크리스마스이고, 하나는 선물입니다.

크리스마스 하면 캐럴송, 흰 눈, 산타 할아버지, 루돌프 사슴코 등 수

많은 것들이 금방 생각날 것입니다. 그중에서도 산타 할아버지가 굴뚝을 타고 들어와 머리맡에 놓인 양말 속에 살짝 넣고 가는 선물을 빼놓을 수 없습니다. 크리스마스 선물이라는 말만 들어도 벌써 기분이 좋아지고, 마음이 설렙니다.

참고로, 세계 명작 중에서 크리스마스 하면 떠오르는 작품이 하나 더 있습니다. 바로 영국이 낳은 세계적인 작가 찰스 디킨스의 '크리스마스 캐럴'입니다. 너무나도 유명한 구두쇠 스크루지 할아버지의 이야기가 바로 이 작품입니다. 기부를 부탁하고자 스크루지의 사무실을 찾아온 신사가 한 말이 지금도 제 기억에 생생합니다. "저희가 이런 시기를 선택한 까닭은 부족한 건 뼈저리게 다가오고, 풍요로운 건 넘치는 시절이기 때문입니다." 참으로 명문입니다. 크리스마스를 맞아 기회가 되시면 스크루지 할아버지도 함께 만나 보시는 것도 좋을 듯합니다.

특별히, '크리스마스 선물'이 전하는 것은 바로 사랑입니다. 갈수록 사랑이 변질되어 가고, 메말라 가는 시대에 이런 작품을 통해서 인간에게 정말 중요한 것은 사랑일 수밖에 없음을 우리가 다시 한 번 깨달아야 될 것입니다.

뉴욕에 오 헨리가 단골로 드나들었던 술집이 있습니다. 1864년에 문을 연 '피츠 태번'이라고 뉴욕에서 가장 오래된 술집입니다. '크리스마스 선물'은 그가 이곳에서 위스키를 마시며 단 3시간 만에 쓴 작품이라고 알려져 있습니다. 이 작품을 이야기하기 위해서는 첫 문장부터 말씀드리지 않을 수 없습니다. 앞에서 언급한 짧지만 매우 강렬한 첫 문장,

"1달러 87센트, 그것이 전부였다. 그리고 그중 60센트는 1센트짜리 동전이었다."는 그 어떤 작품의 첫 문장보다도 강렬하게 마음을 파고듭니다.

여기 가난한 부부가 있습니다. 부인은 델라이고, 남편은 짐입니다. 이들은 1주일의 8달러의 집세를 내는 작은 아파트에서 살고 있습니다. 크리스마스가 코 앞으로 다가오면서 서로가 모르게 크리스마스 선물을 삽니다. 그렇지만 델라는 가진 돈이 1달러 87센트가 전부였기에 속상해하며 엉엉 웁니다. 사실, 이 부부에게는 두 가지 보물이 있습니다. 하나는 할아버지 때부터 대대로 물려받아 온 금시계였고, 다른 하나는 아내의 아름다운 머리카락입니다. 델라는 남편의 선물을 사기 위해 그녀의 아름다운 머리카락을 잘라 20달러를 얻고, 그 돈으로 시곗줄을 삽니다.

선물을 사들고 집에 돌아온 델라는 거울을 보며 혼자 이렇게 중얼거립니다. "짐은… 나를 보고 화를 내진 않더라도 아마 코니아일랜드의 합창단 소녀 같다고 할 거야. 하지만 하는 수 없었는걸. 1달러 87센트로 무얼 할 수 있었겠어?"

그날따라 더 늦게 짐은 집으로 돌아옵니다. 22세라는 젊은 나이에 가장의 무게를 짊어진 남편입니다. 머리카락을 자른 아내의 모습을 보고 "당신 머리카락은 이제 없어졌단 말이지?"라며 넋이 나간 표정으로 아내에게 묻습니다. "머리카락을 잘랐거나 면도로 밀었거나 당신에 대한 내 사랑은 달라지지 않아. 아무튼 그걸 끌러 보라구. 그러면 왜 내가 아까 넋이 나갔었는지 알 수 있을 테니까." 무엇입니까? 크리스마스 선물인 빗입니다. 그냥 빗이 아닙니다. 델라가 오랫동안 브로드웨이 진열창에서 보고 동경하던 아름답고 비싼 빗이었습니다. 그 빗을 이제 쓰지 못하게 된 것입니다. 아내는 말합니다. "그렇게 보지 마세요. 제 머리카락은 정말 빨리 자라요. 짐!"

이번에는 델라가 짐에게 시곗줄을 보여 주면서 이렇게 말합니다. "멋있죠? 짐. 온 시내를 다 쏘다니면서 찾은 거예요. 앞으로는 하루에 백 번도 더 시계가 보고 싶어질 거예요. 시계 이리 주세요. 이 줄이 그 시계에 얼마나 잘 어울리나 보고 싶어요." 그런데 시계가 없습니다. 짐은 고백합니다. "우리들의 크리스마스 선물은 당분간 잘 간직해 둡시다. 당장 쓰기에는 너무 고급이야. 나는 머리빗을 사느라고 시계를 팔아 버렸지." 두 사람은 아무 말 없이 서로를 껴안습니다. 비록 긴 머리카락과 멋진 시계는 없었지만 이 세상에서 가장 귀한 선물, 당장 필요는 없지만 늘 마음속에 함께할 소중한 크리스마스 선물을 주고받은 두 사람은 누구보다도 행복한 사람입니다.

이 작품의 끝 문장도 명문장입니다. 우리 모두의 가슴속에 꼭 기억할 필요가 있습니다.

"마지막으로 한 마디, 선물을 주고받는 모든 사람들 중에서 이 두 사람이야말로 가장 현명한 사람들이었다고 말하고 싶다. 사랑하는 사람을 위해 자신의 가장 소중한 것을 희생한 이들이야말로 현명한 동방박사들이 아닐까?"

'크리스마스 선물'은 다시 들어 보고, 다시 읽어 봐도 늘 감동입니다. 오 헨리가 작품의 끝 문장에서 얘기한 것, 선물을 주고받는 사람들 중에서 이 두 사람이 가장 현명했다는 그 말이 우리에게 전하는 마음이 아닐까 싶습니다. 물질문명이 발달하면서 우리는 물질의 가치를 숫자로 매기는 시대를 살아가고 있습니다. 전 세계에서 명품이 가장 잘 팔리고, 또 비쌀수록 더 잘 팔리는 나라가 우리나라라고 합니다. 아무리 마음이 우선이라고 해도 숫자의 가치를 무시하지 못하는 삶이 지금 우리를 알게 모르게 지배하고 있습니다. 선물은 금전적인 가치보다는 마음과 정성이 중요하다는 말이 그냥 지나가는 말이 아니길 바라는 마음이 큰 시대입니다.

이 '크리스마스 선물'이라는 작품을 통해 다시 한 번 인간의, 인간에 대한 사랑을 생각합니다. 소중한 내 자신을 돌아보면서, 나와 똑같이 소중한 남을 바라봅니다. '크리스마스 선물'은 바로 사랑하는 사람을 위해 자신의 가장 소중한 것을 희생할 줄 아는 마음을 전하고 있음을 당신의 믿음 속에 꼭 품으시길 소망합니다.

순간의 소중함을 망각한 아픔, 목걸이 · 보석 (기 드 모파상)

"가난한 월급쟁이 가장을 둔 집안에 운명의 신이 잘못 판단해 태어났다고 생각할 수밖에 없는 세련되고 아름다운 여자들이 태어나는 경우가 있다. 그녀도 그런 여자들 가운데 한 명이었다."

모파상의 단편소설 '목걸이'의 첫 문장입니다. 이번에는 '목걸이'와 더불어 '보석'이라는 작품도 함께 살펴보겠습니다.

기 드 모파상! 19세기 후반 프랑스 근대 자연주의의 대표적인 소설가로, 애드거 앨런 포, 안톤 체호프와 더불어 세계 3대 단편소설 작가로 꼽히는 작가입니다. 그의 대표작인 장편 '여자의 일생'은 프랑스 사실주의 문학이 낳은 걸작으로 평가됩니다.

모파상은 1850년 프랑스 노르망디에서 태어났습니다. 12세 때 부모가 별거하자, 어머니 밑에서 문학적 감화를 받으면서 성장했습니다. 1869년부터 파리에서 법률 공부를 시작하였으나, 1870년에 프로이센과 프랑스 전쟁이 일어나자 학업을 중단하고 군에 자원입대하게 됩니다. 전쟁이 끝난 후에 심한 반전, 염전사상(厭戰思想)에 사로잡혔고 이것이 문학지망의 결의를 굳히는 동기가 되었다고 전해집니다. 1872년에 문부성에 취직하고, 일하면서 어머니의 친구인 플로베르에게서 직접 문학지도를 받았습니다. 이때 플로베르의 소개로 에밀 졸라를 알게 되면서, 파리 교외에 있는 졸라의 저택에 자주 모여 문학을 논하던 당시의 젊은 문학가들과도 교류했습니다.

그가 문단에 등장한 것은 1880년, 30세 때로, 플로베르가 죽은 바로 그 해였습니다. 1880년 에밀 졸라는 모파상을 포함한 6명의 젊은 작가들이 쓴, 프로이센과 프랑스 전쟁에서 취재한 단편집 '메당 야화'를 간행했는데, 모파상은 여기에 '비계 덩어리'를 발표하면서 혜성같이 문단에 등단한 것입니다. 이 작품은 부르주아지들의 이기적인 인간성을 날카로운 관찰로 그려 냈고, 짜임새 등에서 어느 작품보다도 뛰어나 사람들의 주목을 끌었습니다. 3년 뒤인, 1883년에는 장편소설 '여자의 일생'을 발표하였는데, 이 소설은 선량한 한 여자가 걸어가는 환멸의 일생을 염세주의적 필치로 그려 낸 작품으로서 그의 명성을 더욱 높였을 뿐 아니라, 플로베르의 '보바리 부인'과 함께 프랑스 사실주의 문학이 낳은 걸작으로 평가됩니다.

모파상은 신경질환으로 고통을 겪으면서도 불과 10년간의 문단 생활에서 장편소설, 단편소설과 기행문, 시집, 희곡 등 가릴 것 없이 수많은 작품을 발표한 다작가였습니다. 그 후 병이 더욱 악화되어 43세의 젊은 나이로 세상을 떠났습니다. 모파상의 작품에는 이상 성격 소유자, 염세주의적 인물이 많이 등장하는데, 이러한 인물들을 통해 인간의 위선과 인생의 야수성을 정확하고 세밀한 관찰력, 간결하면서도 무감동적인 문체로 담담하게 표현한 것이 특징입니다.

앞에서 말씀드렸다시피 모파상이 본격적으로 작품 활동을 한 기간은 10여 년에 불과합니다. 그 짧은 시간에도 불구하고, 그의 창작력은 놀라운 것이어서, '비계 덩어리', '여자의 일생', '벨라미', '죽음처럼 강하다'와 같은 수많은 작품들을 통해 그가 체험하고 느낀 수많은 인간형들을 독자들에게 그려 줍니다. 작품의 주제도 삶에 있어서 주된 관심사인 권력, 돈, 쾌락, 애정을 위한 투쟁을 다루었기에 일부 불편하다고 비판하는 사람들도 있지만, 톨스토이의 경우에는 극찬할 정도였습니다.

그는 스승인 플로베르, 에밀 졸라와 특히 많은 교류를 했는데, 그들과는 또 다른 독자적인 영역을 구축했다는 평가를 받고 있습니다. 플로베르로부터 물려받은 객관주의를 지키는 반면, 낭만주의가 갖는 과잉, 과장된 표현을 멀리했기에 자연주의와 사실주의를 대표하는 작가로 자리매김하고 있습니다. 특히 병을 앓고, 심해지면서 그러한 자신의 상황이 작품 속에 그대로 투영되었는데, 그래서 유독 그의 작품에는 냉혹함이라든지 비참함, 해학과 외설 등이 많이 드러나고 있고, 절망과 고독 속에서 인생의 허무와 싸우는 그의 영혼이 담겨 있다는 평가를 받고 있습니다.

이제 작품 속으로 들어갑니다.

'목걸이'라는 작품은 교과서에 실려 있는 작품이기 때문에 남녀노소를 불문하고 아마 다 알고 있는 작품일 것입니다. 평범한 가정에서 태어난 마틸드는 하급관리와 결혼했지만 사람들의 부러움을 받는 화려한 생활을 꿈꿉니다. 그녀는 어느 날 관저에서 열리는 만찬에 초대되자 남편 루아젤의 빠듯한 돈으로 드레스를 사고 부자 친구 포르스티에 부인에게 화려한 다이아몬드 목걸이를 빌려 참석합니다. 모든 사람들의 아부와 찬사를 받는 꿈같은 시간도 잠깐, 그녀는 그만 목걸이를 잃어버리고 맙니다.

부부는 보석상을 돌며 비슷한 목걸이를 3만 6천 프랑의 거금을 들여 사고, 부친의 유산과 친구들에게 빌린 돈도 모자라 각종 서류에 서명하며 사채까지 빌립니다. 잠시의 황홀한 밤이 악몽이 되어 무려 10년 동안 빚을 갚느라 고단하고 궁핍한 생활을 이어 갑니다. 마침내 빚은 모두 갚았지만 할머니처럼 거칠고 피폐해진 것입니다.

어느 날 상젤리제 거리에서 자신을 알아보지도 못하는 포레스티에 부인을 만난 마틸드는 목걸이 때문에 비참하게 살아온 지난날을 털어놓습니다. 그러나 이게 웬일입니까? 포레스트에 부인은 숨이 탁 막혀 마틸드의 두 손을 꼭 쥐며 말합니다. "어쩜, 어떡하면 좋아. 가엾은 마틸드. 내 건 가짜였어. 기껏해야 오백 프랑짜리였는데…" 지금 다시 읽어 보아도 주인공이 느꼈을 허무와 회한이 그대로 묻어납니다.

이 책에는 이런 문장이 있습니다.

"그녀는 흥분 속에서 취한 듯 춤을 추었다. 그녀는 자기 미모의 승리와 성공의 영광, 온갖 찬사와 감탄, 온갖 쾌락의 개방과 여성의 마음에는 한없이 달콤한, 완전무결의 승리로 이루어진 행복의 구름 속에서 기쁨에 도취하여 모든 것을 잊었다."

외모가, 치장이, 목걸이와 같은 보석이나 명품 가방이 한 사람을 이렇게 만들 수 있음을 이 시대를 살아가고 있는 우리 역시 잘 알고 있습니다. 그런 마음을 단지 욕망과 허영이라는 말로 평가절하하거나 비난할 수 있을까요? '목걸이'라는 작품이 우리에게 던지는 화두라고 생각합니다.

진짜 목걸이를 사느라 10년 동안 갖은 고생을 하면서 빚을 갚은 루아젤 부인은 지난날의 화려했던 무도회를 회상하며 이렇게 생각합니다.

"그 목걸이를 잃어버리지 않았다면 어떻게 되었을까? 알 수 없지, 알 수 없어! 인생이란 참 이상하고 무상한 거야. 사소한 일이 파멸을 가져오기도 하고 구원을 베풀기도 하니."

사소한 일이 파멸을 가져오기도 하고, 구원을 베풀기도 한다는 문장은 정말이지 우리 모두가 가슴에 새겨야 할 명문장이라고 생각합니다.

'보석'이라는 작품은 상황이 '목걸이'와는 정반대입니다. 내무성 사무관인 랑탱이 지방 세무관의 딸과 결혼합니다. 아내는 가난하지만 품위가 있었고, 성품도 온화했으며 정숙하여 모든 면이 맘에 들었으나 두

가지 달갑지 않은 취향이 있었습니다. 극장에 자주 가는 것과 모조 보석을 좋아하는 것이었습니다. 그렇게 날마다 집에서 남편에게 모조 보석을 보여 주며 즐거워했던 아내가 폐렴으로 갑자기 사망합니다.

랑탱은 아내가 가지고 있던 모조 보석을 팔려고 보석상에 가져가 보니 세상에나 그 보석들이 모두 진짜였던 것입니다. 사망한 아내가 생전에 어떤 삶을 살았는지 짐작할 수 있습니다. 그러나 가난했던 공무원 랑탱에게는 이미 지난 일입니다. 중요하지 않습니다. 엄청난 돈을 거머쥐고 기쁨에 넘칩니다. 그는 곧 직장을 그만두고 새 아내를 얻으나 새 아내는 랑탱을 들볶습니다.

평이한 줄거리 속에서도 묘한 반전이 있는 작품이고, 진짜와 가짜의 구분으로 보면 '목걸이'와는 반대의 작품입니다. 가짜 보석이라고 여겼던 아내의 보석을 다 팔기로 하고 거리에 나온 랑탱의 기분을 이렇게 묘사하고 있습니다.

"거리에 나온 그는 방돔 원기둥을 바라보자 경기용 원기둥에 기어오르듯 기어오르고 싶었다. 공중 높이 앉아 있는 황제의 동상 위에서 개구리뜀이라도 하고 싶은 가벼운 마음이었다."

모파상의 이야기 속에는 우리의 삶이 담겨 있습니다. 함부로 평가할 수도, 함부로 재단할 수도, 함부로 비난할 수도 없는 것이 우리 각자 각자의 삶입니다. 다만, 그런 다양한 삶 속에서 우리가 추구해야 하는 것은 뭐니 뭐니 해도 보편성입니다.

인간의 보편성은 우리에게 말합니다. 정말 중요한 것은 밖으로, 겉으로 드러나고 보여지는 것인가? 아니면 안에, 속에 담겨 있고 품고 있는 것인가? 라고 말입니다. '목걸이'와 '보석'은 바로 그 질문을 오늘날을 살아가는 우리에게 던지고 있다고 생각합니다.

세상을 향한 통쾌한 풍자와 해학,
악어 (도스토옙스키)

"실로 우리는 자신의 운명을 미리 알지 못하는 것이다."

도스토옙스키의 단편소설 '악어'라는 작품을 단 한 문장으로 표현하라고 하면, 저는 책 속에 있는 이 문장으로 대신하고 싶습니다. 어느 정도 나이에 어느 정도 풍모를 갖춘 한 신사가 겪은 실화라고 소개하면서 시작되는 이 작품이 그래서 결코 남의 일 같지 않습니다.

도스토옙스키를 잘 알고 좋아하는 분들이 엄청 많으실 것입니다. 특히, 도스토옙스키의 매력을 인간에 대한 설득력 있는 묘사가 늘 감동적이었다고 평하는 전문가도 있습니다. 저도 전적으로 공감하는 부분입니다. 어떻게 이렇게까지 인간을 잘 그려 낼 수 있을까 하는 점에서 탁월합니다. 도스토옙스키는 인간을 그려 내면서 한쪽으로 치우치지 않았습니다. 인간의 선한 면, 아름다운 면과 더불어 악한 면과 어두운 부분도 똑같이 비중 있게 다룹니다. 우리 독자님들도 잘 아시는 '죄와 벌'이라는 작품이 대표적이라 할 수 있습니다. 선과 악 사이에서 처절하게 고뇌하는 인간의 모습을 정말 현실성 있게 그려 내면서 선에 대한 믿음도 전혀 놓치지 않았다는 평가를 받고 있습니다.

여기에 더 보태어 저는 도스토옙스키야말로 문학이 인간에게 왜 유익한가? 문학이란 존재가 인간이 세상을 살아가는데 있어 왜 필요한가? 라는 질문을 던질 때 가장 적절하게 언급할 수 있는 첫 번째 작가라고 생각합니다. 그는 인간이라는 존재, 인간의 삶이라는 것을 평범함의 영역에서 위대함의 영역으로 끌어올린 작가이기 때문입니다. 절망 속에서 희망을 노래했고, 아픔 속에서 치유를 통한 희망을 노래한 작가이기 때문입니다.

작가의 작가라고 하는 루이스 보르헤스는 도스토옙스키의 폭넓고 다양한 문학적 노력을 높이 평가하면서 그의 작품의 주인공은 전형적으로 고뇌, 범죄, 진솔한 고백과 회개를 거친다고 평가합니다. 특히, 많은 작품들 중에서 특별히 이 '악어'를 꼽으면서 도스토옙스키가 풍자적으로 칭송한 러시아의 까다로운 관료제도는 소설 '악어'의 미완성적 환상이 보여 주는 중요한 테마라고 말합니다.

소설의 중요한 기능 중의 하나가 풍자와 해학이라고 할 수 있습니다. 픽션이라는 틀과 장치를 사용하여 그 누구도 쉽게 하지 못하는 비판도 할 수 있고, 심지어는 손댈 수 없다고 생각하는 성역에도 거침없이 접근할 수 있는 것입니다. 우리는 많은 작품들이 바로 그런 풍자와 해학을 통해 독자들에게 많은 통찰을 줌과 동시에 대리만족이라는 즐거움까지 누리게 하고 있음을 잘 알고 있습니다.

이 작품도 역시 마찬가지입니다. 작품의 내용을 소개하면서 자세히 말씀드리겠지만 도스토옙스키는 악어 뱃속에 갇힌 이반 마트베이치라는 남자를 통해 관료제와 자본주의에 대해서 날카롭게 분석합니다. 악어 주인은 "카를헨이 터지기라도 하면 당신이 보상해야 합니다."라면서 사람을 삼켜 버린 악어의 배를 가르지 못하게 합니다. 인간의 생명보다도 돈과 제도가 우선인 상황이 담담하게 그려집니다.

반면에, 악어에 먹힌 남자는 놀랍게도 악어 뱃속에서 생존하며 평소와 똑같은 생활을 합니다. 그의 부인과 친구 등 지인들은 그를 악어 배안에서 꺼내기 위해 백방으로 노력을 하지만 쉽사리 악어의 배를 가르지 못합니다. 상식적으로 생각한다면 악어에 먹힌 사람은 당연히 죽게 될 것이고, 혹여나 잠깐 동안 살아 있다고 하더라도 빨리 살려 달라고 발버둥칠 것입니다. 하지만 그는 다릅니다. 악어 뱃속에서 죽지 않고 살아갑니다. 오히려 즐기기까지 합니다. 관리인 그의 관료주의적 사고가 자기 자신을 스스로 악어의 뱃속에 가둔 것입니다.

작품을 보면 주인공이 이런 말을 하는 게 나옵니다.

"상업이 위기를 맞고 있는 우리 시대에 경제적 보상 없이 공짜로 악어의 배를 가르기는 어려워. 사실, 피할 수 없는 문제가 있어. 주인은 자신의 악어 대신 무엇을 갖게 되나? 그것 말고 또 다른 문제가 있어. 누가 돈을 지불하지? 자네도 알다시피 나에게는 재산이 없잖아…."

악어 뱃속에서 내일 죽을지 모레 죽을지 모를 절체절명의 순간에 빠진 사람이 하는 말치고는 너무 웃깁니다. 도스토옙스키는 주인공의 말을 통해 물질에 대한 외경심이 생명보다 더 큰 당시의 러시아 상황을 그려 낸 것입니다. 러시아 사회의 계급적 모순과 복지부동하는 시스템, 낙후된 러시아의 자본만능주의를 꼬집고 있습니다. 보르헤스는 '악어'를 카프카의 작품처럼 부조리의 극치를 달리고 있다고 평가하고 있는데, 바로 이러한 면 때문이 아닐까 싶습니다. 또한, 도스토옙스키가 묘사하는 세계가 지금 우리가 사는 세상과 별반 다르지 않다는 점에서 느끼는 점이 많습니다.

내용을 좀 더 자세히 살펴보겠습니다. '악어'라는 작품은 뜻밖의 장소에서 발생한 희한한 사건을 중심으로 일어나는 일을 다룬 소설입니다. 정말 엉뚱하면서도 재미있습니다. 풍자와 해학이 넘쳐납니다. '죄와 벌', '카라마조프가 형제'들을 읽을 때와는 느낌이 전혀 다릅니다. 무겁거나 어렵지도 않습니다.

한 남자가 뜻하지 않게 순식간에 악어 입속으로 사라져 버린 비극적인 상황을 위트와 유머로 그려 냅니다. 그러한 기발한 상상력에 사회적 모순을 비판하는 작가 특유의 예리함과 날카로움이 더해지면서 깊은 여운을 전합니다. 적당히 준수한 외모에 적당히 나이 든 신사가 악어 전시장에서 산 채로 흔적도 없이 완전히 삼켜지면서 벌어지는 사건에 대한 실제 이야기라고 도스토옙스키는 말하고 있습니다.

주인공인 이반 마트베이치는 외국여행을 앞두고 악어 전시장에 갑니다. 아내가 악어를 보고 싶어 했기 때문입니다. 지금이야 흔하게 볼 수 있지만 당시 러시아에서 악어를 본다는 것은 상상 속 동물을 마주하는 것과 같이 흔치 않은 일이었습니다. 그러니 악어를 전시하는 사장은 우쭐함이 도를 넘어섰습니다. 그런데 그 전시장에서 충격적인 일이 벌어집니다. 이반 마트베이치의 아내와 그 친구가 잠시 이야기를 나누는 사이에 뒤편에서 기이한 비명 소리가 들렸습니다. 돌아보니 이반의 하체가 악어에게 먹히고 있었고, 상체도 조금씩 악어 아가리 속으로 사라져 가고 있었습니다. 그 충격적인 모습이 아주 자세히 묘사됩니다. 모두들 경악하며 바라볼 수밖에 없는 가운데 친구는 그 모습이 웃겨 콧방귀를 뀌게 됩니다.

"그 비운의 순간에 난 이런 생각을 했다. 이 모든 일들이 이반 마트베이치가 아닌 나에게 일어났다면 정말로 불쾌했을 테니까!" 그 끔찍한 불행은 그에게 있어 내 일이 아닌 남의 일이었던 것입니다.

문제는 그 이후의 사람들 태도입니다. 이반의 아내는 남편이 악어의 뱃속으로 들어갔으니 더 이상 월급을 받을 수 없다며 울고, 당장 이혼을 해야겠다고 친구에게 조언을 청합니다. 이반의 친구는 악어의 뱃속에서 친구의 작은 목소리를 듣게 되고, 그가 아직 살아 있으며 악어의 배를 가른다면 살려 낼 수도 있겠다고 생각합니다. 하지만 전시장의 사장은 이는 전례가 없는 일이라며 악어의 배를 가를 수 없다고 말합니다.

"이반이 물어보지도 않고 악어 뱃속으로 들어간 것이니까. 어쨌든 악어도 사유재산일세. 그러니 보상도 해 주지 않고 녀석의 배를 가른다는 건 말도 안 되지."

이반은 처음엔 그곳에서 나가고 싶어 도움을 요청했다가 그곳에 익숙해지기 시작하는데 관람객들이 악어의 뱃속에서 하는 자신의 말을 신의 목소리인 듯 눈물을 흘리며 환호한다는 것에 매력을 느끼게 됩니다. 엉뚱하게도 그는 그곳에서 여러 사상을 연구하고 사람들에게 위대한 세상의 이치를 전파할 망상에 사로잡히게 되는데, 때문에 그의 구출이라는 목적은 사람들에게 더 이상 중요하지 않고 점점 사라지게 됩니다.

"악어의 내부가 텅 빈 상태로 있어야 하는 것은 진공을 용납하지 않기 위해서야. 이것이야말로 모든 악어들이 우리의 형제를 삼키는 것에 대한 유일하고도 타당한 원인이지. 인간의 구조는 그것과 달라. 인간의 머리는 비어 있으면 있을수록 그것을 채우고자 하는 갈망을 덜 느끼지. 이것은 일반적인 법칙에서 벗어난 유일한 예야."

이반의 말입니다. 이렇게 악어를 중심으로 진행되는 여러 등장인물들의 밑바닥을 지켜보는 재미가 있습니다. 그 이후의 이야기는 말씀드리지 않겠습니다.

우리는 본의든 아니든 간에 대부분 이분법적으로 구분된 세상에서 살아가고 있습니다. 선과 악, 옳음과 그름, 자유와 억압, 보수와 진보, 남성과 여성, 기성세대와 젊은 세대 등등 수많은 구분이 우리를 갈라놓고 있습니다. 이러한 세상에서 조화와 균형을 이루기는 말처럼 그리 쉽지 않습니다.

　도스토옙스키 문학이 위대한 것은 바로 이렇게 구분된 세상에서 영원한 선과 악도 없고, 영원한 좌측과 우측도 없다는 걸 깨닫게 만듭니다. 인간이 결코 잃어서는 안 될 소중하고 의미 있는 가치들을 끊임없이 추구하면서 독자들을 조화와 균형의 길로 이끕니다. 그러면서 그 어떤 것보다도 소중한 인간의 생명에 대해 사유하고 성찰하게 만듭니다. 그러니 우리는 어떻게 해야 합니까? 이 시대에 도스토옙스키를 만나야 하지 않겠습니까?

자연 속에서 살아 있다는 즐거움, 안토노프 사과 <small>(이반 부닌)</small>

"화창했던 이른 가을날들이 뇌리를 스친다."

이반 부닌의 소설 '안토노프 사과'의 첫 문장입니다.

이반 알렉세예비치 부닌이라는 작가는 우리에게 다소 생소할 수 있습니다. 그러나 이 작가는 러시아 문학에서 빼놓을 수 없는 대단히 유명한 작가입니다. 러시아의 시인이자 소설가로 러시아어권 최초로 노벨 문학상을 수상했습니다. 그는 톨스토이와 체호프가 확립한 19세기 러시아 리얼리즘 문학의 마지막 계승자이자 20세기 러시아 문학의 지평을 열었다고 평가받고 있습니다.

이반 부닌은 1870년에 태어났습니다. 어려서부터 남달리 자연에 대한 애정과 감수성, 시적 서정성이 풍부하여 푸시킨을 동경하며 시를 썼으나, 가정은 불우했습니다. 그의 아버지는 도박중독자라 재산을 탕진했고, 이로 인해 부닌은 공립학교에서 퇴학을 당하기까지 했습니다. 작품 활동은 이른 나이인 17세 때, 상트페테르부르크의 신문 '조국'에 시와 산문을 발표하며 시작했으며, 이후, 안톤 체호프와 톨스토이, 막심 고리키 등 당시 러시아를 대표하는 작가들을 만나면서 본격적인 작품 활동을 하게 됩니다.

작가로서의 재능이 풍부했던 부닌은 두 번에 걸쳐 푸시킨상을 받았고, '샌프란시스코에서 온 신사', '마을' 등의 중단편집을 발표하며 작품 활동을 이어 나갔습니다. 이후 러시아 혁명에 반대하여 1920년에 프랑스로 망명하고, 이후 프랑스 국적을 획득하지 않고 무국적으로 살아갑니다. 망명 생활 중 심리적, 경제적으로 고통을 받으면서도 조국 러시아에 대한 그리움과 사랑은 변치 않았습니다. 늘 "고향의 적막은 내 가슴을 아프게 하고, 고향 보금자리의 황폐함은 내 가슴을 고통스럽게 한다."라고 말했다고 전해집니다.

망명 후 1920년대와 1930년대를 거치는 동안 부닌은 톨스토이와 체호프의 진정한 계승자로 여겨지며 유럽에서 존경받았으며, 그의 대표작인 자전적 소설 '아르세니예프의 생'을 발표합니다. 그리고 같은 해 1933년 러시아 작가로는 최초로 노벨 문학상을 수상합니다. 스웨덴 한림원에 따르면 러시아 고전 산문의 전통을 순결하고 교묘하게 따르고 발전시킨 공로가 그 이유였습니다. 그 후 부닌의 관심은 사랑과 고독을 주제로 하는 작품들로 옮겨 가면서 '어두운 가로수 길' 같은 작품을 발표합니다. 작가가 추구해야 할 올바른 길과 진리에 대해 고민하던 부닌은 제2차 세계대전 후 조국 러시아로 돌아가려는 꿈을 이루지 못한 채 1953년 83세를 일기로 파리에서 삶을 마감합니다.

이반 부닌은 엄격한 예술성으로 러시아 고전문학의 전통을 계승한 작가라는 평가를 받고 있으며, 대표작으로 시집 '낙엽', 장편소설인 '아르세니예프의 생', 단편소설로는 '안토노프 사과', '어두운 가로수길', '정결한 월요일' 등의 작품이 있습니다. 이반 부닌이 이렇게 대작가로 태어날 수 있었던 것은 많은 러시아 작가들도 마찬가지지만 러시아의 광활한 대자연 덕분이라고 전해집니다. 그는 러시아 중부 돈 강 유역의 보로네슈시에서 태어났고, 4세 무렵 아룔시로 옮겨 간 후 아름다운 꽃들과 밀밭으로 가득한 곳에서 러시아의 대자연을 만끽하면서 미래의 예술가로서의 감성을 키우며 자랐습니다.

그의 어린 시절 기억은 후일 작품 속에서 삶과 자연, 사랑에 대한 느낌을 가장 섬세하고 아련하게 전달하는 토대가 됩니다. 이반 부닌의 초기 작품에는 그가 체험한 아름다운 시골의 자연과 농민들의 삶이 자주 등장하는데, 그가 30세인 1900년에 발표한 오늘의 작품 '안토노프 사과'는 문단의 큰 관심을 끌게 됩니다. 이후 그의 생애에서 창조적인 창작 시기로 평가받는 1910년대에는 '마을'(1910), '수호돌'(1911)과 같은 작품들을 발표하면서, 당시 농촌 생활의 모습을 가감 없이 보여 주고 그 속에서 살아가는 민중의 모습을 사실대로 세밀하게 묘사합니다. 이런 작품들은 오늘날에도 걸작으로 인정받고 있습니다.

또한, 그의 생애에서 특이한 것은 스리랑카인 실론섬을 여행하며 동양 종교 특히 불교에 대한 관심을 갖게 되었다는 것입니다. 심오한 동양 문화와 철학 그리고 불교적 정서에 심취하면서 그 핵심 교리인 인과관계, 열반 및 회귀의 도를 깨닫게 되고, 이러한 기억은 그의 작품

'형제들'에 고스란히 담깁니다. 우리나라에서는 '이반 부닌 단편선'과 더불어 대표작인 '아르세니예프의 생'이 번역되어 많은 독자들의 사랑을 받고 있습니다. 이반 부닌의 생애와 작품을 통해 우리는 위대한 작가들의 곁에는 늘 위대한 자연이 함께했음을 가슴에 새기고 기억해야 합니다.

이제 작품 속으로 들어갑니다. 먼저, '안토노프 사과'라는 게 무슨 뜻인지 궁금하시죠? 안토노프 사과는 오래된 러시아 겨울사과의 품종으로 노란 빛깔에 독특한 향이 있으며 시큼한 맛이 난다고 합니다. 이 작품에서는 풍요와 즐거움의 상징이자 화자에게 살아 있다는 사실만으로 행복하다는 확신을 불러일으키는 존재라고 할 수 있습니다.

'안토노프 사과'는 이반 부닌의 초기작으로서, 단편으로는 대표작이라고 할 수 있습니다. 이 작품으로 부닌은 일약 대작가의 반열에 올랐는데 일부 비평가들로부터는 문장이 빼어나고 지적이며 유려하여 쉽게 읽히지만 주제가 무엇인지 알 수 없다는 그리 좋지 않은 평가를 받은 바도 있습니다. 특히, 붕괴되어 가는 러시아 소지주의 삶과 그 삶에 녹아 있던 자연 풍경의 소멸을 아쉬워하는 작가의 자전적 작품이라고 할 수 있습니다. 이 작품은 마치 긴 장편 시를 음미하는 듯 유려한 문장으로 가득합니다.

맑디맑은 초가을부터 첫눈이 내리는 초겨울까지, 사과 농사를 짓는 러시아 한 시골 마을 일상의 풍경을 담아냈습니다. 당시 시대적 상황이 농노제가 폐지되고, 쇠락한 지주들은 사냥으로 명맥을 유지했는데, 이반 부닌은 그렇게 한 세계가 사라져 가는 것들에 대해 슬퍼하고 안타까워하면서도 그 모든 현실을 덤덤히 받아들입니다.

"앙상하게 말라서 잎사귀가 거의 남지 않은 나무들과 황금빛 낙엽으로 뒤덮인 커다란 과수원, 단풍나무 가로수길과 땅 위에 쌓인 나뭇잎에서 나는 희미한 향기, 그리고 안토노프 사과의 냄새, 그 꿀내음과 가을의 향기가 아른거린다."

"안토노프 사과의 향기가 지주들의 대저택들에서 차츰 사라져 간다. 그리 오래전 일도 아닌데, 그때로부터 거의 한 세기가 지나 버린 느낌이 든다."

이렇게 곳곳에 안토노프 사과의 향기가 묻어나면서, 문장 하나하나가 한 편의 시라고도 할 수 있을 정도로, 풍경화처럼 머릿속에 그려지듯 아름답습니다. 지금 우리 곁에도 더없이 아름다운 자연이 펼쳐져 있습니다. 자연과 하나가 되어 자연에 사는 것만이 참된 자유임을 다시 한 번 깨닫습니다. 자연에서 소유할 수 있는 것은 아무것도 없습니다. 소유하지 않고 구속하지 않는 것이 자연에서 느끼는 또 다른 자유입니다. 굳이 소유할 필요도 없고, 소유할 이유도 없는 이유는 분명합니다. 자연에 살면 자연의 모든 것이 다 내 것이고, 네 것이기 때문입니다.

그저 우리가 할 일은 날마다 마음 끝에 있는 욕심들을 툭툭 털어내는 것입니다. 단단해지는 가슴을 끌어안으며 또 하나의 욕심을 툭툭툭 털어내고 또 털어내면서 그 빈 가슴에 오직 감사의 마음만 차곡차곡 담아내는 것입니다. 어쩔 수 없이 몸은 도시에서 살더라도 자주 자연을 접해야 하고, 마음은 늘 자연과 함께해야 합니다. 이반 부닌의 '안토노프 사과'에 세밀하게 묘사되는 아름다운 자연이 지금 바로 당신 곁에 있음을 언제 어떠한 순간이라도 잊지 마시길 마음 모아 소망합니다.

삶의 진실을 마주하는 여정, 밤으로의 긴 여로 (유진 오닐)

"1912년 8월의 어느 아침, 제임스 티론의 여름 별장의 거실. 뒤쪽에 커튼이 달린 넓은 문 두 개가 있다."

유진 오닐의 '밤으로의 긴 여로'는 이렇게 막이 오릅니다. 유진 오닐은 노벨 문학상과 퓰리처상 4회 수상에 빛나는 미국 최고의 극작가입니다. 현대 미국 연극의 아버지라고 불리며, 영문학에서 미국 연극은 유진 오닐 없이는 논할 수 없다고 말할 정도로 대단히 중요한 작가입니다. 현대 미국의 3대 희곡으로 불리는 작품이 있습니다. 바로 이 유진 오닐의 '밤으로의 긴 여로'와 테네시 윌리엄스의 '욕망이라는 이름의 전차', 아서 밀러의 '세일즈맨의 죽음'이 그것입니다.

유진 오닐은 1888년 뉴욕 브로드웨이의 한 호텔에서 태어났습니다. 연극배우였던 그의 아버지는 아일랜드 출신 이민자였으며 그의 어머니도 아일랜드 혈통이었습니다. 부모가 소속 극단과 함께 전국으로 공연여행을 다녀야 했으므로 그는 여행을 따라다니거나 혹은 긴 시간 부모와 떨어져 기숙학교에서 지냈습니다.

1906년 프린스턴대학에 입학했으나 이듬해 자퇴하고 선원이 되어 세계 각지를 떠돌았으며, 24세가 되던 해에 폐결핵에 걸려 6개월간 요양원에 입원해 지냈는데, 그때 스트린드베리 등 많은 작가들의 작품을 읽고 심취해 전업 극작가가 되기로 마음을 정했다고 합니다. 이후 하버드대학에서 일 년간 희곡을 공부하기도 했습니다.

그는 네 차례에 걸쳐 희곡 부문 퓰리처상을 받았고, 1936년에 노벨 문학상을 받는 등 작가로서 최고의 성취를 이루었지만, 말년은 매우 불행했습니다. 소뇌 퇴행성질환과 우울증이 겹쳐 글을 쓰기 힘들어졌고, 아들은 권총으로 자살했고, 딸인 우나 오닐은 36세 연상인 찰리 채플린과 사랑에 빠져 결혼하는 바람에 부인과도 불화를 겪었습니다. 이후 1953년, 65세의 나이에 보스턴의 한 호텔에서 사망했습니다. 호텔에서 태어나 호텔에서 세상을 떠난 것이었습니다.

미국 근대극 확립의 기반을 이룩한 유진 오닐의 희곡 작품에 등장하는 인물들의 대다수는 사회의 비주류에 속한 사람들입니다. 그들은 희망을 잡으려고 발버둥을 치다가 결국엔 환멸과 절망의 상태에 빠집니다. 이렇게 그의 작품은 대개 비극적이고 염세적인 것이 큰 특징입니다. 초기 작품들은 노동자 계급과 빈민 계층을 다루었으며, 후기 작품들은 강박관념과 성(性) 등 주관적인 영역을 주로 탐색하였습니다.

퓰리처상 수상작은 '지평선 너머', '안나 크리스티', '이상한 막간극',

'밤으로의 긴 여로' 등 네 편입니다. 이외에도 '상복이 어울리는 엘렉트라', '아아! 황야', '느릅나무 밑의 욕망', '위대한 신 브라운' 등 많은 작품들이 상당히 독창적인 기교와 신선한 시각으로 다양한 인물들의 내면세계를 그리고 있으며, 감성적인 깊이가 결합되어 있다는 평가를 받고 있습니다.

유진 오닐은 시대를 앞서간 창의적인 작가였고 선구자였습니다. 평론가들에 의하면 전통적인 막과 장의 분리법을 파기하고, 아시아나 그리스 연극에 등장하는 마스크를 사용하며, 셰익스피어적인 독백과 그리스 연극적인 코러스를 도입했습니다. 또한 조명과 음향을 통한 특수효과를 이용하는 등 창의적인 시도를 통해 당시로서는 획기적인 모습을 선보였으며, 연극을 새롭게 정의함으로써 미국 최고의 극작가로 널리 인정받게 된 것입니다.

이 작품에 대해 살펴보기 전에 우리가 꼭 알아야 할 내용이 유진 오닐이 쓴 이 책의 서문입니다. 오닐이 그의 열두 번째 결혼기념일에 아내 칼로타에게 이 작품을 바치며 쓴 글입니다. 참으로 감동적입니다.

"사랑하는 당신,
내 묵은 슬픔을 눈물로, 피로 쓴 이 극의 원고를 당신에게 바치오.
행복을 기념하는 날의 선물로는 슬프고 부적당한 것인지도 모르겠소.
그러나 당신은 이해하겠지.
내게 사랑에 대한 신념을 주어
마침내 죽은 가족들을 마주하고 이 극을 쓸 수 있도록 해 준,

고뇌에 시달리는 티론 가족 네 사람 모두에 대한

깊은 연민과 이해와 용서로 이 글을 쓰도록 해 준,

당신의 사랑과 다정함에 감사하는 뜻으로

이 글을 바치오.

소중한 내 사랑, 당신과의 십이 년은

빛으로의, 사랑으로의 여로였소.

내 감사의 마음을 당신은 알 것이오.

내 사랑도!"

이 작품은 1912년 8월의 여름, 코네티컷의 별장에서 벌어지는 하루의 일에 관한 이야기입니다. 총 4막으로 이루어져 있습니다. 여기 한 가정이 있습니다. 가난하고 무지한 아일랜드 이민자로서 돈에 대한 집착을 버리지 못해 파멸해 가는 아버지와 마약중독자인 어머니, 알코올과 여자에 빠져 하루하루를 보내는 형, 그리고 결핵을 앓는 시인 동생, 이 가족 구성원 네 사람이 주인공입니다.

작품 속에는 애정과 증오를 품고 서로 공격하고 마음을 상하게 하면서도 이해하고 용서하는 일가족의 심리적 갈등이 고스란히 담겨 있습니다. 이 '밤으로의 긴 여로'는 작가인 유진 오닐 자신의 자전적 이야기를 인간의 보편적인 진실로 승화시킨 대표적인 작품이라는 평을 받고 있으며, 당시 통속극에 머물러 있던 미국 연극을 예술의 경지로 끌어올린 탁월성으로 높이 평가받고 있습니다.

이 글을 쓴 이후 오닐은 자신이 죽은 뒤에도 25년 동안은 발표해서는 안 되며, 그 후에도 무대에 올려서는 안 된다는 당부를 남겼습니다. 그 래서 1939년경에 집필이 완성되었지만 작가 사후인 1956년에 발표되었습니다. 부인에게 쓴 글에서 보듯 아마도 자전적 작품이다 보니 자신의 어두웠던 과거를 세상에 드러내 놓는 것이 고통스러웠기 때문이 아니었을까 싶습니다.

유진 오닐이 이 글을 쓰면서 얼마나 많은 슬픔을 스스로 감내했는지 알게 해 주는 일화가 있습니다. 그의 아내 칼로타의 말인데, 글을 쓰러 들어갔다가 나오는 유진 오닐을 이렇게 묘사합니다. "들어갈 때보다 십 년은 늙은 듯한 수척한 모습으로, 때로는 울어서 눈이 빨갛게 부은 채로 작업실에서 나오고는 했어요." 작가가 한 작품을 어떻게 세상에 내는지 가장 잘 알려 주는 일화라고 생각합니다.

이 작품 속에도 우리가 늘 새겨야 할 명문장들이 있습니다.

"과거는 바로 현재예요. 안 그래요? 미래이기도 하고. 우리는 그게 아니라고 하면서 애써 빠져나가려고 하지만 인생은 그걸 용납하지 않죠."

"통증이 미치지 않는 과거로 떠나는 거지. 행복했던 과거만이 있는 곳으로."

"언젠가는 영혼을 되찾을 거야. 언젠가 가족들이 모두 잘되면, 건강하고 행복하고 성공한 네 모습을 보게 되면, 그래서 더 이상 죄책감을 느끼지 않게 되면."

'밤으로의 긴 여로'는 연극을 위한 희곡이지만, 다른 유명한 작품과 마찬가지로 영화로도 만들어졌습니다. 첫 시도는 1962년에 '12인의 성난 사람들'이라는 작품으로 당시 한창 떠오르고 있던 시드니 루멧이 연출을 맡았습니다. 주연도 각각 랠프 리처드슨, 캐서린 헵번, 제이슨 로바즈, 딘 스톡웰 등 당대 최고의 스타들이 맡은 초호화 캐스팅이었습니다. 각본도 약간의 각색을 제외하면 오닐의 희곡을 충실하게 옮겨 놓았다고 합니다.

이 영화가 1962년 칸 영화제의 경쟁 부문에 진출하였는데, 칸 영화제 역사상 전무후무한 기록을 세웠습니다. 남자 배우 세 명은 남우주연상을, 캐서린 헵번은 여우주연상을 받으면서 네 명의 배우가 모두 주연상을 받게 되는 대기록을 세운 것입니다. 이후 1987년에도 영화화되었습니다.

세상을 살아가는 사람들에게는 누구나가 다 자기 자신만의 상처와 아픔이 있습니다. 이 세상에 그것이 없는 사람은 단 한 사람도 없을 것입니다. 문제는 그 상처와 아픔을 어떻게 받아들이고, 견디고, 치유하고, 회복하느냐입니다. 그것에 따라 삶이 변하고, 운명도 달라지는 것입니다.

천재적인 작가 유진 오닐이 '밤으로의 긴 여로'를 통해 아팠던 상처를 노래한 이유는 분명합니다. 그 노래는 상처를 다시 헤집는 노래가 아니라 회복하고 치유하기 위한 노래였습니다. 과거를 딛고 앞으로 나아가기 위한 노래였습니다. 우리는 모두 주어진 짧은 생을 살다 가야 하는 나그네이기에 우리가 걸어가는 길 자체가 인생 여로입니다.

그 여로는 어떤 길일까요? 열심히 앞만 보고 달려왔다고 생각했는데, 지금껏 남들보다 더 빨리 달려왔다고 생각했는데 오던 길 돌아보니 흔적은 사라졌습니다. 가야 할 길도 마찬가지입니다. 앞길도 온통 혼돈이라 나아갈 수 없습니다. 사방을 둘러보면 우리를 둘러싼 모든 게 다 그렇습니다. 마음으로는 다 알고 있고, 말로는 다 잘하자고 하면서 나타나는 모습은 다릅니다. 아픔과 상처가 가득합니다. 혼돈 속에 있습니다. 우리는 어떻게 걸어가야 할까요? 이 물음을 스스로에게 던지면서 저는 마음속으로 외치고 있는 제 자신을 발견합니다. "뭣이 중헌디?", "인생 뭐 있어!"라고 말입니다.

유진 오닐은 결코 길지 않은 인생 여로를 살아가면서 그 상처와 아픔을 끝끝내 혼자 감당하지 않고 눈물로, 피로 쓴 희곡에 담아냈습니다. 우리는 그의 작품을 통해 같은 상처와 아픔을 가진 이로부터 받게 되는 위로를 얻습니다. 살아 있는 한 견뎌 낼 수 있고, 이겨 낼 수 있다는 마음, 그것은 곧 희망입니다. 유진 오닐을 따라 '밤으로의 긴 여로'를 떠나 보십시오. 삶의 본질과 진실을 마주하는 길을 떠나 보십시오. 그 여로에서 당신의 마음속에 감춰져 있는 아픔과 상처도 솔직하게 마주하고, 당신이 이루고 싶은 꿈도 진솔하게 펼쳐 보십시오. 그러면 당신이 지나온 여로를 보듬으면서 앞으로 걸어갈 여로가 조금 더 아름답지 않을까요?

3부

전쟁의 아픔, 삶과 죽음의 미학

비극적 숙명 불멸의 삶,
닥터 지바고 (보리스 파스테르나크)

"장례 행렬은 〈영원한 잠〉을 부르며 앞으로 나아가고 있었다. 노랫소리가 멎으면 그들의 발소리와 말발굽 소리, 간간이 가볍게 부는 바람 소리가 노래를 이어받는 것처럼 느껴졌다."

이 첫 문장으로 유명한 '닥터 지바고'는 우리에게 영화와 영화음악 '라라의 테마'로도 너무나 익숙한 작품으로, 러시아 문학의 황금기를 계승한 천재 시인이라고 불리는 보리스 파스테르나크의 유일한 소설입니다.

보리스 파스테르타크는 1890년 모스크바의 유대계 예술가 가정에서 태어났습니다. 아버지는 레프 톨스토이의 '부활' 삽화를 그릴 정도로 명성 있는 화가였으며 어머니는 결혼 전까지 피아니스트로 활동했습니다. 모스크바대학에서 법학과 철학을 전공하고 독일의 마르부르크대학에서 잠시 철학을 공부했으나 그의 주된 관심사는 음악과 시였습니다.

부모로부터 왕성한 예술적 영감을 물려받은 그는 20대 초반에 이미 문예지에 시를 발표했고 1914년에는 첫 시집 '먹구름 속의 쌍둥이'를 출간하는 등 러시아 낭만주의의 서정적 전통을 계승한 시인으로 성장했습니다. 상징주의 시의 대가인 알렉산드르 블로크의 영향을 크게 받았고, '방책을 넘어서', '나의 누이여, 삶은', '주제와 변주', '제2의 탄생', '새벽 열차를 타고' 등이 대표작입니다.

시인이었던 그가 산문에 관심을 가진 것은 20대 후반부터였다고 합니다. 1957년, 십 년 만에 탈고한 '닥터 지바고'는 그가 쓴 유일한 장편 소설입니다. 이렇게 그는 시와 소설에서 우뚝 선 당대 최고의 문인이었습니다. 1958년 노벨 문학상 수상자로 선정되었을 때, 동시대의 서정시와 러시아 서사문학의 위대한 전통을 계승한 업적을 높이 평가받은 점이 이를 말해 줍니다. 그러나 이 작품이 러시아 혁명으로 인해 고통받는 민중의 삶을 통해 체제 비판적인 성향을 띠다 보니 사회주의 혁명에 부정적이라는 이유로 작가동맹에서 제명되고 정치적인 위협에 시달리게 됩니다. 결국 그는 자의반 타의반으로 노벨 문학상 수상을 거부하고, 2년 뒤 폐암으로 숨을 거두었으나, 1987년 사후 27년 후에 복권되었고, 아들이 노벨상을 대리 수상하게 됩니다.

20세기 러시아 문학 중에서 전 세계인으로부터 가장 많은 사랑을 받는 작품을 들자면 단연 '닥터 지바고'일 것입니다. 20세기 초 러시아는 그야말로 전쟁과 혁명의 시대라고 할 수 있습니다. 이 작품의 배경이 바로 1905년의 제1차 러시아 혁명과 러일전쟁, 1917년의 10월 혁명과 제1차 세계대전입니다.

'닥터 지바고'는 차르로 상징되는 러시아가 붕괴되는 시대적 상황과 전쟁 등 사회적 혼란 속에서 작가 자신의 분신인 닥터 유리 지바고를 통해 지식인이 겪는 비참한 운명과 다양한 인간들의 삶과 사랑을 노래 했습니다. 작품이 워낙 방대하다 보니 제가 줄거리에 대해서는 말씀드 리지 않겠습니다. 주된 내용은 주인공인 유리 지바고로 대표되는 한 지 식인이 절박한 시대상황 속에서도 참된 자유인으로서 살아가려는 모 습을 담고 있습니다. 그 안에 아름다운 자연과의 교감, 라라와의 운명 적인 사랑 이야기, 안타까운 헤어짐과 만남, 그리고 죽음, 사회주의 혁 명에 대한 환멸 등이 주를 이루고 있습니다.

특히, 파스테르나크가 위대한 이유는 그 시대를 외면하지 않고 방대 한 내용 안에 서정적인 시적 표현과 장대한 서사를 통해 시대와 인간을 증언하고 있다는 점입니다. 오늘날 문학과 작가가 왜 존재해야 하는가 를 파스테르나크는 그의 유일한 장편소설인 '닥터 지바고'와 그의 삶을 통해 오늘날을 살아가는 우리에게 온몸으로 알려 주는 것입니다.

소설의 맨 마지막 장에 기록된 스물다섯 편의 유리 지바고의 시는 이 작품의 내용과 사상을 함축하고 있으며, 특별한 생명력과 삶에 대한 강렬한 확신을 가진 천재 시인 파스테르나크의 시적 깊이를 보여 준다 는 평가를 받고 있습니다. 특히, "눈보라가 휘몰아쳤지, 세상 끝에서 끝 까지 휩쓸었지…"로 시작하는 '겨울밤'이라는 시는 소설 '닥터 지바고' 를 그대로 압축한 시라는 평을 받고 있습니다. 이 작품은 1965년 미국 데이비드 린 감독에 의해 영화화되어 크게 성공을 거두기도 하였습니 다. 데이비드 린은 '아라비아의 로렌스', '콰이강의 다리'를 연출한 유명한 감독이죠. 또 그에 못지않게 유명한 주연배우 오마 샤리프와 줄리 크리스티를 기억하실 것입니다.

이 작품에도 수많은 명문장들이 있지만 몇 가지만 소개하겠습니다.

"평생 동안 가족과 친지는 물론이요, 사람을 사랑으로 대하려고 노력한 유리 안드레예비치가 그녀를 사랑하지 않으려고 안간힘을 쓴 것. 그 정직한 노력 또한 너무도 새로운 것이었다."

"모두 그 왈츠에서 시작된 셈이다. 왈츠란 얼마나 이성을 잃게 하는가! 아무것도 생각하지 않고 그저 빙글빙글 돌고 도는 일이다. 음악이 연주되는 동안 소설에서의 인생처럼 완전한 영원이 지나간다. 춤이라는 것에 대해 생각하는 것조차 말아야 한다. 그 속에 있는 모든 것은 악이다. 서슴지 않고 물리쳐야 한다."

"아니, 어쩌겠어요. 정말로 알고 싶지 않은걸요. 완전히 맞는 말씀입니다. 아, 제발 좀! 대체 왜 내가 모든 것을 알아야 하고 그 모든 것 때문에 고군분투해야 합니까? 시대는 나를 염두에 두지도 않고 자기가 원하는 것을 나에게 강요하는데요. 나에게도 사실을 무시할 수 있는 자유를 주시죠. (……) 나는 살아야 해요, 가정이 있는 사람이거든요."

"어쩌다가 밝은 잿빛과 어두운 분홍빛으로 물든 조용한 겨울의 저녁이 찾아든 적이 있었다. 밝은 저녁노을을 배경으로 고대 문자처럼 가느다란 자작나무의 검은 우듬지가 선명하게 떠올랐다. 잿빛의 운무 같은 얇은 얼음 밑을 검은 개울이 흐르고, 그 개울가에 산처럼 쌓인 흰 눈도 이미 그 밑이 검은 개울물에 씻기고 있었다."

"오, 살아 있다는 것은 얼마나 달콤한 것인가! 오, 어찌하여 언제나 인생 자체, 존재 자체에 감사의 말을 하고 싶어지는 것인가! 바로 이것이야말로 라라인 것이다. 인생이며 존재와 더불어 이야기할 수는 없지만, 그녀는 그러한 것의 대표, 그 표현이며 소리 없는 존재의 근원에 부여된 청각과 말의 능력인 것이다. 그녀의 모든 것이 완벽 자체며, 하나도 나무랄 데가 없다."

"작은 목소리로 주고받는 두 사람의 대화는 아무리 보잘것없는 것일 망정 플라톤의 대화편 못잖은 깊은 의미가 담겨 있었다. 영혼의 교감보다도 한결 더 강하게 두 사람을 하나로 결합시켰던 것은 나머지의 세계로부터 두 사람을 떼어 놓은 심연이었다."

글을 마치면서 한 가지만 더 말씀드리고 싶습니다. 전쟁과 혁명의 시대는 혼란과 격변의 시대입니다. 인간이 가장 피하고 싶고, 겪고 싶지 않은 시대입니다. 자신이 택하지 않았지만 어쩔 수 없이 그 시대를 건너간 사람들을 통해 우리는 귀중한 간접 경험을 하는 것입니다. 어떠한 일이 있더라도 전쟁만은 막아야 한다는 것을 말입니다.

주인공에 대한 감정이입을 통해 나라면 어떻게 할 것인가? 라는 사유와 성찰은 문학이 우리에게 제공해 주는 가장 큰 유익이 아닐까 저는 생각합니다. 집단의 이익이 개인의 이익을 희생시키는 참혹한 전쟁과 광기의 시대에 '닥터 지바고'의 주인공들처럼 누군가는 살아 냈고, 누군가는 사랑했다는 걸 깨닫는다면 인간에, 인간을 위한, 인간에 의한 사랑이 가장 위대하다는 진리를 가슴에 품을 수 있지 않을까 생각합니다.

이상 없다는 것의 허무,
서부전선 이상없다 _(레마르크)

"우리가 있던 곳은 전선으로부터 9킬로미터 떨어진 후방이었다. 어제 우리는 교대되어 왔다. 오늘에야 겨우 쇠고기와 흰 콩 삶은 것을 양껏 먹어 배가 부르고 아주 만족스러웠다."

전쟁문학의 백미로 꼽히는 레마르크의 '서부전선 이상없다'의 첫 문장입니다. 세계문학 사상 전쟁문학에 있어 거장 중의 한 사람으로 꼽히는 에리히 마리아 레마르크는 1898년 6월 22일 독일 북서부의 오스나브뤼크에서 태어났습니다. 그는 18세라는 어린 나이에 전쟁을 직접 겪었는데, 1차 세계대전 발발로 징집돼 전투를 치르다 부상을 당해 제대했습니다.

이후 초등학교 교사 등으로 일하던 레마르크는 1929년 참전 경험을 소재로 한 '서부전선 이상 없다'를 발표하여 일약 세계적인 작가로 명성을 얻게 됩니다. 전쟁의 참혹상을 생생하게 고발한 이 작품은, 25개국 언어로 번역돼 300만 부 넘게 팔리는 성공을 거뒀습니다. 특히, 르포

형식의 단문으로 이뤄진 사실적인 묘사가 돋보인다는 평가를 받았습니다. 1930년 미국 영화감독 루이스 마일스톤이 같은 제목으로 영화화해 아카데미상 작품상과 감독상을 받기도 했고, 1979년에도 영화로 만들어졌습니다.

그러나 나치가 집권한 뒤 '반전 작가'로 낙인찍힌 레마르크는 1932년 스위스로 망명했고, 이듬해 독일 시민권을 박탈당했으며, 그의 작품은 조국과 민족의 정신을 훼손했다는 이유로 금서로 지정되고 공개적으로 불태워지기도 했습니다. 이후 그는 프랑스와 미국에 머물다 스위스에 정착했는데 스스로의 처지를 전쟁의 참상에 빗대어 '영원한 피난민'이라고 했을 정도입니다. '서부전선 이상 없다'를 포함해 세계대전을 배경으로 쓴 '개선문', '생명의 불꽃', '사랑할 때와 죽을 때', '검은 오벨리스크' 등이 레마르크의 대표작입니다. 그는 심장병으로 입원한 뒤 1970년 72세의 나이로 세상을 떠났습니다.

잠깐 전쟁문학에 대해 말씀드릴까 합니다. 전쟁문학은 전쟁을 소재나 주제로 삼는 문학 혹은 문학작품을 지칭합니다. 전쟁이 인류 문명과 인간성 파괴 등의 부정적인 양상들을 필연적으로 발생시킬 수밖에 없다는 면을 고려한다면, 전쟁문학의 보편적인 성격은 전쟁의 참상을 고발하고 참다운 인간성을 부각하는 것에 있다 하겠습니다.

그러다 보니 대부분의 전쟁문학은 반전(反戰)의 입장에 서게 됩니다. 그래서 일부는 이러한 문학을 반전문학(反戰文學)이라 칭하는 경우도 있지만, 전쟁문학의 보편적인 특징을 내재하고 있다는 점에서 본다면

전쟁문학으로 이해하시면 됩니다. 전쟁문학이 나름의 특징을 갖추게
된 계기는 두 차례의 세계대전을 통해서입니다.

전쟁문학을 살펴보면 명작들이 많습니다. 나폴레옹과 러시아와의 전
쟁을 그린 톨스토이의 '전쟁과 평화'가 유명하며, 제1차 세계대전을 소
재로 한 작품으로는 레마르크의 '서부전선 이상없다', 헤밍웨이의 '무기
여 잘 있거라', 보리스 파스테르나크의 '닥터 지바고' 등이 있고, 제2차
세계대전을 통해서는 제임스 존스의 '지상에서 영원으로', 시몬 보부아
르의 '타인의 피', 게오르규의 '25시' 등의 작품들이 전 세계적으로 알려
졌습니다.

우리나라의 경우에는 6.25전쟁을 통해 본격적인 전쟁문학이 등장했
으며, 전쟁 이후 남북의 대치 상황이 지속되고 있다는 점에서 전후문학
혹은 분단문학은 전쟁문학의 연속선상에 있다고 볼 수 있습니다. 특히
월남전 참전을 계기로 월남전 전쟁문학이 널리 알려지게 됩니다.

6.25전쟁을 다룬 작품으로는 김동리의 '흥남철수', 황순원의 '나무들
비탈에 서다', 최인훈의 '광장', 박경리의 '시장과 전장' 등이 전쟁의 참
담한 실상과 인간성의 파괴를 고발했으며, 또한 박영준의 '빨치산'을
필두로 빨치산을 소재로 한 작품들이 나타나 이병주의 '지리산', 이태
의 '남부군', 조정래의 '태백산맥' 등의 대하소설들이 발표되었습니다.
월남전 전쟁을 다룬 작품으로는 박영한의 '머나먼 쏭바강', 황석영의
'무기의 그늘', 안정효의 '전쟁과 도시', 이상문의 '황색인', 이재인의 '악
어새' 등의 작품이 있습니다. 제 개인적으로는 생도 4학년 때 '월남전

전쟁문학에 나타난 전쟁관과 주제'라는 작품을 응모해 지인용 학술문 예상을 받기도 했고, 또 군인으로서의 삶을 살아왔기에 전쟁문학에 대해서는 누구보다도 관심이 많았습니다.

지금 말씀드릴 '서부전선 이상없다'는 제1차 세계대전에 직접 참전했던 작가의 경험을 바탕으로 한 작품으로, 반전소설로는 최고의 작품으로 꼽힙니다. 이 작품과 어니스트 헤밍웨이의 '무기여 잘 있거라'로 인해 2차 대전 이후 나온 전쟁소설은 신선하지 않다는 평을 들을 정도였습니다.

주인공 파울 보이머는 허황된 애국심에 들뜬 담임 선생님의 권유로 반 친구 20명과 함께 입대합니다. 입대하고 전장으로 와 보니 생각했던 것과 너무도 다른 모습에 회의를 느낍니다. 전쟁 속에서 그저 생존과 기본적인 욕구 외에는 안중에도 없는 기계로 변한 그들은, 만일 평화가 온다고 해도 다시 정상적인 인간으로 살아갈 수 있을지 전혀 확신할 수 없는 상태에 빠지고 만 것입니다.

그들의 인간성을 유지시켜 주는 것은 전장 속에서 피어난 전우애이지만, 그 역시 허망한 것이었습니다. 왜냐하면 주인공을 포함하여 친구들 모두가 죽음을 피할 수 없었기 때문입니다. 특히, 첫 장면이 인상적입니다. 어느 날 식사와 담배가 2인분씩 지급되었는데, 그 이유가 150명 분을 준비한 식사가 영국군의 갑작스런 포격으로 인해 70명이 죽고, 80명만 살아 돌아왔기에 생존자들이 2인분씩 받게 된 것이었습니다.

시간이 갈수록 불리해지는 전황 속에서 무의미하게 소모되는 전우들의 모습에 점차적으로 삶의 의지가 꺾이다가 종국에 유일한 버팀목이던 동료 카친스키마저 어이없이 전사하자 모든 생의 의미를 잃고 그로부터 얼마 안 가서 평안한 모습으로 전사하고 맙니다. 마지막 장면이 참 의미 있는데, 그의 전사와 함께 "All quiet on the Western Front, 서부전선 이상없음!"이라는 메시지가 뜹니다.

또, 이 작품에서는 제1차 세계대전에서 나타난 최신 무기였던 기관총, 그리고 독가스의 사용과 참호전의 생생한 묘사를 접할 수 있습니다. 작가인 레마르크는 이 작품은 한 병사의 개인적인 경험일 뿐 정치적인 메시지는 담지 않았다고 밝힌 바 있으나 소설 내에서는 끊임없이 전쟁의 본질에 관한 말들과 주인공 일행의 토론을 통해 전쟁은 절대로 일어나서는 안 될 일이라고 강조하고 있으며 마지막 장면인 파울 바우머의 전사를 통해 반전사상을 극대화하고 있습니다.

우리가 깊이 새겨야 할 책 속의 한 줄을 살펴보겠습니다.

반 학생들을 전쟁터로 내모는 선생님의 말입니다.

"학업의 시간이 끝났으니 의무(전쟁)를 수행할 차례이다."

또, 전쟁이라는 게 얼마나 비인간적인지 소설의 곳곳에 나타납니다.

"그 속에는 온 생명이 도망치려는 엄청난 노력과 끔찍한 공포로 죽음

앞에서, 내 앞에서 응집되어 있다."

"그는 눈에 보이지 않는 칼을 갖고 나를 찔러 댄다. 즉 나의 시간과 나의 생각을 마구 찔러 대는 것이다."

이 대목에서는 전쟁이 왜 일어나서는 안 되는지 한번 생각해 보실 수 있을 것입니다.

"이봐, 전우여! 오늘은 자네가 당했지만 내일은 내가 당할 거야. 하지만 내가 용케 살아남게 되면 우리 둘을 망가뜨린 이것과 맞서 싸우겠네. 자네의 생명을 앗아가고, 나의, 나의 생명을 앗아가는 이것에 맞서서 말이네. 전우여. 자네에게 약속하겠네. 다시는 이런 일이 일어나서는 안 된다고 말이네."

명저 '전쟁론'에서 클라우제비츠는 전쟁은 정치의 도구라고 했습니다. 역사적으로 전쟁을 일으킨 것은 정치인들이었고, 그 전쟁에 참전하여 전투에서 죽어 간 것은 수많은 젊은이들이었습니다. 이 작품의 배경이 된 1차 대전은 4년 4개월 간 사망자만 무려 1천만 명에 달했고, 부상과 실종을 포함한 총 사상자는 3천 9백여 만 명에 이를 정도였습니다. 감히 상상조차 할 수 없는 숫자입니다. 또한 지금도 러시아와 우크라이나 간에 전쟁이 벌어지고 있습니다.

파울 바우머가 전사한 날 서부전선 이상없다는 메시지가 떴습니다. 한 생명이 그렇게 전장에서 죽어 갔지만 달라진 것은 아무것도 없었고,

그를 특별히 기억하거나 추모하지도 않았습니다. 이것이 바로 전쟁입니다. 그렇기에 우리가 전쟁문학을 통해 사유하고 성찰하면서 강력한 힘을 바탕으로 전쟁을 억제하고 평화를 지키겠다고 다짐하는 시간이 되었으면 하는 것이 저의 간절한 바람입니다.

전쟁 속에 핀 사랑,
무기여 잘 있거라 (어니스트 헤밍웨이)

"그해 늦은 여름, 우리는 산으로 이어지는 평원과 강을 마주보고 있는 어느 마을의 민가에서 지내고 있었다."

이렇게 시작하는 전쟁문학의 영원한 명작, 헤밍웨이의 '무기여 잘 있거라'를 기억하고 있을 것입니다. 작가인 어니스트 헤밍웨이는 우리 모두가 잘 알고 좋아하는 세계적인 작가입니다. '노인과 바다'로 잘 알려져 있습니다. 퓰리처상과 노벨 문학상에 빛나는 20세기 대표 작가라고 할 수 있습니다. 그는 1899년 미국에서 태어났습니다. 고등학교 시절부터 시와 단편소설을 썼을 정도로 문학에 천부적인 재능을 가졌습니다.

대학에 진학하지 않고 기자 생활을 하다가 1차 세계대전에 운전병으로 참전합니다. 그러다가 부상을 입고 병원에 입원하게 되고, 종전이 되면서 귀국하게 됩니다. 이후에도 신문사의 특파원이 되어 스페인 내전에 관여합니다. 이러한 인생 역정이 그의 작품에 많은 영향을 끼쳤습니다.

그가 작가로서 명성을 얻은 작품은 '해는 또다시 떠오른다'입니다. 이후 전쟁문학의 고전인 '무기여 잘 있거라', '누구를 위하여 종은 울리나' 등을 통해 세계적인 작가의 반열에 올랐고, 1952년 대표작이라고 할 수 있는 '노인과 바다'를 발표합니다. '노인과 바다' 발표 1년 후에 퓰리처상을, 다시 1년 후에 노벨 문학상을 받았습니다. 다만, 그의 말년은 불행했다고 할 수 있습니다. 노벨상을 받은 지 7년 후인 1961년, 62세의 나이에 자살로 생을 마감했습니다. "인간은 파멸될 수는 있어도 패배할 수는 없다."는 그의 말이 파란만장한 삶을 보여 준다고 할 수 있습니다.

오늘날 문학에서 전쟁을 이야기하려면 헤밍웨이를 빼놓을 수 없습니다. 헤밍웨이가 일생 동안 몰두했던 주제 중의 하나가 바로 전쟁이었습니다. 전쟁에 깊은 관심을 보였을 뿐 아니라 직접 참전하거나 특파원 자격으로 전쟁을 취재하여 그 체험을 소설화한 작가로 유명합니다. 그는 '전쟁이야말로 작가가 작품을 쓰는 데 가장 좋은 소재'라고 밝힌 바 있습니다.

헤밍웨이의 첫 번째 전쟁은 1차 세계대전입니다. 당시 그는 19세에 자원 입대하여 적십자 요원으로 참가했다가 다쳤으며, 이 경험을 배경으로 1929년에 오늘의 작품인 '무기여 잘 있거라'를 씁니다. 앰뷸런스 운전병으로 참전하던 중 오스트리아와의 전투에서 다리에 박격포탄을 맞게 됩니다. 이 전투가 바로 '카포레토' 전투입니다. 이탈리아 군대는 카포레토에서 참패했고, 집단 투항과 무질서한 패주로 이어집니다. 이 전투의 내용이 '무기여 잘 있거라'에 생생하게 담겨 있어서 무솔리니 정권 당시에는 이 작품이 금서로 정해질 정도였다고 합니다.

두 번째 전쟁은 스페인 내전입니다. 스페인 내전은 1936년부터 1939년 사이에 있었던 좌파 인민전선 정부와 우파 반란군 사이에 있었던 전쟁입니다. 전쟁의 결과는 프랑코가 이끄는 반군 측의 승리로 끝났으나, 이 내전으로 인해 스페인 전체가 황폐화되고 맙니다. 스페인 내전은 헤밍웨이의 '누구를 위하여 좋은 울리나', 조지 오웰의 '카탈루냐 찬가' 등의 문학과 영화 '랜드 앤 프리덤' 등 많은 예술작품의 소재가 되었습니다.

헤밍웨이는 스페인 내전에 북미신문연합 특파원으로 가게 되고, 이 경험을 바탕으로 '누구를 위하여 좋은 울리나'를 쓰는데, 이념으로 인한 전쟁의 잔혹함과 비인간적인 모습을 생생하게 묘사했습니다. 또한, 이 작품을 통해 헤밍웨이는 파시즘의 말은 진실의 배반이라고 말하고, 이탈리아 파시스트 무솔리니를 '최고 허풍쟁이'로 묘사하면서, 전쟁에 대한 그의 신념과 분노를 단호하게 표출합니다.

'무기여 잘 있거라'는 제1차 세계대전이 일어나자 이탈리아 전선에 의용군으로 참전한 미국인 군의관 프레드릭 헨리 중위와 영국의 지원간호사 캐서린 버클리 두 사람 사이의 사랑 이야기입니다. 간단하게 내용을 말씀드리면, 헨리 중위는 이탈리아의 고르지아에 주둔하면서 간호사 캐서린을 만납니다. 캐서린은 지난 솜므 전투에서 약혼자가 사망한 상처를 가지고 있었지만, 헨리는 전쟁의 참상을 제대로 이해하지 못하고 있었습니다. 앰뷸런스 부대에서 근무하던 헨리가 적의 포탄에 맞아 중상을 입고 병원으로 후송되고, 밀라노에서 캐서린의 간호를 받다가 서로 사랑하게 되면서 캐서린은 임신합니다. 부상이 완치되어 전선으로 복귀한 프레드릭은 이탈리아군이 총퇴각할 때 스파이 혐의를 받고 총살 직전 탈주합니다. 소설의 결말은 새드 엔딩입니다. 두 사람의 운명은 냉혹한 전쟁에 의해 비극으로 끝나게 됩니다. 탈주 후 두 사람은 스위스 산촌에서 행복한 나날을 보내는 듯했으나, 봄이 되어 캐서린은 사산하고 심한 출혈로 사망합니다. 이 작품은 1932년과 1958년에 두 번에 걸쳐 영화화되었습니다.

실제로 헤밍웨이는 1918년 당시 미국 적십자사 앰뷸런스 운전병으로 1차 세계대전에 참가하였고, 적의 포격으로 인해 다리에 중상을 입고 후송된 적십자 병원에서 간호사 아그네스를 만나 사랑에 빠지게 됩니다만, 일곱 살 연상이었던 아그네스는 헤밍웨이와의 나이 차를 극복하지 못하고, 헤밍웨이의 청혼을 거절하고 이별을 고하게 됩니다.

이 작품은 1차 세계대전의 상황을 헤밍웨이만의 간결하고 담백한 문체로 굉장히 사실적이고 생생하게 전달하고 있다는 평을 듣고 있습니다. 그가 목격하고 작품에 담아낸 전쟁의 모습은 희망, 용기, 애국 같은 추상적인 이상 따윈 없는, 추악하고 추레하며 허무한 현실이었습니다. 명예롭고 신성한 희생이란 없었고, 있더라도 전쟁의 부조리한 본질 앞에선 아무것도 아닌 것으로 받아들여집니다. 전쟁에 직접 참전하고, 전쟁에 대해 누구보다도 깊이 사유하고 성찰한 헤밍웨이는 이런 말을 했습니다.

"현대의 전쟁에서는 더 이상 아름답거나 조화로운 죽음은 존재하지 않는다. 당신은 아무 이유 없이 개처럼 죽을 것이다."

물론, 고귀한 희생과 명예로운 죽음까지 부정하는 것은 아니지만 우리 모두가 한 번쯤 새겨보아야 할 말이라고 생각합니다.

이 작품의 제목인 '무기여 잘 있거라'와 관련하여 생각해 볼 문장이 있습니다. 무기로 상징되는 전쟁과의 관계가 끝났다는 표현입니다.

"이미 군복의 별을 떼어 냈다. 그러나 그건 편의상 그런 것이다. 이건 명예의 문제가 아니다. 나는 그들에게 반대하지 않는다. 단지 그들과의 거래가 끝났을 뿐이다."

소설의 끝 문장은 이렇습니다. 헤밍웨이가 서른아홉 번을 수정했다는 명문장입니다.

"간호사들을 내보내고 문을 닫고 전등을 꺼 보아도 아무 소용 없었다. 마치 조각상에게 작별인사를 하는 것 같았다. 잠시 후 나는 병실 밖으로 나왔고 병원을 뒤로한 채 비를 맞으며 호텔을 향해 걸어갔다."

전쟁소설의 백미 '무기여 잘 있거라'는 전쟁의 허무와 환멸 속에서 만난 남녀의 비극적인 사랑을 그린 연애소설이자 반전소설입니다. 이 작품이 출간된 때는 1차 세계대전 후 그리 많은 시간이 지나지 않은 시기였기에, 1차 세계대전의 무의미함, 반전 정서를 드러내는 내용이 그 당시 긍정적으로든 부정적으로든 큰 논란을 일으킬 수밖에 없었습니다.

중요한 것은 이것입니다. 전쟁문학, 반전소설은 문학이라는 장치를 통해 인간으로 하여금 전쟁이 없는 세상을 꿈꾸게 합니다. 현실은 여전히 전쟁과 전쟁의 위협 속에서 살아가지만 우리의 이상은 전쟁이 없는 자유롭고 평화로운 세상이기에 전쟁문학은 이런 가르침을 주고 깨닫게 하는 가장 좋은 교과서라고 할 수 있습니다.

'무기여 잘 있거라'고 고하며 전쟁을 떠나 사랑을 찾으려 했던 헨리 중위, 그러나 영원히 돌아갈 집을 잃어버린 주인공 헨리의 정처 없는 발길을 통해 참혹한 전쟁의 상처와 진정한 사랑의 의미를 헤밍웨이는 우리에게 전하고 있음을 깨닫습니다.

세상에 존재하지 않는 시간,
25시 (게오르규)

"당신이 멀리 가신다는 게 믿어지지가 않아요. 스잔나는 요한 모리츠에게 몸을 기대며 말했다. 그녀는 남자의 머리 위에 손을 올려 그의 검은 머리칼을 쓰다듬었다. 왜 안 믿지? 모레 새벽이면 떠나 버릴 텐데, 그는 한 걸음 뒤로 물러서며 무뚝뚝하게 대꾸했다. 그런 줄은 알아요. 스잔나는 속삭이듯이 말했다. 두 사람은 생울타리 옆에 서 있었다. 밤 공기는 쌀쌀했고, 자정이 넘은 시각이었다."

게오르규가 쓴 '25시'의 첫 문장입니다. 게오르규는 루마니아의 망명 작가이자 신부입니다. 1949년에 발표한 대표작 '25시'를 통해 나치스와 볼셰비키 학정과 악함, 약소민족의 고난을 고발하여 전 세계에 뜨거운 반향을 일으켰던 세계적인 작가입니다.

그는 1916년 루마니아 동부 몰다비아에서 동방정교회 신부의 아들로 태어났습니다. 어려서부터 신부를 꿈꿨지만 어려운 가정 형편 탓에 당시 적지 않은 학비가 필요했던 신학교에 진학하지 못했습니다. 이후 부

쿠레슈티와 하이델베르크에서 대학에 다니며 틈틈이 시를 썼는데, 대부분은 파시스트들의 만행을 고발하는 저항시였습니다. 1944년 루마니아에 공산 정권이 들어선 뒤 독일로 건너갔지만, 유럽을 점령한 미 연합군에 의해 2년간 옥살이를 했으며, 1946년 프랑스로 망명, 이후 1992년 세상을 떠날 때까지 파리에서 살았습니다.

그의 처녀작이며 대표작인 '25시'는 이런 경험을 토대로 1949년에 발표되었는데 이 소설로 스타 작가 반열에 올랐고, 유명한 안소니 퀸 주연의 영화로 만들어졌습니다. 주인공인 요한 모리츠역을 한 안소니 퀸이 13년 만에 고향에 돌아와 그를 마중나온 아내와 두 아들, 그리고 아내가 점령군 소련군에게 강간당해 태어난 딸을 만나는 장면, 가족과의 만남을 찍는 사진사의 카메라 앞에서 웃지도 못하고 울지도 못하는 그의 얼굴을 기억하는 분들이 많으실 것입니다.

주요 작품으로는 '25시' 외에도, '제2의 찬스', '단독여행자', '도나우의 희생', '마호메트의 생애' 등이 있습니다. 특히, 우리나라를 많이 사랑하여 '한국찬가'라는 작품도 썼습니다. 게오르규는 외국 작가로서는 드물게 우리나라와 인연이 깊습니다. 아마도 내전과 분단의 아픔을 겪은 우리나라가 핍박받던 그의 조국인 루마니아를 닮았다고 여긴 것일지도 모릅니다. 1974년 이후 무려 다섯 번이나 방한했고, 앞서 말씀드린 대로 1984년에는 '한국찬가'라는 책도 썼습니다. 특히, 1974년, 첫 방문 시는 서울과 지방에서 몇 차례의 강연회와 좌담회를 가지면서 우리나라 독자들을 많이 만났습니다. 서구 문명의 위기를 극복할 수 있는 정신을 동양에서 찾은 그는 우리나라를 새로운 고향이라고 부를 정도로 사랑했습니다.

　루마니아는 나라도 생소하기에 루마니아 문학에 대해서는 거의 알려져 있지 않습니다. 하지만 게오르규의 문학을 통해 루마니아의 문학이 얼마나 대단한지 알 수 있습니다. 루마니아가 동로마의 문화를 가진 라틴 민족의 나라이지만 슬라브의 지속된 침입으로 국가가 사라졌다가 재구성되기를 반복했습니다. 18세기 후반부터 오스만의 문화를 배척하고 러시아 제국의 슬라브 문화 영향을 받으면서 루마니아의 민족적 자주성이 나타나기 시작했고, 민족적인 문화가 발달하게 되었습니다.

　문학에 있어서 이 나라를 대표하는 인물은 19세기 중엽에 나온 국민시인 알렉산드리(1821~1890)입니다. 또한 '초저녁의 금성' 등 훌륭한 작품을 남긴 루마니아 최고의 시인 에미네스쿠, 주옥같은 민요와 자서전 '소년 시절의 추억'을 남긴 산문작가 크량가, 루마니아 최대의 극작가로 '잃어버린 편지'와 '폭풍의 밤' 등 사회 풍자 희극으로 국제적 명성을 얻은 카라지알레(1852~1912) 등이 있습니다. 우리에게는 잘 알려져 있지는 않지만, 발칸의 고리키라고 불리었던 이스토라치, 금세기 최고의 루마니아 작가로 꼽히는 미토랴코코르, 사도베아누 등은 한 번쯤 기억할 필요가 있는 작가라고 생각합니다.

　이 작품의 제목 '25시'에 대해서는 책 속에 나오는 이 한 문장으로 정의할 수 있습니다. 코루가 사제의 아들 트로이안이 말하는 '25시'에 대한 언급입니다.

"25시. 구원을 위한 온갖 시도가 소용 없게 되는 순간이지. 구세주의 왕림도 문제 해결에 아무런 도움이 안 되는 순간이야. 이건 최후의 시간도 아니야. 최후의 시간에서 이미 한 시간이나 더 지난 시간이지. 서구 사회가 처해 있는 정확한 시간, 지금 이 시간, 바로 이 시간이야."

'25시'란 우리 인간 세상에 존재하지 않는 시간입니다. 인간에게 허락되지 않은 시간입니다. 이 소설에서 게오르규는 사상과 이데올로기의 한낱 부속품으로 전락한 인간의 모습을 한탄하면서, 서구 산업사회가 멸망하는 환상을 상징적으로 표현하였습니다. 우리는 일상에서 흔히 '25시'라는 말을 자주 씁니다. 청춘 25시, 사건 25시, 건강 25시, 특파원 25시, 민원 25시 등등의 단어를 자주 들어 보셨을 것입니다. 하지만 엄밀히 말씀드려서 '25시'는 아무 데나 쓰는 말이 아님을 잘 알고 신중해야 합니다.

이 소설의 중심축은 두 사람입니다. 2차 대전의 소용돌이 속에서 요한 모리츠 라는 한 순박한 청년이 겪는 고통이 고스란히 담겨 있습니다. 또한 부당하게 체포된 모리츠를 도우려고 하는 코루가 사제의 아들 트라이안이라는 작가의 좌절이 그려집니다. 이를 통해 20세기 초, 역사의 대변혁 속에서 현대문명의 붕괴를 생생하게 묘사하고 있습니다. 우리가 잘 알다시피 2차 대전 당시 전쟁의 광기는 수천만 명의 목숨을 요구했고, 인간의 가치를 말살했습니다. '25시'는 그것을 절실하게 표현했습니다.

1940년대 유럽, 2차 대전의 전운이 유럽을 감싸고 있었을 때 루마니아 한 시골 마을에 요한 모리츠 라는 청년이 있습니다. 그는 땅을 사랑하고, 아내를 사랑하는 순박한 청년이었지만 그의 아름다운 아내를 탐내던 마을의 헌병대장은 그를 유대인으로 몰아 잡아가고 맙니다. 영문도 모르는 채 루마니아 유태인 수용소에 끌려가게 되고, 이후 참혹하고 참담한 수용소 생활, 강제 노역, 고문, 친위대 경비병, 패전국 포로 생활 등이 펼쳐집니다. 무려 13년 동안 그는 지리적으로는 루마니아, 헝가리, 독일, 프랑스 등 수백 군데 수용소를 전전하며 끌려다니고, 루마니아인에서 유대인으로, 유대인에서 독일인으로 인종이 바뀌는 인생유전을 겪게 되는데 정작 그는 왜 이런 고통과 시련이 닥치는지 모릅니다. 아마도 모리츠가 겪은 모든 시간이 다 '25시'가 아닐까 생각합니다.

이 작품의 첫 부분에 모리츠가 연인 수잔나와 이렇게 대화합니다.

"사람은 누구나 하늘에 자기 별을 갖고 있다는 게 정말일까요? 사람이 죽으면 정말 그 별도 떨어질까요?"

"내가 그런 걸 어떻게 알아? 그는 이렇게 대답하며 이제는 집에 돌아가야겠다고 마음먹었다."

집에 돌아가겠다고 한 대목이 소설을 읽는 내내 마음에 남았습니다.

다음은 엄마의 사망과 감옥에 갇힌 아버지의 소식을 모르는 수잔나와 모리츠를 보면서 대화를 나누는 코루가 사제와 아들, 친구의 대화입니다.

"그들은 미래를 계획하고 있어요. 두 사람에게는 사랑이 있고 그렇게 바라는 돈도 있어요. 그들은 행복해요."

"행복하지. 하지만 사실은 울고 있어야 마땅해."

맞아요. 게오르그가 말했다.

"모든 진실을 알고 있는 우리가 볼 때, 두 사람의 기쁨은 신을 모독하는 것처럼 보여요."

"인간의 즐거움은 따지고 보면 모두 신에 대한 모독 행위야."

모리츠의 이 말은 자유의 소중함을 깨닫게 합니다.

"평생 수용소에 가둬 두는 건 좋아. 하지만 죽기 전에는 석방되고 싶어. 적어도 죽기 한 시간 전에는 자유를 얻고 싶어. 갇힌 채 죽고 싶지는 않아. 갇힌 채 죽는다면 큰 죄를 짓는 거야. 하지만 독일에 팔려 온 이상 결코 석방되지 못할 거야. 죽기 한 시간 전에도 말이야."

또, 소설 속 수용소 관리반장은 요한 모리츠에게 이렇게 말합니다.

"문명국에서는 개인에 대해서는 생각하지 않는다구. 자네는 방직기계 속에 끼여 있는 한 올의 실과 같은 존재야. 한번 들어가면 영영 빠져나올 수 없네. 그 실이 다른 실과 함께 짜여져 저절로 나올 때까지 기다리는 수밖에 다른 도리가 없어. 기계는 정확하지. 기계와 관련된 일이라면 참고 견뎌야 해. 자네는 기계 속에 완전히 말려 들어간 거야. 아무리 몸부림치고 날뛰어도 빠져나갈 수 없어. 기계는 귀머거리니까. 보지도 못하고 듣지도 못하고 일만 하거든….”

게오르규의 '25시'는 전쟁의 잔혹함을 통해 인간을 돌아보게 합니다. 소설에서는 개인은 사라지고 국적, 인종에 의해서 구분되는데, 이 구분이 생과 사를 결정합니다. 단지 적성국 국민이라는 이유만으로 수용소에 갇히고, 단지 유태인이라는 이유만으로 가스실로 보내집니다. 이런 만행은 비단 나치에게만 일어나는 것은 아니었습니다.

요한 모리츠는 죽기 한 시간 전에는 자유를 얻고 싶다고 했습니다. 지금 우리가 맘껏 누리는 영혼과, 정신과, 육체의 그 자유를 말입니다. 하지만 그 지구촌 어떤 곳에서는 자유를 누리지 못하는 사람들이 많습니다. 지금 이 순간에도 곳곳에서 이러한 폭력과 야만이 벌어지고 있습니다. 전쟁과 문명이 야기하는 비인간화, 탈인간화를 보면서 우리는 오직 사람만이 전부이고, 사랑만이 전부인 세상을 만들어 가야겠다고 다짐해야 합니다. 세상에 존재하지 않는 '25시'가 아닌 오늘, 이 하루 우리에게 주어지는 24시간의 삶이 늘 희망이길 바라면서 말입니다.

이런 죽음,
이반 일리치의 죽음 _(톨스토이)

죽음에 대한 사유를 할 수 있는 명작을 생각할 때 가장 먼저 떠오르는 것이 톨스토이의 '이반 일리치의 죽음'이라는 작품입니다. 톨스토이는 82세에 세상을 떠났으니 다른 작가들보다는 그래도 장수한 편이라고 생각할 수 있는데, 알려진 것과는 달리 늘 죽음이란 공포에 시달렸다고 전해집니다. 그러다 보니 '죽음'이라는 것은 그의 문학과 괴리되지 않고 늘 붙어다녔던 영원한 주제 중의 하나였습니다.

청년 시절에 발표한 자전소설 '유년 시절'에서부터 죽음은 톨스토이 문학의 주요 주제였습니다. 삶에 대한 긍정과 예찬으로 마무리되는 대작 '전쟁과 평화'를 완성한 직후에도 죽음에 대한 공포에 시달렸던 톨스토이는 '안나 카레니나'를 완성한 이후 다시 한 번 심각한 회의에 봉착합니다. 모든 것을 무의미하게 만드는 죽음이 인간의 불가피한 운명이라면 인생의 의미는 무엇일까 라는 것이 고뇌의 내용이었습니다.

사실 이것은 톨스토이만의 고뇌가 아니라 세상을 살아가는 모든 사람들의 고뇌인 것입니다. 인생을 살면서 누구나 한 번쯤 덜미를 잡히는 물음이지만 톨스토이의 경우에는 그 누구보다도 그 물음을 집요하게 파고 들어갔고, 철저하게 답하려고 했습니다.

그 물음에 대한 톨스토이의 답이 바로 오늘 우리가 함께 살펴볼 명작 '이반 일리치의 죽음'인 것입니다. 그러므로 이 작품은 단순히 하나의 문학작품을 넘어 대문호 톨스토이가 그토록 집착했던 죽음과 인생의 의미, 그 문제에 대한 해답으로 받아들일 수 있습니다.

'이반 일리치의 죽음'은 중년의 판사로 재직하다가 죽음을 맞은 이반 일리치를 주인공으로 한 중편소설입니다. 어느 날 고등법원 판사인 이반 일리치의 부고가 직장 동료들에게 전달되고 가장 친하게 지낸 표트르 라는 친구 등 동료들이 장례식에 참석하는 장면에서 이야기는 시작됩니다.

이 작품의 앞 부분은 이반 일리치의 죽음을 이렇게 전하고 있습니다. 표트르 이바노비치는 방금 건네받은 '베도모스치'지를 훑어보고 있었다. "여러분!" 그가 말했다. "이반 일리치가 죽었습니다."

그런데 참 이상한 게 있습니다. 친구 표트르는 물론 장례식에 참석한 법원의 동료들, 심지어는 이반 일리치의 아내에게서도 이반 일리치의 죽음은 큰 관심사가 아닙니다. 직장 동료들은 그의 죽음이 가져올 자리 이동이나 승진에만 관심을 두며, 장례식에 참석한 친구도 불편한 자리에서 벗어나자마자 카드놀이판으로 달려갑니다. 게다가 아내의 관심은 남편의 사망으로 인해 받을 수 있는 국고 지원에만 쏠려 있습니다.

이반 일리치의 죽음은 이렇게 누구에게도 진지한 애도와 성찰의 대상이 되지 못합니다. 왜 그랬을까요? 이반 일리치가 하찮은 사람이거나 변변치 못한 삶을 살았던 걸까요? 아닙니다. 그렇지 않습니다. 그는 비록 특출나지는 않았지만 고등법원 판사라는 사회적인 위치도 있었고, 성실했고, 남들이 부러워하는 삶을 살았던 사람이었습니다. 그런데도 그런 모습이 그려진 것입니다.

그런데 참 아이러니한 것은 이러한 모습이 비단 그 사람들에만 국한된 것이 아니었다는 것입니다. 정작 이반 일리치 자신도 살아 있을 때는 타인의 죽음에 대해 심드렁한 태도를 보였던 것입니다. 그랬던 이반 일리치도 불과 마흔다섯의 나이에 죽고 말았습니다.

고위관리의 둘째 아들로 태어난 이반 일리치는 집안의 자랑거리로 똑똑하고 예의 바른 인물이었습니다. 젊은 시절 한때 역겨운 행동을 저지르기도 했지만, 남들도 흔히 저지르는 잘못에 지나지 않았습니다. 그렇게 이반 일리치는 평범한 사람이었습니다. 또한, 노는 걸 좋아하는 편임에도 업무에 있어서는 지극히 관료적이고 엄격한 태도를 취했고, 언제나 상류 사교계의 규칙에 따랐습니다. 사교계의 평판에 맞춰 귀족 가문의 여자와 결혼하고 결혼 생활이 예상과 달리 틀어졌을 때도 무난히 적응했고, 승진에서도 한 번 밀려나기도 했지만 운 좋게도 곧 더 좋은 자리로 부임하는 그런 삶을 살았습니다.

그런 이반 일리치가 본인이 원하던 대로 대도시로 부임합니다. 그리고 가족들 모두 이사를 계획합니다. 모든 일이 만족스럽게 진행되는 것 같던 시점에서 이반 일리치는 새로 이사한 집 장식을 위한 커튼을 달러 사다리에 올라갔다가 발을 헛디뎌 미끄러지게 되고, 그렇게 다친 이후에 차츰 건강이 악화됩니다. 죽어 가면서도 그는 끝까지 자신의 죽음을 인정하지 않았습니다. 그래서 스스로 고통스럽게 만들었습니다. 그러다가 결국 마지막 사흘 밤낮의 고통 속에서 이반 일리치는 "그래, 모든 것이 잘못되었다."는 깨달음에 이르고 비로소 죽음의 고통에서 벗어나게 됩니다. 죽음에 직면해서야 죽음의 고통에서 벗어나게 된 것입니다.

특히, 고통에 시달리며 죽어 가는 이반 일리치의 독백은 인간에게 있어 죽음이란 무엇인지 그 본질을 통찰한 명문장이라 생각합니다.

"죽음. 그래. 죽음이다. 그런데 저들은 아무도 그것을 모르고, 또 알고 싶어하지 않아. 그리고 날 불쌍히 여기지도 않지. 저 사람들로서는 어떻게 되든 상관없겠지. 하지만 저들도 똑같이 죽게 돼. 멍청이들. 내가 먼저 죽고 그들은 나중에 죽을 뿐. 그렇게 저 사람들도 똑같이 죽을 거야. 그런데 저들은 즐거워하고 있어. 빌어먹을!"

'이반 일리치의 죽음'이라는 작품을 살펴보면서 죽음에 대해 가장 먼저 말씀드리고 싶은 것은, 앞에서 이반 일리치가 혼잣말을 하듯이 우리 모두에게 있어 죽음은 늘 타인의 일이라는 것입니다. 영어로 표현하면 "Death is non of my business."라고 말할 수 있습니다.

심지어는 가까운 부모, 형제, 배우자, 자녀 등 가족의 죽음까지도 사실 타인의 일인 것입니다. 그러나 엄밀히 살펴보면 죽음이라는 것이 우리가 생각하는 것처럼 꼭 타인의 일만도 아니요, 멀리 있는 것도 아닙니다. 내 곁에, 우리 곁에 너무나도 가까이 와 있고 함께하고 있음을 깨달아야 합니다. 삶과 죽음의 경계는 그 누구도 모르지만, 아주 가깝게 있다는 것은 부인할 수 없습니다.

톨스토이도 작품을 통해 말했듯이 죽음을 외면하는, 즉 죽음에 대한 무사유와 편견은 죽음의 문제에 대한 해답이 될 수 없습니다. 죽음을 애써 외면하지 않고 직접적으로 마주해야만 죽음을 올바로 바라볼 수 있습니다. '이반 일리치의 죽음'과 같은 문학작품을 통해, 그리고 실제 삶에 있어서는 가까운 지인을 비롯한 타인의 죽음을 통해 곧 나의 죽음을 들여다보아야 할 필요가 있는 것입니다.

톨스토이 못지않게 죽음에 대해 논할 때 꼭 언급하고 싶은 철학자가 한 명 있습니다. 바로 레비나스입니다. 레비나스는 리투아니아 출신의 프랑스 철학자입니다. 그의 사상을 한 마디로 표현하라면 '타자의 윤리학', '타자철학'이라고 할 수 있습니다. 그는 서구 철학의 전통적인 존재론을 비판하며 타자(他者)에 대한 윤리적 책임을 강조하는 윤리설을 발전시킨 철학자로 유명합니다.

레비나스의 '타자철학'은 고독과 죽음의 문제를 철저하게 파헤칩니다. 그러한 과정을 통해 세상에서의 삶이 얼마나 존엄한지 그 가치를 밝혀냅니다. 고독은 부재입니다. 실존이 본질적으로 지니고 있는 부재로부터 고독은 발생하는데, 죽음의 문제도 나와 고인 사이에서 그의 부재로 인해 나에게 엄습하는 고독으로서 인식됩니다. 고인 앞에서 어떤 것도 할 수 없다는 죄책감, 무책임성에 사로잡힙니다. 그래서 죽음은 타자에 대한 영원한 책임감을 알게 하는 사건입니다.

그는 죽음 앞에 선 인간의 절망적 한계를 이렇게 역설했습니다. "죽음의 접근에서 중요한 것은 우리가 특정한 순간부터 할 수 있음을 더 이상 할 수 없다는 점이다. 바로 여기에서 주체는 주체로서 자신의 지배를 상실하게 된다." 각각의 개인이 이 세상에서 가장 소중한 주체로서 자신의 지배를 상실하는 것이 곧 죽음입니다. 그 어떤 수단도 지배를 유지하거나 연장하게 할 수 없습니다. 아무리 큰 권력을 가지고 있다 하더라도, 아무리 많은 돈이 있다고 하더라도 말입니다.

삶은 모든 사람들에게 다 평등하지 않지만, 죽음은 모든 사람들에게 다 평등합니다. 개별적 죽음의 가치를 따지기 전에, 죽음 그 자체로만 보면 말입니다. 세상의 만물이 삶에서는 서로 다르지만 죽음에서는 모두 같습니다. 이것을 깨닫는다면 죽음으로 향하는 길, 죽음을 향한 여행이 결코 무겁지만은 않을 것입니다.

또한, 죽음에 대해 터부시하지 말고 늘 생각해야 할 필요가 있습니다. 죽음의 문제는 곧, 삶의 문제이기 때문입니다. 모든 사람은 언젠가 다 죽는다는 사실은 사람을 더 겸허하게 만들고, 삶을 더 진지하게 마주하게 합니다. 누군가 제게 죽음을 이야기하는 이유에 대해 묻는다면 저는 조금도 주저하지 않고 이렇게 답할 것입니다.

"끝난 건 죽음이야. 이제 더 이상 죽음은 존재하지 않아."

　역설적으로 전해지는 소설 속의 문장을 음미하며 다시 죽음을 생각합니다. 죽음은 삶과 함께합니다. 그러므로 매일매일을 살아가는 것은 매일매일 죽음을 기억하는 것입니다. '메멘토 모리' 죽음을 기억하라는 것은 곧, '카르페 디엠' 오늘을 잡으라는 것이라고 말입니다. 그런 삶을 살아간다면 우리는 우리에게 허락된 오늘 이 하루, 지금 이 순간을 온전히 감사하며 살아갈 수 있을 것이라고 믿습니다.

죽음과 삶에 대한 성찰, 라자로 (레오니드 안드레예프)

"라자로가 사흘 낮 사흘 밤 동안 죽음의 불가해한 힘에 사로잡혀 있던 무덤에서 걸어 나와 자신의 집으로 살아 돌아왔을 때, 사람들은 그에게서 머지않아 그의 이름 자체를 무시무시하게 만들 그 불길한 기이함을 한동안 눈치채지 못했다."

레오니드 안드레예프의 '라자로'라는 작품이 있습니다. 죽음과 삶에 대해 성찰할 때 빼놓을 수 없는 작품입니다. 이 작품의 작가인 안드레예프는 러시아 문학에서 빼놓을 수 없는 유명한 작가입니다. 이반 부닌 보다 1년 뒤인 1871년에 태어나서 1919년, 48세의 나이에 세상을 떠날 때까지 그리 길지 않은 생을 살았고, 생전에 크게 각광받지 못하는 등 불우했지만 러시아 문학에 끼친 족적은 뚜렷했습니다.

안드레예프의 어린 시절은 불우한 편이었습니다. 실연으로 인해 페테르부르크대학을 중퇴하고, 자살을 시도하는 등 젊은 시절에는 방황하면서 빈둥빈둥 지냈는데, 다시 마음을 잡고 26세의 나이에 변호사가 되나, 곧 그만두고 문학 출판사에 들어가면서부터 본격적인 문학 활동을 하기 시작합니다. 그런 그를 가장 많이 격려해 주고 응원해 준 사람이 바로 당시에 유명한 작가인 막심 고리키였습니다.

안드레예프는 1901년 30세의 나이에 '옛날 옛적에'라는 작품을 발표하면서 러시아 문학에 있어 리얼리즘의 희망으로 부상합니다. 고리키의 인기가 줄어들기 시작했을 때, 최고의 대중적 인기는 안드레예프에게로 넘어갔다는 소리를 들을 정도였습니다.

이후 '심연'과 '안개 속에서' 등의 작품을 발표하면서 대담한 묘사로 인해 논란을 일으키기도 했지만 대중적인 관심을 얻으면서 부와 명예를 얻습니다. 40대에 접어들면서는 애국주의와 반독일주의, 반볼셰비키 입장을 취하면서 문학 활동보다는 선전 활동에 열중하게 됩니다.

작품을 통해 본 그의 문체는 냉정하고 신중하며, 날카롭고 수사적이라 당시 러시아 문학에서 새롭게 받아들여지며 성공을 거두었는데, 톨스토이와 애드거 앨런 포우 등의 작가들로부터 많은 영향을 받은 것으로 평가받고 있습니다.

나사로는 죽은 후에 다시 태어난 사람입니다. 나사로의 부활 사건은 성경의 요한복음 11장에 기록된 사건입니다. 베다니 라는 마을에 사는 나사로 라는 젊은이가 병이 들자 나사로의 누이들은 급히 예수님을 청하여 도움을 받기 원했으나, 예수님은 곧바로 도움을 주시지 않고 결국 나사로는 죽음을 맞게 됩니다. 죽은 지 4일 뒤 당도하신 예수님은 이미 썩어 냄새가 나는 나사로를 무덤에서 불러내어 소생시킴으로써 죽은 자도 능히 살리시는 하나님의 능력과 믿는 자의 부활에 대해 제자들을 포함하여 많은 사람들에게 가르치셨습니다.

이 사건은 예수를 배척하던 당시 유대 사회를 큰 혼란으로 몰고 갔습니다. 나사로의 장례식에 다녀온 수많은 유대인들이 돌무덤에서 스스로 걸어 나오는 나사로를 직접 눈으로 보았기 때문이다. 그 후 죽은 자를 살리시는 예수님의 능력이 널리 퍼지자 대제사장과 바리새인 등 유대 지도자들은 나사로와 예수를 죽이려는 악한 음모를 꾸미기도 했습니다.

많은 사람들이 이 사건에서 궁금해하는 부분이 있습니다. 그것은 나사로가 병이 들었다는 말을 들었을 때 왜 예수님이 즉시 나사로가 있는 곳으로 가시지 않고, 머무시던 곳에서 이틀이나 더 거하시다가 죽은 후에 가셨느냐는 것입니다. 죽은 자를 다시 살리시는 일보다 병든 자를 고치는 것이 훨씬 더 수월하셨을 것이라는 게 인간적인 관점입니다. 그러나 성경적 관점으로 보면 다릅니다. 나사로의 죽음은 하나님의 계획 안에 있었다는 것입니다. 나사로의 죽음과 다시 살아남을 통해 역사하시고자 했던 하나님의 위대한 계획에 따라 예수님이 그렇게 행동하신 것으로 받아들이시면 될 것이라 생각합니다.

도스토옙스키의 '대심문관'이라는 작품이 예수가 재림한 것으로 이야기를 전개했다면, 안드레예프의 '라자로'는 예수가 기적적으로 살려 낸 나사로가 그 이후에 어떻게 살았는지를 이야기합니다. 이러한 배경만 보면 이야기 자체가 매우 흥미로울 듯싶으나, 사실 꼭 그렇지만은 않습니다. 주제와 내용 자체가 부활 이후의 삶을 다루는 만큼 생각할 것도 많고, 전체적으로 많이 어둡습니다.

앞에서 살펴본 첫 문장과 같이, 시작부터 심상치 않습니다. 죽은 오라비가 살아 돌아오자 누이들 마르다와 마리아를 비롯하여 친구들과 친지들이 기뻐하면서 라자로에게 화려한 옷을 입혀 주고, 잔치를 열었습니다. 동네방네 소문이 나다 보니 여기저기서 기적적으로 부활한 사람을 보러 사람들이 몰려들었습니다. 그런데 주인공인 라자로는 죽기이전의 라자로가 아니었습니다. 그가 겪은 중병과 그동안의 체험의 흔적이 몸에 남아 있었고 성격마저 변해 버리고 말았습니다.

처음에는 입술과 몸의 곳곳에 무덤에 있을 때 부푼 살갗이 찢겨 있었고, 얼굴과 손에는 푸른 빛이 감돌았으며 부패한 냄새도 풍겼으나, 곧조금씩 정상으로 되돌아왔습니다. 그러나 행동은 그러지 못했습니다. 죽기 전의 라자로는 쾌활하고 웃음이 많았으나, 다시 살아난 라자로는 심각하며 말이 없었고, 매우 단순하고 평범하고 꼭 필요한 말만 했습니다. 한번 생각해 보십시오. 이런 라자로가 죽음에서 살아 돌아왔다고흥겹게 잔치를 벌이는 모습을 말입니다.

그러던 중 많은 사람들이 궁금해하던 것, 그러나 함부로 말을 꺼내지못했던 말을 어느 누가 꺼냅니다. "라자로, 거기서 무슨 일이 있었는지말해 주지 않을래? 거기가 그토록 끔찍하던가?" 죽음 너머의 세계에 대하여 라자로에게 물었던 것입니다. 그러나 라자로는 침묵합니다. 사람들은 라자로의 유령 같은 태도를 알아차리고, 음악이 멈추고, 흥겨움이 순식간에 사라집니다.

  이후에 벌어지는 사건들은 참으로 놀랍습니다. 바로, 라자로의 눈빛과 시선에는 파괴적인 힘이 있었습니다. 라자로의 시선을 받은 사람들은 이따금 비탄의 눈물을 흘리기도 했고, 이따금 절망 속에서 머리털을 쥐어뜯으며 미치기도 했고, 심지어 무심하고 조용하게 죽어 가는 일이 잦아졌습니다. 마치 돌 투성이의 토양에서 나무가 조용히 시들어 가듯이 축 늘어진 채 권태롭게 죽어 갔습니다. 결국 사람들이 라자로 곁을 떠나갔고, 마지막으로 누이 마르다도 그를 떠났습니다. 라자로는 하루 종일 태양을 응시하며 앉아 있다 밤에는 지는 태양을 쫓아가느라 광야를 방랑했습니다. 이웃은 모두 라자로를 피했습니다. 라자로의 시선은 죽음으로 이르는 창과 같이, 용사든 제사장이든, 상인이든 청년이든 죽어 가게 했습니다.

  이 작품에서 라자로는 많은 사람을 만나지만 특별히 조각가와 황제와의 만남은 특별합니다. 죽음에서 살아 돌아온 라자로의 소문을 듣고 라자로를 만나기 위해 유명한 조각가가 찾아오고 황제가 부릅니다.

  먼저, 불멸의 아름다움을 조각하려는 유명한 조각가 아우렐리우스가 찾아왔습니다. 이 로마의 조각가는 마치 미친 듯한 라자로를 현실로 회복시켜 주려는 야심찬 계획을 가지고 왔습니다. 명예로 빛나고 잘생기고 오만한 얼굴을 하고, 밝은 색 옷을 입었고 햇빛에 반짝거리는 보석을 하고서 라자로를 만났습니다. 그 로마인은 라자로의 집에서 재워 달라고 합니다. 하지만 라자로의 집에는 침대도 없고, 불도 없고, 와인도 없었습니다. 조각가는 말했습니다. "이제야 이해가 되는군. 자네가 왜 그렇게 음울한지, 왜 자신의 두 번째 삶을 사랑하지 않는지 말이야. 술이 없다니! 뭐, 좋아. 그냥 이렇게 있기로 하지."

로마의 유명한 조각가는 라자로와 시간을 함께한 후에 작품을 만들어서 사람들을 초대했습니다. 그것은 익숙하지 않은 불가해한 형상을 암시하는 기괴한 것이었습니다. 비틀어지고 뒤틀린 무언가가, 자기 자신으로부터 벗어나려 힘없이 애쓰는 조잡한 파편들이 기괴하게 놓여 있었습니다. 그것은 죽음을 상징하는 작품이었는데, 한 돌출부 아래에 절묘하게 새겨진 나비 한 마리가 눈에 띄었습니다. 한 친구가 그 작품을 때려 부수었을 때 이 나비 부분만 남게 되었습니다. 이후에 조각가 아우렐리우스는 모든 아름답다고 하는 작품들을 만나 봤지만, "그러나 이 모든 것은 거짓이야."라고 말했습니다.

또 한 명의 사람은 황제였습니다. 마침내 세상을 지배하는 용감한 황제 아우구스투스가 라자로를 로마의 궁전으로 부르고 화려한 혼례복을 입혔습니다. 그러나 궁전의 백성들은 라자로의 무시무시한 접근에 뿔뿔이 흩어져 달아났습니다. 이어서 그를 바닷가로 데려갔고, 영원한 도시, 모든 부귀와 영화가 있는 로마의 거리를 걷기도 했습니다. 그러나 술 취해서 벗은 여자, 취객, 사랑하는 연인들이 라자로를 쳐다보는데 모두가 음울하고 침울하게 변해 버렸습니다. "취객이 라자로의 눈을 쳐다본 순간, 취객의 즐거움은 영원히 끝나고 말았다." "평생을 서로 사랑한 연인의 사랑이 음울하고 음침하게 변해 버렸다." 이렇게 사람들이 변하고 오만한 현자가 라자로 앞에서 미쳐 가게 되자 차라리 라자로를 죽이자는 말들을 하기 시작합니다.

　라자로의 시선은 죽음에 이르는 창문입니다. 그러자 로마의 사람들은 이 라자로를 유쾌하고 부드럽게 만들려는 모든 노력을 기울입니다. 라자로의 얼굴이 일으키는 무서운 인상을 누그러뜨리려는 시도입니다. 화가, 이발사, 예술사들이 밤새 라자로의 머리와 얼굴을 매만집니다. 그의 손과 얼굴에 떠도는 시체같이 불쾌감을 주는 푸른빛을 가리려고 하얗게 분칠을 하고, 뺨에 연지를 발랐습니다. 고통의 주름을 매끈하게 다듬어서 선량한 웃음과 유쾌함을 주는 인상으로 만들었습니다. 라자로는 무심하게 그들이 하는 대로 내맡겼습니다. 라자로의 모습은 뚱뚱하고 멋진 노인의 모습으로, 온화하고 선량한 할아버지로 변했습니다.

　"그러나 그의 눈동자를 바꿀 수 없었다. 불가해한 그곳이 사람들을 내다보고 있는 어둡고 무시무시한 창문을."

　마침내 살아 있는 자의 황제인 무적의 통치자 아우구스투스가 라자로를 만났습니다. 무적의 그 황제는 두려움 없이 "자신을 보라!"고 라자로에게 말했습니다. 그러면서 말합니다. "나는 이미 들었네. 자네의 머리는 메두사의 머리 같아서 자네가 쳐다보는 사람은 누구나 돌이 된다지. 하지만 난 돌로 변하기 전에 자네를 바라보고 자네와 이야기를 하고 싶군." 황제는 위풍당당하게 말했습니다.

"자네는 도대체 누군가?" 황제가 묻자, 라자로가 대답합니다.

"저는 죽은 사람이었습니다."

"그 일에 대해서는 이미 들었네, 지금 자네는 누군가?" 다시 묻습니다.

"저는 죽은 사람이었습니다." 라자로는 똑같이 되풀이합니다.

아우구스투스는 자신의 위대한 통치와 제국을 자랑하나, 라자로는 별로 동요하지 않습니다. 세상의 지배자 아우구스투스는 라자로에게 말합니다.

"자네는 이곳에 필요 없네. 자네처럼 죽음에게 먹히다 만 불쌍한 찌꺼기는 사람들에게 삶에 대한 비탄과 혐오를 불어넣을 뿐이야. 자네는 절망과 슬픔의 분비물을 배출하고 있어. 그래서 난 자네를 살인자로 취급하여 사형에 처할 걸세. 하지만 그전에 자네의 눈을 보고 싶단 말이야. 자, 나를 보게, 라자로."

그때 무한의 무서운 공포가 황제의 마음을 가득 채웠고, 황제도 두려워하게 됩니다. 결국 이튿날 황제의 명령에 따라 벌겋게 달군 쇠로 라자로의 눈을 지진 후 그를 고향으로 돌려보냈습니다. 라자로는 광야에서 석양에 그의 양팔을 넓게 벌리자 노을의 붉은 휘장 위로 십자가와 비슷한 기괴한 형상이 드리워졌습니다. 그는 어느 날 광야로 걸어나갔다가 다시 돌아오지 않았습니다. 기적적으로 사흘 만에 부활한 라자로의 두 번째 삶은 이렇게 끝났습니다.

한번 마음속에 담아 볼 책 속의 한 줄입니다.

"그의 생각은 또다시 말에 뒤처진 채 걸어갔다. 만약 생각이 앞서 걸었다면, 그는 질문을 하지 않았을 것이다."

"거대한 검은 그림자가 동쪽에서 달음질쳐 왔다."

"현자는 끔찍한 것에 대한 지식은 끔찍한 것 자체가 아니며, 죽음을 본다는 것은 죽음 자체가 아니라는 것을 깨달았다. 그리고 그는 지혜이든 어리석음이든 '무한' 앞에서는 어느 것이나 마찬가지라는 것을 깨달았다. 왜냐하면 '무한'이 그것들을 알지 못하기 때문이었다. 앎과 무지, 진실과 거짓, 위와 아래의 경계가 사라지고, 형체가 없는 그의 생각은 공허 속에 떠 있었다."

20세기 위대한 작가 중 한 명으로 꼽히는 아르헨티나의 대문호 보르헤스가 꼽은 러시아의 3대 단편소설은 도스토옙스키의 '악어', 톨스토이의 '이반 일리치의 죽음'과 더불어 안드레예프의 '라자로'입니다. 그는 안드레예프와 도스토옙스키를 같이 수록한 것이 독단적이라 평가받을 수 있겠다고 하면서 두 작가 모두 희로애락이라는 감정의 격렬함과 적대적인 세계를 음울한 눈길로 바라보았다는 사실에서 서로 통한다고 볼 수 있다고 말합니다.

보르헤스는 안드레예프의 '사바', '안피사' 등 사실주의 작품들과, '인간의 삶', '아나테마', '대양', '검은 가면' 등 상징주의 작품들을 꼽으면서 이중 '라자로'라는 제목의 소설을 택했다고 합니다. 이런 많은 작품들 중에서 그의 분신이며 희망이었던 주인공이 바로 '라자로'였기 때문입니다. 그러면서 영국의 시인인 로버트 브라우닝도 같은 주제를 장시로 다루었다고 비교하며 소개합니다.

브라우닝의 '라자로'는 겁에 질린 아이처럼 세상에서 일어나는 소소한 것들을 재발견하는데 반해 안드레예프의 '라자로'는 죽음에 놓이자 이 세상 모든 것이 덧없고 결국 모두 소멸되고 말리라는 것을 깨닫는다고 합니다. 그러면서 우리가 품고 있는 세계라는 개념을, 흡사 그것이 개인의 세계가 아닐까 하고 수정하게 만드는 이 감탄할 만한 작품은 안드레예프의 고통스러운 운명을 그 수정 구슬 속에 반영한다고 평가합니다.

안드레예프는 가난을 아주 자세하게 체험했고 무수히 자살 충동에 시달렸습니다. '일곱 사형수'와 '심연'으로 얻은 문학적 성공도 그가 겪은 정치적 박해 때문에 빛을 보지 못하고 사라졌습니다. 그는 러시아 혁명의 찬동자이면서도 동지들로부터 이해받지 못한 채 살해 위협에 시달리다 핀란드로 도망칠 수밖에 없었습니다. 그리고 그곳에서 그의 분신이며 희망이었던 작품 주인공 라자로처럼, 결국 희망을 박탈당한 채 가난 속에서 생을 마감했습니다.

죽음에서 다시 살아 돌아온 라자로의 삶은 결코 이전과 같을 수가 없었습니다. 행복해 보이지도 않았습니다. 작품 속의 라자로는 다시 돌아온 제2의 삶을 기뻐하지도, 즐거워하지도 못한 채 마감하고 맙니다. 해 아래 영원한 것은 없다는 말씀이 있습니다. 우리의 삶도 영원하지 않습니다. 이 땅에서 우리가 취하길 원하는 권력도, 부귀도, 쾌락도 끝이 있습니다. 심지어 이 땅의 고난도 영원에 비추어 보면 아무것도 아닙니다. 우리가 그토록 갖길 탐하고, 누리길 원하는 이 세상 모든 것도 결국에는 다 덧없고, 소멸되고 만다는 진리를 다시 한 번 깊이 깨달을 수 있는 작품이라고 생각합니다.

짧은 삶 긴 하루,
이반 데니소비치의 하루 (솔제니친)

"오전 다섯 시, 언제나처럼 기상신호가 울렸다. 본부 막사 앞에 매달아 놓은 레일 토막을 망치로 치는 소리다. 손가락 두 개 두께로 두껍게 성에가 얼어붙은 유리창을 통해서 끊어지듯 이어지듯 희미한 음향이 흘러 들어오다가 이내 잠잠해졌다. 날씨가 추우니까 간수도 망치를 오래 휘두르기가 싫었던가 보다."

솔제니친의 '이반 데니소비치의 하루'라는 작품입니다. 알렉산드르 솔제니친은 소련 공산주의 지배 권력을 날카롭게 비판했다는 이유로 소련작가동맹에서 추방당했으나 자유세계 지식인들의 뜨거운 지지와 공감으로 1970년 노벨 문학상을 받아 '러시아의 양심'이라 불리는 구소련의 저항문학 작가입니다.

1918년, 카프카스 산맥의 작은 휴양지 키스로보츠크에서 태어난 솔제니친은 로스로프대학교에서 물리와 수학을 공부하고 모스크바대학교 문학과를 졸업했습니다. 1940년에 결혼하고 이듬해 대학을 졸업했으나 나치 독일의 러시아 침공으로 군에 입대해 포병장교가 되었습니다. 친구에게 보낸 편지에서 독재자 스탈린을 '콧수염 남자'로 빗대 말한 것이 탄로나 '반혁명 활동'을 했다는 이유로 체포되기도 했습니다.

이후, 시베리아의 수용소에서 중노동을 하면서 '이반 데니소비치의 하루'를 구상하였고, 1962년에 이 소설을 발표함으로써 문단에 데뷔했습니다. 또한, 1970년에는 제2차 세계대전 당시 10년간 수용소에서 생활했던 경험을 그린 '수용소의 군도'로 일약 명성을 날립니다. 1970년 노벨 문학상을 수상했지만, 소련의 정치적 탄압으로 인해 귀국이 허락되지 않을까 두려워 시상식 참석을 거부하였습니다. 이후에도 소련의 정치체제와 타협을 거부하고 자신과 몇몇 동료 반체제 작가들에 대한 소련 당국의 냉대를 끊임없이 비판하였기에 1974년에는 반역죄로 소련에서 추방당해 미국 버몬트 지역에 정착하였습니다.

소련연방 붕괴 후인 1994년, 20년간의 망명 생활을 마치고 러시아 시민권을 회복하였습니다. 이후에도 서방 물질주의를 비판하면서 조국 러시아의 부활을 위한 조언을 아끼지 않았으며 2007년 6월 러시아는 그에게 예술가들의 최고 명예상인 국가공로상을 수여하였습니다. 2008년 8월 3일 향년 89세의 나이에 심장마비로 타계했습니다.

철학자이자 작가인 프랑스의 장 폴 사르트르는 그의 저서 '문학이란 무엇인가'를 통해 문학의 사명은 사회 참여와 변혁이라고 말한 바 있습니다. 이 말에 가장 합당한 작가로 솔제니친을 들 수 있습니다. 솔제니친에 대한 각각의 평을 살펴보면 그가 얼마나 대단한 작가인지 알 수 있습니다. 뉴욕타임스는 그를 제국을 멸망시킨 작가라고 평했습니다. 미국의 역사학자인 아서 슐레진저 주니어는 "솔제니친은 모범적인 고귀함과 극도의 용맹을 지닌 사람이다. 강력한 소설가이자 없어서는 안 될 역사가인 그는 동포들의 고통을 스스로 짊어지고 소련인과 러시아 역사의 이름으로 기괴한 제도를 장엄하게 기소한 예술가, 도덕주의자이다."라고 했습니다.

또, 해리슨 솔즈베리 라는 미국의 비평가는 "솔제니친은 도스토옙스키, 투르게네프, 톨스토이, 고리키와 같은 재능을 가진 문학적 천재다."라고 했고, 독일의 소리에서는 "솔제니친은 러시아 문학의 위대한 도덕적 전통이 끝나는 마지막 러시아 작가다. 앞으로 100년이 지나도 그는 여전히 전 세계문학과 관련이 있을 것이고, 그 후에도 적어도 100년 이상은 지속될 것이다."라고 했습니다.

이러한 모든 평가를 한 마디로 종합하면, 솔제니친은 소비에트 정권의 독재에 홀연히 맞선 위대한 작가라고 평할 수 있습니다. 그는 현실을 외면하지 않았습니다. 사회주의의 이름 아래 진행되었던 스탈린의 전체주의체제를 문학을 통해 비판했습니다. 소련식 사회주의의가 전 러시아를 수용소화하면서 나라의 전통과 사람들의 인격, 도덕 등 정신 세계를 얼마나 파괴했는지를 일상적 경험 속에서 보여 주었습니다.

그의 비판은 비단 소련만이 아니었습니다. 추방된 후 그는 미국 등 서구의 정치체제와 문명 전반에 대해서도 거침없는 비판을 쏟아 냈습니다. 이 부분은 오늘날 우리 모두가 한번 새겨야 할 필요가 있습니다.

도덕성과 정신을 파괴하는 소련체제에 맞먹는 서구 자유민주주의, 즉 자본주의의 물질문명과 책임 없는 자유, 범죄가 범람하는 법치주의 등에 대해서도 신랄한 비판의 잣대를 들이댄 것입니다.

그의 작품들은 하나같이 다 유명합니다. '암병동', '붉은 수레바퀴', '수용소 군도'는 오늘날 널리 읽히고 있습니다. 특히, 그중에서도 '이반 데니소비치의 하루'는 미국 대학위원회 추천도서, 고로스지 선정 20세기를 만든 책 100선, 영국 가디언지 조사 어른들이 죽기 전에 읽어야 할 책 30선에 포함될 정도로 대단한 작품입니다.

이제 작품 속으로 들어갑니다. 이 소설은 사회주의 체제의 모순과 비인간성을 고발하고 약자들의 인권을 대변한 솔제니친 문학의 백미입니다. 작가 자신이 소련의 강제 노동 수용소에서 겪은 체험을 바탕으로 지배 권력에 유린당하는 약자들의 인권을 대변합니다. 때로는 가벼운 유머와 담담한 필치로 이야기를 전개하는 구성력, 간결한 문체 등 작품 저변에 흐르는 강인한 저항 정신이 작품에 높은 문학적 예술성을 더해 준다는 평가를 받고 있습니다.

솔제니친은 1962년 그의 처녀작이며 대표작이기도 한 이 작품을 발표함으로써 국내외적으로 높은 문학적 명성을 얻었으며 세계문학의 기대와 격려를 받아 왔습니다. 반면에, 그의 작품의 기조가 되는 날카로운 비판 정신과 그것이 서방 세계에서 불러일으킨 놀라운 반향에 질겁을 한 소련 당국은 그를 작가동맹에서 추방했으며 온갖 형태의 탄압을 가함으로써 그를 묵살해 버리려고 시도했습니다.

내용은 수용소에서 일어난 하루 동안의 일을 담담하게 기술한 것입니다. 작품 전체가 하루의 일이니 그 안의 일들이 얼마나 자세하고, 섬세하게 그려져 있겠습니까? 작품 속에서 그는 소련 수용소 생활이 힘들다고 말하지 않습니다. 다만, 수용소 생활을 보여 줄 뿐입니다. 유머를 섞어, 담담한 필치로 써 내려가는 그의 이야기는 그래서 더욱 위력을 지닙니다. 그 담담한 필치로 인해 사람들을 끌어들이고, 영향력이 커진 것입니다. 펜은 칼보다 강하다는 것을 솔제니친도 만천하에 널리 알린 것입니다.

'이반 데니소비치의 하루'는 한 마디로 말해서 현대 러시아의 비극이며 공산주의 소련의 치부인 강제 노동 수용소 생활을 배경으로 한 인간의 존재, 인간의 권리를 향한 절규라고 할 수 있습니다. 작품 속에서 "요컨대 수용소 생활이란 200그램의 빵이 모든 것을 지배하고 있는 셈이다."라고 할 만큼 여기 묘사되고 있는 스탈린 시대 수용소의 현실은 눈뜨고는 차마 볼 수 없을 만큼 비참합니다.

그러나 솔제니친은 냉정하고 침착한 태도를 견지합니다. 특히 등장인물의 성격을 묘사하는 놀랄 만한 정확성, 간결하고도 박력 있는 문체, 끈질기게 설명하고 묘사하는 풍부한 서사, 작품 전체의 밑바닥을 흐르는 강인한 저항 정신, 바로 이러한 것들이 이 작품에 높은 문학적 예술성을 부여하여 독자를 완전히 휘어잡습니다.

이반 데니소비치가 있는 수용소가 어떤 곳인지 곳곳에서 이를 언급하는 명문장들이 많습니다.

"여보게, 여긴 법이라는 게 없단 말야. 있다면 밀림과 같은 거야. 그렇지만 이런 데서도 얼마든지 목숨을 부지해 갈 수는 있어. 수용소에서 죽는 놈이 있다면, 그건 남의 죽그릇을 핥으려는 녀석들, 뺀질나게 의무실에 드나들며 편히 누워 있을 궁리만 하는 녀석들, 그리고 쓸데없이 간수장을 찾아다니는 녀석들, 바로 그런 친구들이지."

고된 노동을 하러 위병소를 통과하면서 주인공은 이렇게 말합니다.

"여기서만은 죄수라는 인간은 하나의 인간이 황금보다도 더 귀중하다."

참 이상하지 않습니까? 죄수가 황금보다 더 귀중하다고 합니다. 다음 이어지는 글에서 왜 그렇게 말했는지 알 수 있습니다.

"철조망 밖에서는 죄수의 머릿수 하나라도 부족했다가는 그들 자신의 모가지가 달아나는 판이다. 이렇게 위병소를 통과하면, 작업반은 다시 하나로 대열을 정리한다."

명문장들은 계속 이어집니다.

"수용소에서는 정말 하루하루가 눈 깜짝할 사이에 지나가곤 한다. 그러면서도 형기는 좀처럼 줄어들 줄을 모른다."

"질 좋은 지방이 일반 죄수의 입에 들어가는 일은 거의 없다. 그 대신

질이 좋지 않으면 전량이 솥 안으로 들어간다. 그래서 죄수들은 식량 창고에서 지급되는 지방이 되도록 질이 나쁜 것이기를 바란다."

"죄수에게 가장 큰 적은 누구인가? 그것은 다른 죄수다. 만일 죄수들이 서로 시기하지 않고 단합할 수만 있다면, 아아!"

또, 수용소의 참상만 있는 것은 아닙니다. 그 참혹함 속에서도 낭만이 피어납니다. 이 두 사람의 대화를 들어 보십시오.

"자네의 학문에 의하면 없어진 달은 어디로 간다고 생각하나? 그걸 말이라고 해? 그저 우리 눈에 보이지 않게 될 뿐이야. 우리 마을에서는 말일세. 하느님이 없어진 달로 별을 만드신다는 거야. 그럼 하느님은 왜 달을 가지고 별을 만드는 거지? 별이라는 건 오래되면 땅에 떨어지는 물건이니까 그만큼 보충할 필요가 있거든."

이 작품 제목이 '이반 데니소비치의 하루'이지 않습니까? 소설의 처음부터 끝까지 전개된 과연 그의 하루는 어떠했는지 이반 데니소비치는 끝 문장에서 이렇게 고백합니다.

"이렇게 하루가, 우울하고 불쾌한 일이라고는 하나도 없는, 거의 행복하기까지 한 하루가 지나갔다. 이런 날들이 그의 형기가 시작되는 날부터 끝나는 날까지 만 10년이나, 3653일이 계속되었다. 사흘이 더해진 건 그 사이에 윤년이 끼었기 때문이다."

세상을 바꾸고, 미래를 바꾼 위대한 문학이 바로 솔제니친의 문학이고, 그 중심에 '이반 데니소비치의 하루'라는 작품이 우뚝 서 있습니다. 문학은 어떤 상황에서도 인간을 인간답게 하고, 인간을 지켜 주고, 인간을 사랑해야 합니다. 그런 면에서 솔제니친의 문학은 비록 지나친 사회 참여에 대한 비판은 일부 있을지 몰라도, 문학이 가진 사명과 역할을 100% 감당했음에 틀림없습니다.

끝나지 않는 도전,
모비 딕 (허먼 멜빌)

"Call me Ismael. 내 이름을 이스마엘이라고 불러라. 몇 년 전-정확히 언제인지는 아무래도 좋다-지갑은 바닥이 났고 또 뭍에는 딱히 흥미를 끄는 것이 없었으므로, 당분간 배를 타고 나가서 세계의 바다를 두루 돌아보면 좋겠다는 생각을 했다. 그것은 내가 우울한 기분을 떨쳐 버리고 혈액순환을 조절하기 위해 늘 쓰는 방법이다."

오늘날 미국인들이 성경 다음으로 좋아하는 책이 허먼 멜빌의 소설 '모비 딕'입니다. 우리나라에서 한동안 흰고래 라는 뜻의 한자인 '백경'이라는 이름으로 출간됐던 이 작품은 미국 상징주의 문학의 최고 걸작, 19세기를 대표하는 영문학계의 금자탑으로 꼽힙니다.

작가인 허먼 멜빌은 1819년 미국 뉴욕에서 부유한 무역상의 아들로 태어났으나, 아버지의 사업 실패와 갑작스런 죽음으로 13세 때 학업을 중단하고 잡역부로 일하다 22세 때 포경선 선원이 되었습니다. 이 경험이 '모비 딕'에 고스란히 녹아 있습니다. 작가 활동은 27세 때인 1846년

'타이피족'이라는 작품을 발표하면서 시작했습니다.

많은 위대한 예술가들 중에는 천재 화가 빈센트 반 고흐처럼 살아생전에 빛을 보지 못한 예술가들이 많습니다. 이 '모비 딕'을 쓴 허먼 멜빌도 그런 작가였습니다. 죽는 날까지 철저하게 무명이었던 천재 작가가 바로 허먼 멜빌입니다. '모비 딕'이 그의 나이 32세인 1851년에 출간되었는데, 독자들의 반응은 냉담했고, 1891년 멜빌이 사망했을 때 부고기사에 문단 활동을 했던 한 사람 정도로만 표현했다고 합니다. 이런 그가 빛을 본 건 그가 사망한 지 30년쯤 지난 시점이었습니다. 레이먼드 위버 라는 저명한 평론가가 '멜빌 연구'라는 평론집을 출간하면서부터 유명해진 것이었습니다. 그렇지만 오늘날 영문학사에서 멜빌이 차지하는 비중은 가히 독보적입니다. '주홍글씨'의 나다니엘 호손과 더불어 19세기 미국 문학을 대표하는 위대한 작가로 불리고 있습니다. 그리고 이 '모비 딕'은 소설 한 편 안에 상징주의와 신과 인간의 관계, 진지한 철학과 모험 소설의 흥미를 모두 쓸어 담은 작품이라는 평가를 받고 있습니다.

오늘날 우리뿐만 아니라 전 세계인들이 즐겨 마시는 커피 체인점 스타벅스(star bucks)의 상호가 바로 '모비 딕'과 연관이 있는 걸 알고 계시는 독자님들이 많지 않으실 것입니다. '모비 딕'에 나오는 포경선 피쿼드호의 1등 항해사가 바로 '스타벅'입니다. '스타벅스'는 그의 이름에서 상호명을 따왔다고 스타벅스 CEO인 하워드 슐츠가 그의 자서전 'Onward'에서 밝히고 있습니다. 자서전에 의하면 그 이름을 처음 지은 건 슐츠가 아니었고, 그 이전에 작은 커피회사로 있던 '스타벅스'를 슐츠가 오늘날의 세계적인 스타벅스로 키운 것입니다.

'모비 딕'에 나오는 피쿼드호의 선장인 에이헙과는 달리 일등 항해사 스타벅은 가장 이상적이고 차분한 인물로 그려집니다. 스타벅은 이렇게 말합니다. "내 배에는 고래를 두려워하지 않는 사람이 없었으면 한다." 진정한 용기는 두려워하지 않는 게 아니라 두려워할 줄 알아야 한다는 깊은 의미가 있음을 압니다.

또 선장을 향해 이런 말도 합니다. "이성이 없는 순박한 동물을 미워한다는 건 말도 안 됩니다. 그건 바람에 넘어졌다고 바람에게 화를 내고, 비에 몸이 젖었다고 비에게 화를 내는 것과 마찬가지입니다." 스타벅의 이름을 딴 '스타벅스'는 이렇게 세상을 향한 진정한 용기와 관용의 의미를 커피에 담고 싶었던 것이 아닐까 싶습니다.

유명한 첫 문장에서 주인공이 고백한 것처럼 이 소설은 삶에 염증을 느끼고 신비스러운 고래를 만나기 위해 포경선에 오르는 이스마엘이라는 청년의 회상으로 구성돼 있습니다. 12월의 몹시 추운 토요일 밤, 이스마엘은 매사추세츠의 항구도시 뉴베드퍼드에 도착합니다. 그리고 고래잡이배 여관에서 기괴한 문신을 한 남태평양 출신의 원주민 작살잡이 퀴퀘그를 만납니다. 이스마엘은 문명의 위선이라고는 전혀 찾아볼 수 없는 소박함과 위엄을 지닌 이 남자에게 진한 인간애를 느끼고 그와 함께 포경선 피쿼드호에 승선합니다.

포경선의 선장은 에이헙입니다. 한쪽 다리에 고래뼈로 만든 의족을 한 사람으로 오로지 거대한 흰고래 '모비 딕'을 찾아 복수하기 위해 살아가는 인물입니다. 그리고 스타벅이라는 일등 항해사가 있는데 그는 에이협과 대립되는 인물입니다. 기나긴 항해를 거쳐 드디어 그들 앞에 경이롭고 신비스런 괴물인 '모비 딕'이 나타납니다. 등에는 무수한 작살이 꽂힌 채 욕망과 분노에 사로잡힌 인간들을 조롱하듯 바다를 누비는 '모비 딕'은 진정 바다의 제왕답게 쉽게 정복되지 않습니다. 이 '모비 딕'과의 사투 과정이 절정이자 압권입니다.

소설에서는 '모비 딕'을 이렇게 묘사합니다.

"오, 세상에서 보기 드문 늙은 고래여. 그대의 집은 거센 비바람이 몰아치는 바다 한가운데 힘이 곧, 정의인 곳에서 사는 힘센 거인이여. 그대는 끝없는 바다의 왕이로다."

드디어 '모비 딕'을 만나고, 스타벅의 만류에도 불구하고 에이협과 '모비 딕'의 대결은 사흘 낮밤 동안 처절하게 지속됩니다. 첫째 날과 둘째 날 보트 여러 대가 파괴되고 선원이 죽어 갔지만 에이협의 분노와 집착은 사그러들지 않습니다.

"모든 것을 파괴하지만 정복되지 않는 흰고래여, 나는 너에게 달려간다. 나는 끝까지 너와 맞붙어 싸우겠다. 지옥 한복판에서 너를 찔러 죽이고 증오를 위해 내 마지막 입김을 너에게 뱉어 주마."

결국 사흘째 되던 날 에이협은 마지막 남은 보트를 타고 나가 '모비 딕'에게 작살을 명중시키지만 작살 줄이 목에 감겨 '모비 딕'과 함께 바 닷속으로 사라집니다. 피쿼드호는 침몰되고 이스마엘 혼자만 바다에 표류하다가 살아남습니다.

소설 '모비 딕'의 줄거리는 단순하지만 그 내용은 결코 단순하지 않습 니다. 19세기의 사회상과 포경업의 배경은 물론, 근세 서양사와 기독교 문화 및 그리스도교 정신을 순례할 수 있는 대서사시라고 평가할 수 있습니다. '모비 딕'에는 성경을 비롯하여 셰익스피어의 4대 비극인 리 어왕이 있고 존 밀턴의 실락원 그리고 미셸 드 몽테뉴, 찰스 다윈, 그리 스 로마 신화 등 수많은 서구 문학 고전이 담겨 있습니다. 작가의 높은 철학적 사고와 문학, 신앙 및 자연관이 담겨 있고, 고래에 대한 해박한 지식과 인문·사회적 통찰의 휴머니즘을 함께할 수 있는 걸작입니다. 이런 작품이 출간 당시에 인정받지 못했다는 것이 아이러니할 정도입 니다.

소설 '모비 딕'은 서구권에서 작가의 영혼과 철학이 들어간 작품이라 고 평가받습니다. 원양 포경선에서 일한 경험이 바탕이 되었기에 선상 과 선상에서의 생활에 대한 묘사가 매우 자세합니다. 실제 이 소설이 '고래학'이라고 불릴 정도로 고래의 생태와 활동, 포경 기술과 포획한 고래의 처리 및 가공에 대한 설명이 너무도 상세하여 마치 교과서 같은 느낌을 줍니다. 이 '모비 딕'이 출간 이후 오랫동안 소설 코너가 아닌 수 산업 코너에 꽂혀 있었다고 하는데 한편으로는 왜 그랬는지 이해도 됩 니다.

'모비 딕'은 대자연에 대한 겸허함은 물론 모든 생명체에 대해 자성조차 없었던 기독교 문명의 오류와 자만, 그리고 인간의 타락을 엿볼 수 있는 소설이라고 말할 수 있습니다. 그리고 선장 에이협과 이스마엘, 퀴퀘그와 스타벅이라는 주요 인물들을 통해 문명과 야만의 차이는 무엇이고 믿음의 본질은 어디에 근거하는가, 삶과 죽음은 무엇인가 묻기도 합니다. 이 소설에 이런 글귀가 있습니다. "삶이 죽음을 감싸고 죽음이 삶을 지탱해 주었다."라고 말입니다.

저는 이 '모비 딕'을 읽으면서 내내 에이협 선장의 마음을 생각했습니다. 그가 '모비 딕'을 따라다닌 게 단지 복수심 때문이었을까요? 바다에서 만난 영국인 선장도 복수에는 위안이 없다고, 더 큰 슬픔만이 기다릴 뿐이라고 말하지 않습니까? 그럼에도 불구하고 '모비 딕'을 자신에게 있어 자석 같은 존재라고 하면서 따라다닌 에이협의 삶을 열정과 끈기라고 평가할 수 있을까요?

우리가 어떤 일을 할 때 그것에 대한 가치와 의미를 정확히 알아야만 어떻게 살아갈 것인가를 몸과 마음으로 깨달을 수 있다고 생각합니다. 에이협 선장처럼 자신을 죽이면서까지 무언가에 맞서 끝까지 맞서 싸워야 하는가? 아니면 스타벅처럼 받아들이고, 순응하며 살아야 하는가? 소설 '모비 딕'이 던지는 이 메시지를 늘 가슴 깊이 담아 둔다면 우리의 삶은 보다 의미 있고, 가치 있을 거라 믿습니다.

영원한 숙제,
사람은 무엇으로 사는가 (톨스토이)

"집도 땅도 없는 구두 수선공 시몬이 어느 농가에 세 들어 살고 있었다. 그에게는 아내와 자식들이 있었는데, 구두를 만들거나 수선해서 버는 돈이 수입의 전부였다."

톨스토이의 '사람은 무엇으로 사는가'의 첫 문장입니다.

저는 작가로서, 인문학 강사로서 글과 강의를 통해 우리 젊은 장병들은 물론 많은 독자님들을 만나고 있습니다. 그런 중에서 특별히 국군 방송을 통해 많은 청취자님, 독자님들과 세계 명작을 살펴보면서 사유하고 성찰하는 시간을 함께할 수 있다는 것이 더없이 큰 기쁨이자 영광입니다.

세상의 미래를 바꿀 책 읽기를 통해 제가 늘 강조하면서 말씀드리는 것은 인문학적 사유와 성찰입니다. "이 세상에 내가 지금 왜 존재하는가? 내가 지금 왜 살아가는가? 내가 진정 원하는 것은 무엇인가? 내 자신과 똑같이 소중한 다른 사람들과 어떻게 더불어 잘 살아갈 것인가? 어떻게 살아가는 것이 진정 의미 있고 가치 있는 삶인가? 등의 질문을 스스로에게 던지면서 그 해답을 찾아가는 과정이 바로 인문학적 사유와 성찰입니다.

 세상의 미래를 바꿀 책 읽기를 통해 전하는 불멸의 세계 명작은 바로 그 질문에 대한 답을 찾을 수 있도록 하는 등불이 될 것이라 믿고 있습니다. 그러면서 순간순간 우리의 지치고 힘든 마음을 위로하고, 치유하고, 회복시키는 문학의 힘을 느끼고 깨닫는 소중한 시간이 되리라 생각합니다.

 톨스토이의 '사람은 무엇으로 사는가', 우리의 삶을 다시 한 번 돌아볼 수 있는 의미 있는 작품입니다. 이 소설을 쓴 레프 톨스토이는 1828년, 러시아 남부의 야스나야 폴라냐에서 태어났습니다. 24세인 1852년 '유년 시절'이라는 작품을 내면서 작가의 길을 걸어갔습니다. 이후 아시는 것처럼 왕성한 창작 활동을 통해 수많은 명작들을 세상에 전했습니다.

 '안나 카레니나'를 발표한 이후 죽음에 대한 공포와 삶의 회의를 느끼고, 이후에는 참회록, 고백 등의 종교적인 색채가 강한 작품들을 발표하면서 금욕적인 생활을 추구했습니다. 오늘 소개해 드릴 '사람은 무엇으로 사는가'도 바로 그러한 시기인 1885년, 톨스토이가 57세가 되던 해에 발표한 작품입니다. 톨스토이의 죽음에 대해서는 '톨스토이 가출 사건'을 잘 아실 것입니다. 사유재산과 저작권 문제로 부인과 갈등을 겪다가 집을 나와 방랑길에 나섰다가 폐렴에 걸려 작은 역인 아스타포보, 지금은 톨스토이역으로 이름이 바뀐 곳의 역장 관사에서 생을 마감했습니다.

한 가지 더 새롭게 말씀드리고 싶은 게 있습니다. 이사크 바벨이라는 러시아의 소설가가 이런 말을 했습니다. "만일 세상이 스스로 글을 쓸 수 있다면, 톨스토이처럼 쓸 것이다."라고 말입니다. 톨스토이의 모든 것을 한 문장으로 표현한 것이라 생각합니다. 그만큼 톨스토이의 글은 인종과 민족, 나라와 세대를 막론하고 이 세상 모든 사람들에게 깊은 감동을 주기 때문이 아닌가 싶습니다.

톨스토이의 작품 활동은 '안나 카레니나' 전과 후로 나눌 수 있습니다. '안나 카레니나'를 49세인 1877년에 완성했으니, 톨스토이는 50대가 되면서부터 새로운 작품 세계를 구축했다고 보셔도 됩니다. 50대인 1880년대는 톨스토이가 가장 왕성한 창작 활동을 했던 시기로 알려져 있습니다. 한편으로는 이 무렵 톨스토이는 삶에 대한 회의에 시달리며 정신적 위기를 겪었고, 원시 기독교 사상에 몰두하면서 사유재산 제도와 러시아 정교에 비판을 가하는 등 '톨스토이즘'이라 불리는 자신의 사상을 체계화하게 됩니다. 우리가 잘 아는 '참회록'(1879) 같은 작품이 그것입니다.

이후 금욕적인 생활을 하면서 주로 정치, 사회, 종교, 사상적 문제들에 관해 계속해서 저술하고 활동했습니다. '크로이체르 소나타', '이반 일리이치의 죽음' 등과 톨스토이 단편선에 나오는 '사람은 무엇으로 사는가', '두 노인', '인간에겐 땅이 얼마나 필요한가', '바보 이반 이야기' 등의 작품이 그러한 톨스토이의 사상을 담고 있습니다.

우리가 톨스토이를 위대하다고 하는 것은 그의 작품 못지않게 행동하는 삶으로 인함입니다. 그 자신이 백작의 지위를 가진 귀족이었으나, '바보 이반과 그의 두 형제 이야기', '사람은 무엇으로 사는가', '사람에게 땅이 많이 필요한가?', '세 가지 질문' 등의 수많은 작품을 통해 러시아 귀족들이 너무 많은 재산을 갖고 있기 때문에 대다수의 민중들이 가난하게 살고 있음을 비판했습니다. 말로만 하지 않고, 작품으로만 전하지 않고, 행동으로 옮긴 실천적인 지식인이었음을 우리가 꼭 기억해야 합니다. 저를 포함하여 지금 이 시대를 살아가는 작가들도 톨스토이로부터 배워야 합니다. "진정한 작가의 길이란 과연 무엇인가?"를 말입니다.

우리 독자님들은 아마도 '톨스토이 단편선'이라는 책을 다 아실 것입니다. 이 '톨스토이 단편선'에는 톨스토이가 말년에 쓴 정말 주옥같은 작품들이 실려 있습니다. 1890년 말, 대기근이 러시아를 덮쳤을 때 여러 지역을 다니며 가난한 사람을 돕고 자신의 재산을 내놓는 등 인간에 대한 사랑과 믿음을 행동으로 실천하면서 톨스토이는 문학을 통해 사회의 병폐를 치유하고 잘못된 세상을 바로잡고자 노력합니다. 단편선에 실려 있는 작품들이 바로 그런 톨스토이의 마음이 가득 담긴 작품들입니다. 쉽고 재미있으면서도 읽을수록 인간에 대한 깊은 연민과 사랑으로 마음이 따뜻해지는 작품들입니다. 종교적 색채가 강하지만 거부감이 느껴지지 않습니다.

이 중 '사람은 무엇으로 사는가'는 가난한 구두 수선공 세몬과, 세몬이 구해 준 천사 미하일에 관한 이야기입니다. 하늘나라의 천사인 미하일은 두 아이를 낳은 어머니의 영혼을 거둬 오라는 명령을 거역한 죄로 인간 세상에 버려지게 됩니다. 하나님은 산모의 혼을 거두라고 명하시면서 그러면 세 가지 말을 알게 되리라고 합니다.

그 세 가지는 "사람의 마음속에는 무엇이 있는가, 사람에게 허락되지 않은 것은 무엇인가, 사람은 무엇으로 사는가"입니다. 그것을 알게 되면 하늘나라로 돌아올 수 있다는 것이었습니다. 이후 천사 미하일은 구두 수선공 세몬의 도움으로 살아가면서 이 세 가지 질문에 대한 답을 얻게 됩니다. 이 세 가지 질문에 대한 답이 많이 궁금하실 것입니다. 역시 책 속에 그대로 나와 있습니다. 궁금해하실 독자님들을 위해 짧게 말씀드리겠습니다.

"아무도 그 죽음의 천사를 볼 수 없었어요. 저는 그 천사가 날이 저물기 전에 그 신사의 영혼을 데려가리라는 것을 눈치챘습니다. 그때 이런 생각이 들었죠. 이 사람은 일 년 후의 미래를 준비하고 있지만 정작 자신이 오늘 저녁까지도 살지 못한다는 사실은 모르는구나 라고 말입니다. 그제서야 비로소 사람에게 주어지지 않은 것은 무엇인가 라고 하신 하나님의 말씀이 떠올랐습니다."

"하나님께서는 사람들이 자신만을 위하여 따로 떨어져 사는 것을 원치 않으셨기에 자신에게 무엇이 필요한지를 아는 능력은 주지 않으셨습니다. 대신 사람들이 힘을 모아 함께 살아가기를 원하시기에 모두를 위해서는 무엇이 필요한지 가르쳐 주셨지요."

그렇습니다. 사람의 마음속에는 무엇이 있는가? 사람의 마음속에는 사랑이 있다. 사람에게 허락되지 않은 것은 무엇인가? 사람에겐 미래를 알 수 있는 능력과 자신에게 무엇이 필요한가를 아는 능력이 주어지지 않았다. 사람은 무엇으로 사는가? 사람은 사랑으로 산다. 이것이 톨스토이가 전하는 위대한 사랑입니다.

이 작품이 오늘을 살아가는 우리에게 전하는 메시지는 다음과 같은 천사 미하일의 고백으로 대신하고 싶습니다.

"제가 사람이 되어 살아갈 수 있었던 것은 제 힘으로 스스로를 보살필 수 있어서가 아니라 지나가던 사람과 그의 아내가 사랑과 온정을 베풀어 주었기 때문입니다. 부모를 잃은 그 아이들이 살 수 있었던 것은 스스로를 보살필 수 있어서가 아니라 이웃집에 사는 한 여인이 따뜻한 마음으로 아이들을 가엾이 여기고 사랑했기 때문이었습니다. 이렇듯 사람은 누구나 자신에 대한 걱정과 보살핌으로 사는 것이 아니라 사람의 마음에 있는 사랑으로 사는 것입니다."

모자람만 못한 지나친 욕망,
베니스의 상인 (셰익스피어)

"(그래시아노) 물이 고인 연못처럼 얼굴에 막을 쓴 채 지혜롭다느니
신중하다느니 사려 깊다느니 하는 세상의 평판을 받고 싶어서 일부러
침묵을 지키고, (앤토니오) 첫째 나는 너를 위해 최선을 다해 줄는지 의
심하는 건 네가 내 자산을 모두 탕진해 버리는 것보다 나에게는 더 심
한 모욕이야."

윌리엄 셰익스피어의 희곡 '베니스의 상인'은 이렇게 막이 오릅니다.

셰익스피어를 이해함에 있어 가장 중요한 키워드는 자연입니다. 대
부분의 작가들이 자연으로부터 많은 영감을 받는데, 셰익스피어야말
로 자연으로부터 모든 것을 배운 자연의 아들이자 천재였습니다. 대학
교육을 전혀 받지 못했음에도 불구하고 자연을 통해 체득한 타고난 언
어 구사 능력과 무대예술에 대한 천부적인 감각, 다양한 경험, 인간에
대한 심오한 이해력은 그를 위대한 작가로 만드는 데 부족함이 없었습
니다.

셰익스피어는 탁월한 언어 창조자입니다. 셰익스피어가 남긴 명언은 그의 작품만큼이나 화려하고 많습니다. 셰익스피어의 명언만을 담은 책도 나와 있을 정도입니다. 그 명언의 보고는 그가 쓴 154편의 소네트입니다. 소네트는 14행의 짧은 시로 이루어진 서양 시가로 각 행을 10음절로 구성하며, 복잡한 운(韻)과 세련된 기교를 사용합니다. 13세기에 이탈리아에서 발생하여 단테와 페트라르카에 의하여 완성되었으며, 셰익스피어 외에도 밀턴, 스펜서 등의 작품이 유명합니다.

"내 그대를 한여름 날에 비할 수 있을까? 그대는 여름보다 더 아름답고 부드러워라." 열여덟 번째 소네트의 일부분입니다.

우리는 겸손하면 다 좋은 줄 알고 있습니다만, 셰익스피어는 겸손에 관해서는 이런 말도 했습니다. "겸손은 범인에게는 한갓 성실이지만, 위대한 재능의 소유자에게는 위선이다."

"구하면 못 얻을 것이 없다. 그러나 젊은 사람들은 이 점을 잘 모르고 열린 감이 입으로 떨어지기만을 기다리고 있다. 희망은 산과 같은 것이다. 저쪽에서는 기다리고 있고, 단단히 마음먹고 떠난 사람들은 모두 산꼭대기에 도착할 수 있다. 산은 올라가는 사람에게만 정복된다."

한 가지만 더 소개하면 우리가 살아가면서 깊이 새겨야 할 용서와 관용에 대한 명언입니다.

"남의 잘못에 대해서 관용하라. 오늘 저지른 남의 잘못은 어제의 내

잘못이었던 것을 생각하라. 잘못이 없는 사람은 하나도 없다. 완전하지 못한 것이 사람이라는 점을 항상 생각해야 하는 것이다. 우리는 언제나 정의를 받들어야 하지만, 정의만으로 재판을 한다면 우리들 중에 단 한 사람도 구원받지 못할 것이다."

이제 '베니스의 상인' 이야기를 해 볼까 합니다. 베니스는 물의 도시로 유명한 이탈리아 베네치아의 영어식 이름입니다. 이 작품은 1596년경의 작품으로, 이탈리아의 옛날이야기에서 취재한 것으로 알려져 있습니다. 당시 영국은 상업이 강성하고 기독교인과 유대인이 반목하던 시절이었으며, 고리대금업자는 부도덕한 직업으로 간주했습니다.

이 작품은 워낙 유명해서 어떤 내용인지 모르시는 분들이 아마 거의 없으실 것입니다. 유대인 고리대금업자로서 사람들에게 멸시를 받는 샤일록과 친구의 사랑을 위해 목숨을 건 안토니오의 1파운드 살을 담보로 한 채무계약을 중심으로 이야기가 전개됩니다.

우정을 지키기 위해 위험한 계약을 체결하는 안토니오, 사랑의 실험에 도전하는 바사니오, 우정과 사랑을 수호하기 위해 남장을 하고 법정에서 명판결을 내린 포셔의 활약이 이 책에 눈부시게 펼쳐지고, 득의양양하게 안토니오의 살을 요구하는 사악한 샤일록의 무너짐에 통쾌함을 느낄 정도입니다.

작품의 줄거리는 언급하지 않겠습니다. 결론은 해피 엔딩이고, 사악했던 샤일록까지 나중에는 용서하고, 이해하며 끝납니다. 가장 중요한 재판 장면만 언급하고자 합니다.

드디어 안토니오, 바사니오, 샤일록을 놓고 재판이 벌어집니다. 재판관은 샤일록에게 자비를 베풀어 돈으로 빚을 받아 가는 것이 어떠냐고 제안하고, 바사니오도 안토니오가 빌린 돈의 세 배, 그리고 샤일록이 원한다면 그것보다 더 많이 주겠다고 하지만 샤일록은 계약이 정당했음을 주장하며 그 어떤 양의 돈을 줘도 법을 엄격하게 적용해 끝까지 살로 빚을 갚을 것을 요구합니다.

재판관은 그 주장을 받아들여 샤일록이 안토니오의 살을 가져가도 된다는 판결을 내리지만, 계약서에 오로지 살만 적혀 있을 뿐 피는 명시되어 있지 않다는 점을 근거로 하여 살을 가져가되 피를 내서는 안 되며, 피를 한 방울이라도 흘리면 샤일록은 모든 재산을 몰수당하고 사형에 처해진다고 선언합니다.

샤일록은 어떻게 살만 도려내고 피는 빼앗지 않는 게 가능하냐고 황당해하지만 재판관은 오히려 "당신이 원하던 대로 엄격하게 법을 적용한 것이다."라고 대답하며 덧붙여서 "털끝만큼이라도 1파운드에서 차이가 나서는 안 된다."는 불가능한 조건을 하나 더 붙이며 샤일록은 궁지에 몰립니다.

결국 돈으로 받겠다는 제안도 거절당하고, 오히려 계략으로 시민의 생명을 위협한 죄로 재산을 몰수당하고, 처벌당할 위기에 처합니다. 안토니오는 재판관에게 샤일록을 용서해 달라고 간청하게 되고, 샤일록은 안토니오의 제안을 받아들인 후 법정을 나섭니다.

결국에 가서는 모든 일이 끝나면서 부부의 사랑과 친구 간의 우정은 더욱 굳건해지고, 곧 안토니오의 상선들이 침몰했다는 이야기도 헛소문으로 밝혀지자 다 같이 신나는 마음으로 축제를 벌이며 이야기는 해피 엔딩으로 막을 내립니다.

작품 속 포샤가 시녀인 네리사와 나누는 대사가 마음을 울립니다.

"정말이지 네리사, 내 작은 몸은 이 거대한 세상이 지겹구나."

"아가씨, 아가씨의 불행이 아가씨의 엄청난 재산만큼이나 크다면 그러시겠지요. 제가 아는 바로는, 너무 많이 먹는 자도 아무것도 먹지 못해 굶주리는 자와 마찬가지로 아프지요. 하니 적절하게 산다는 건 작지 않은 행복입니다. 지나치면 더 빨리 백발이 되지만, 적절하면 더 오래 사는 법이지요."

이런 문장들도 마음에 담아 둘 필요가 있습니다.

"대화를 나누고 함께 시간을 보내는 친구들의 경우 그들의 영혼은 같은 사랑의 굴레에 매여 있어 용모나 태도, 그리고 정신마저도 반드시 닮을 수밖에 없어요."

"사악한 세상에서 선한 행동이 저렇게 빛나는 법이지."

혹자는 이 작품에 나오는 재판관의 재판은 정당했는가 문제 제기를 하는 사람도 있습니다. 꽤 흥미로운 문제 제기입니다. 사실, 어떤 특정한 문학적 서사나 행위, 표현 등을 두고 정당했는가를 논하는 것이 큰 의미는 없습니다. 문학은 사실을 추구하기보다 진실에 다가가는 것이기 때문입니다.

그럼에도 불구하고, 이 재판의 정당성 문제를 살펴본다면, 일단 가장 근본적인 것에서부터 정당하지 않습니다. 그것은 바로 재판관의 문제입니다. 재판관은 안토니오 친구 바사니아의 아내인 포샤였기 때문입니다. 또한 돈 대신 살을 요구한 계약서나, 살만 가져갈 수 있고 피는 안 된다는 판결문 내용을 살펴보아도 정당했다고 말하기는 어렵다고 생각합니다.

인간의 삶에서 일어나는 모든 행위들은 모두가 생각하는 보편타당한 인식을 기준으로 합니다. 돈을 빌려 가면 돈으로 갚는 것, 살을 떼어 내는 행위에는 반드시 피가 뒤따를 수밖에 없을 거라는 것은 보편적인 인식입니다. 그러나 애초에 돈 대신에 살을 요구하는 계약은 그 자체로 정당하지 못한 것입니다. 또한 살만 떼어 가고, 피는 한 방울도 가져갈 수 없다고 한 것은 생각하지 못한 반전이고, 악독한 고리대금업자를 단죄하는 방편이기에 통쾌할 수는 있어도 그 자체로는 공정하지는 못한 것이 아닌가 싶습니다.

사실 이 재판은 샤일록의 자업자득이라고 할 수 있습니다. 처음에는 재판관(포샤)이 샤일록에게 자비를 베풀어 돈으로 빚을 받아가는 것이 어떠냐고 제안합니다. 바사니오도 안토니오가 빌린 돈의 세 배, 그리고 샤일록이 원한다면 그것보다 더 많이 주겠다고 했습니다. 샤일록은 여기서 멈췄어야 합니다. 과도한 욕심이 재판까지 가게 되고, 오히려 곤경에 처하게 되었던 것입니다.

중요한 것은 문학이든 아니면 다른 예술이든 늘 사유하고 성찰하는 마음으로 받아들이는 자세를 우리는 늘 갖춰야 합니다. 그런 면에서 이 문제도 한번 깊이 생각해 볼 필요가 있습니다. 이런 과정을 통해 작가가 말하고자 하는 것을 더 깊이 이해할 수 있다고 생각합니다. 이 '베니스의 상인'에 나오는 재판은 아이를 서로 차지하겠다고 다투는 친엄마와 다른 여인을 재판하는 솔로몬의 재판과 더불어 가장 현명하면서도 통쾌한 재판으로 우리는 기억하고 있습니다.

이 작품을 단순한 희극, 교훈적인 작품으로만 보실 게 아니라 깊은 철학적, 사회적 통찰이 담긴 작품으로 받아들여야 합니다. 이 세상을 살면서 우리는 많은 것을 가지려고 합니다. 에리히 프롬이 '소유냐 존재냐'에서 언급한 것처럼 우리들은 모두 소유와 존재의 문제에서 벗어날 수 없는 것이 사실입니다. 그런 측면에서 우리 인간에게 소유냐 존재냐 라는 근본 질문을 던지면서 과유불급, 지나침은 모자람만 못하다는 교훈과 통찰을 다시 한 번 마음 깊이 새깁니다.

4부

인간의 길, 희망의 길

10일 동안 100편의 이야기,
데카메론 (보카치오)

"괴로움에 빠진 사람을 보면 연민을 느끼는 것이 사람의 마음입니다.
모든 사람이 마찬가지겠지만, 한때 위안을 필요로 했던 사람, 남에게서
위안을 받았던 사람이라면 특히 더 지녀야 할 덕목이지요."

수년째 이어지는 코로나 팬데믹의 시대에 중세의 팬데믹을 이겨 낸
유쾌하고 대담한 인간 예찬의 걸작을 소개합니다. 바로 조반니 보카치
오의 '데카메론'입니다.

보카치오와 '데카메론'은 우리가 학창 시절에 르네상스하면 늘 함께
나오던 사람과 작품이라 아마 다 기억하실 것입니다. 조반니 보카치오
는 단테, 페트라르카와 함께 이탈리아 최고의 문학가로 꼽히는 작가이
면서 근대소설의 선구자로 평가받고 있습니다. 서정시 · 서사시 · 장편
소설 · 단편소설 · 논문 등 다방면에 재능을 발휘하였고, 라틴어와 이탈
리아어를 구사하여 많은 작품을 남겼습니다. 특히, 페트라르카와 함께
르네상스 인문주의의 토대를 마련하여 전 세계적으로 널리 알려져 있

으며, '데카메론', '테세우스 이야기', '이교신들의 계보' 같은 작품이 있습니다.

　보카치오는 1313년, 이탈리아 피렌체의 체르탈도 라는 마을에서 상인의 아들로 태어났습니다. 어머니가 누구인지 모르는 사생아로 의붓어머니 밑에서 자랐습니다. 어렸을 때부터 장사도 배우고, 법학도 공부했지만 문학에 심취해 독학으로 열심히 공부했다고 알려져 있습니다.

　'데카메론'은 그의 나이 30대 중반인 1349년부터 집필을 시작해 4년만인 1353년에 완성했습니다. 그 전의 작품들은 나폴리의 밝은 궁정 사회의 분위기에서 쓴 것이고, 이 작품은 피렌체에서 쓴 것이라 보카치오를 아는 사람들은 느낌이 사뭇 다르다고 합니다. 세상에 나올 당시에는 문단으로부터는 냉담한 평가를 받았지만, 일반 시민들 사이에서는 엄청난 인기를 끌어 길거리에서 이야기꾼들이 사람들을 모아 놓고 들려줄 정도였다고 합니다.

　보카치오의 생애에 있어 독특한 점은 이 '데카메론'이 큰 인기를 끌었음에도 불구하고 '데카메론' 이후로는 창작 활동을 거의 하지 않았다는 점입니다. 주로 라틴어로 된 학술서를 집필하는데 몰두했으며, 재능과 높은 학식을 바탕으로 정부 사절이 되어 많은 사람들과 두루 교류했고, 그의 생에 있어서 가장 큰 영향을 준 계관시인이자 인문주의자 페트라르카와 깊은 유대관계를 맺으며 살았습니다.

　알려진 바에 의하면 그는 '데카메론'을 그리 탐탁하게 여기지 않았다고 합니다. 뿐만 아니라 자신의 다른 문학작품들도 부끄럽게 여겼으며, 라틴어가 아닌 이탈리아어로 썼다는 것을 후회했다고도 알려져 있습니다. 종교적인 이유에서였을 것입니다. 아마도 페트라르카가 만류하지 않았더라면 작품들을 불태워 버렸을 수도 있습니다.

그런 작품인 '데카메론'이 지금까지 그를 전 세계인들이 기억하는 위대한 작가로 살아 있게 만든 것입니다. 이후 1375년 62세의 나이로 사망했습니다. 이탈리아 르네상스를 이야기할 때 우리는 시는 페트라르카, 산문은 보카치오를 꼭 기억해야 합니다.

또 하나 말씀드리고 싶은 건 이 '데카메론'이 작가 자신의 에로틱한 삶과 관련이 있다는 설입니다. 그는 결혼하지 않았으나 다섯 명의 자식을 두었다고 합니다. 자기 자신이 어머니를 모르는 사생아여서 그랬는지 몰라도 어머니를 낭만적으로 채색하여 여러 작품에 등장시켰습니다. 단테에게 베아트리체가 있었듯 보카치오에게도 '데카메론'에 등장하는 일곱 명의 숙녀 중 한 명으로 일생 동안 창작의 영감을 준 피암메타가 있었는데, 그녀가 어머니의 변형이라는 말이 있습니다.

'데카메론'에서 데카는 그리스어로 10이라는 뜻이고, 메론은 영어로 day, 날을 뜻하는 헤메라로 '데카메론'은 이 둘이 합쳐진 신조어입니다. ten days, 10일입니다. 또 알려지기로는 신학자 바실리우스가 엿새간의 천지창조에 대해 설교한 내용을 담은 '헥사메론'이라는 책의 제목을 모방하였다고도 전해지고 있습니다. '데카메론'에는 기억해야 할 10이 많습니다. 1348년, 이탈리아 피렌체에 번진 페스트를 피하여 피에솔레 언덕에 모여든 젊은 여인 7명과 남자 3명, 총 10명입니다. 이들은 월요일에 시작하여 그리스도의 수난일인 금요일과 토요일을 제외하고 2주일에 걸쳐 모두 10일 동안 각각 하루에 하나씩 총 100편의 이야기를 주고받습니다.

'데카메론'을 이야기할 때 가장 먼저 생각해 보아야 할 것이 이 작품의 시대적 배경입니다. 만약에 이 작품이 현대에 쓰여진 것이라면 그냥 많은 이야기들 중의 하나라고 생각할 수도 있을 것입니다. 그런데 문제는 중세 시대에 쓰여졌다는 것입니다. 중세 시대가 어떤 시대입니까? 서기 410년 로마의 함락, 476년 서로마제국의 멸망으로부터 시작되었습니다. 로마제국이 붕괴되면서 찬란했던 문화는 사라졌고, 서로 이어주던 연결과 소통도 끊어지면서 공동체가 단절되었습니다. 문명과 문화가 사라진 자리에는 야만이 들어섰고, 인간이 사라진 자리에는 신이 자리잡으면서 신 중심의 시대가 된 것입니다. 또 당시 유럽 인구 4/1의 생명을 앗아간 페스트가 창궐한 시대였습니다. 최근에는 중세가 암흑의 시대가 아니라 빛의 시대였다는 주장도 있고, 저 역시도 빛의 시대였던 중세를 다시 인식하고 있습니다.

'데카메론'은 바로 이러한 시대에 쓰여진 작품이라는 걸 눈여겨보아야 합니다. 세상의 끝, 지옥 같은 세상 속에서 윤리의 상실과 타락한 종교인들을 고발한 '데카메론'은 단순한 문학작품을 넘어 대단히 용기 있는 명작이라고 할 수 있습니다. 문학계에서는 이 '데카메론'이 중세 인간의 삶을 총체적으로 지배한 내세 중심적 세계관의 무거운 장막을 들추었고, 현실 세계에서 펼쳐지는 삶의 다채로운 모습들을 당대 대중의 언어였던 이탈리아어에 담아내면서 새로운 시대를 열었다는 평가를 받고 있습니다.

'아라비안 나이트', '천일야화'가 인류 최고의 작품으로 평가받는 것 중의 하나가 이야기의 풍성함이듯이 이 '데카메론' 역시 그 이야기의 풍성함이 다른 작품들에 비해 월등합니다. '데카메론'만이 품고 있는 그 이야기는 평범 속의 비범, 가식 없는 진실입니다. 우리 인간 세상에서 얼마든지 있을 수 있는 얘기이고, 지금 이 순간에도 어디선가에서는 벌어지고 있는 내용입니다. 그래서 '데카메론'을 읽어 보면 사람 사는 건 그때나 지금이나 다 비슷하다는 걸 깨닫게 됩니다. 이렇게 인간의 진실이 함몰된 시대에 가식 없는 진실을 말할 수 있었다는 것이 가장 큰 가치가 아닐까 생각합니다.

'데카메론'에 실린 100편의 이야기가 모두 보카치오의 순수한 창작물은 아닙니다. 중세부터 전해 내려오던 역사적 사건과 설화, 민담 등에서 소재를 따온 얘기들이 함께 실려 있습니다. 그러나 이 작품이 의미를 갖는 건 보카치오가 이런 다양한 얘깃거리들을 자신의 세계관에 비추어 재해석하여 수평적인 구성과 사실적인 문체로 담아냈다는 점입니다.

'데카메론'의 또 다른 특징은 첫 번째 날부터 열 번째 날까지 100편의 이야기가 특별한 연관이나 상관관계로 얽혀 있지 않고, 다 개별적이고 독립적으로 나열되어 있다는 점입니다. 이야기 하나하나가 다 하나의 세상입니다. 하루마다 주제가 정해져 있으며, 하루의 이야기가 끝나면 춤과 노래로 마무리합니다. 단테의 신곡과 같이 100편의 이야기가 실려 있어, 신곡에 대비해서 인곡이라고도 일컬어질 정도지만, 다루는 내용과 형식은 크게 다릅니다. 단테는 치밀하게 운율을 맞춘 복잡한 운문 형식으로 신의 거대한 세계를 노래했지만, 보카치오는 쉽고 친근한 산문으로 사랑과 욕망, 행복, 운명과 같은 인간의 주제를 일상의 삶에 연결하여 풀어냈습니다.

이 작품이 중세 시대에 쓰여진 작품이면서도 무려 7백 년이 지난 지금까지도 공감을 받는 이유는 우리가 살아가는 세상의 다양한 모습들, 삶의 편린들, 인간 본연의 모습과 현실을 있는 그대로 표현하고, 이끌어 냈다는 데에 있습니다. 그러한 리얼리즘이 '데카메론'만이 갖는 독보적인 탁월성이고, 오늘날까지 리얼리즘 문학의 최고봉이라 불리는 것이 아닐까 합니다.

이 작품은 '아라비안 나이트'와 마찬가지로 소설 속 주인공이 이야기하는 이야기로 이루어집니다. 이러한 소설 구조를 액자구조라고 하는데 그래서 더 흥미롭습니다. '데카메론' 10일간의 100가지 이야기는 그야말로 다양하고 다채롭습니다. 어떻게 보면 외설적이라는 느낌이 들 정도의 에로틱한 이야기들로부터 우화적인 작품, 비극적인 작품, 교훈적인 작품 등이 망라되어 있습니다. 그래서 서양판 '아라비안 나이트'라고 불러도 좋을 만큼 14세기의 유럽을 들여다볼 수 있는 중세 시대 최고의 문학작품입니다.

이야기를 언급하면서 또 하나 우리가 눈여겨볼 것은 '데카메론'에는 성직자인 수도사를 신성한 존재가 아닌 일반 사람과 똑같은 사람으로 많이 등장시키고 있다는 점입니다. 어쩌면 의도적으로 격하하거나 폄하한 게 아니냐는 생각이 들 정도로 말입니다. 중세 시대는 교회의 권한이 강력했던 시대였습니다. 사람보다는 신이 우위에 있던 시대였습니다. 그랬기에 사람에겐 암흑기와 같았고, 교황과 황제의 권력 다툼도 심했습니다. 우리가 잘 아는 카노사의 굴욕 사건처럼 말입니다. 그런데 흑사병으로 인해 사람들이 죽어 나가고, 도덕과 신성함이라는 가치가 무너지고 말았습니다. 이러한 혼돈과 불안 속에서 현실을 직시하며, 모든 인간이 자신의 욕망의 실체를 솔직하게 들여다보고 주체적인 인간으로 살아가길 원하는 근대적인 세계관을 담았다는 것이 보카치오의 탁월함이자 '데카메론'의 위대함이라고 생각합니다.

보카치오는 작품의 서문에서 불행한 사람들의 고뇌를 덜어 주기 위하여 이 책을 쓴다고 말하고 있습니다. 이 말에 우리는 주목해야 합니다. 저는 이렇게 해석합니다. 이 세상을 살아가는 사람들은 모두가 자기 자신이 힘들고, 불행하다고 생각할 때가 많습니다. 다른 사람들은 다 행복해 보이면서 말입니다. 그러나 절대 그렇지 않습니다. 자기가 잘 모를 뿐입니다. 그래서 다른 사람의 이야기, 다른 사람의 삶의 모습을 통해 권력이 많은 사람이건, 돈이 많은 사람이건 사람이 살아가는 건 다 똑같구나 하면서 위로와 용기를 주고 싶었던 게 아닐까 하고 말입니다.

'데카메론'을 관통하는 두 개의 큰 주제는 사랑과 지혜입니다. 이 두 가지는 인간에게 있어 영원한 주제라고 할 수 있습니다. 특히, 인간에 대한 인간의 사랑이 가려지고 인간의 지혜가 신의 지혜에 묻혀 버린 시대이다 보니 더 절실하고 간절했던 주제가 아닐까 싶습니다. '데카메론'에 나오는 이야기들의 대부분이 사랑에 대한 이야기인데, 이 사랑을 주제로 한 이야기들은 참으로 절묘합니다. 인간의 욕망이 가감 없이 표현되는데, 그냥 무절제한 것이 아니라 절제되어 있습니다. 감정의 절제, 표현의 절제입니다. 독자들의 무한한 상상력을 요구하면서 말입니다. 이것이 또한 묘미입니다.

'데카메론'에서 사랑은 늘 고결하지는 않습니다. 때로는 더러운 술수에서 나오거나 지저분한 욕정으로 치달리며 비극적인 결말을 맞이하기도 합니다. 이러한 점으로 인해 '데카메론'을 불편하게 생각하는 사람들이 있는 것이 사실입니다. 그러나 역시 모든 것은 끝까지 가 봐야 아는 것입니다. 이렇듯 '데카메론'을 가득 채우는 다양한 사랑이 마침내 열 번째 날에서 고귀한 결말을 이룹니다. 열 번째 날의 주제는 관대한 행동으로 명성을 얻는 사람들의 사랑 이야기입니다.

사랑과 더불어 '데카메론'의 또 하나의 주제는 지혜입니다. 전편에 걸쳐 지혜가 번뜩입니다. 누군가를 속이는 사람이라면 얄미울 법한데 그 속임수에 지혜가 있으니 마냥 얄미워할 수도 없습니다. 마치 '병자궤도야(兵者詭道也)'라고 하여 군사력의 운용은 기본적으로 속임수라고 말한 손자의 전략이 담겨 있는 듯 느껴집니다.

한 가지만 더 말씀드리면, 하루마다 주제가 정해져 있지만 유독 첫 번째 날과 아홉 번째 날은 정해진 주제가 없습니다. 마치 그 사이의 두 번째 날부터 여덟 번째 날까지를 양쪽에서 묶어 주고, 열 번째 날이 그

전의 모든 이야기들을 사랑의 주제로 총정리하는 효과를 낸다고 평론가들은 말합니다.

'데카메론'에는 많은 명문장들이 담겨 있습니다. 앞에서 살펴본 대로 '데카메론'의 처음은 이런 감동적인 문장으로 시작합니다.

"괴로움에 빠진 사람을 보면 연민을 느끼는 것이 사람의 마음입니다. 모든 사람이 마찬가지겠지만, 한때 위안을 필요로 했던 사람, 남에게서 위안을 받았던 사람이라면 특히 더 지녀야 할 덕목이지요."

또 널리 회자되는 문장들을 살펴보겠습니다.

"부패한 정신은 결코 언어를 건전하게 이해하지 못합니다. 고상한 언어가 부패한 정신과 어울리지 않듯, 고상하지 않은 언어가 건전한 정신을 더럽히지도 못합니다."

"수많은 저질스러운 일 중에서도 성직자들의 추잡하고 더러운 생활이야 마음만 먹으면 누구라도 어렵지 않게 입에 올리거나 꾸짖을 수 있습니다. 말하자면 움직이지 않는 표적이라 할 수 있지요."

"요즘 여자들은 그보다 몸을 치장하는데 온 힘을 쏟거든요. 형형색색의 줄무늬 옷과 장신구를 걸치면 다른 여자들보다 훨씬 좋은 대접을 받고 존중받을 줄 아는 것 같아요. 아무리 치장을 해 봐야 노새는 노새일 뿐이라는 걸 생각하지 못하는 것이지요." 등등 많습니다.

'데카메론'의 100가지 이야기 중에 꼭 들려드리고 싶은 이야기가 있습니다. 전에 '아라비안 나이트', '천일야화'를 말씀드리면서 신데렐라 이야기와 같은 이야기가 있다고 말씀드린 적이 있습니다. 이 '데카메론'에는 '로미오와 줄리엣'에 영감을 주었을 법한 비슷한 이야기가 실려 있습니다.

바로 네 번째 날 여덟 번째 이야기인 '지롤라모와 살베스트라' 이야기입니다.

부유한 상인의 아들인 지롤라모는 태어나자마자 아버지를 여의고 어머니와 함께 살고 있습니다. 지롤라모는 어렸을 때부터 함께 자란 재단사의 딸인 살베스트라를 사랑하지만 어머니가 반대합니다. 어머니는 둘을 떼어 놓으려고 지롤라모를 파리로 보냅니다. 2년 후에 집에 돌아온 지롤라모는 살베스트라가 이미 딴 남자와 결혼한 것을 알게 됩니다. 그래도 잊지 못하는 지롤라모는 살베스트라의 집에 몰래 들어가 그녀가 잠자는 침대 옆에서 죽습니다. 심장이 멎은 것입니다. 지롤라모의 시신이 성당으로 안치되었는데 고민 끝에 살베스트라는 지롤라모를 찾습니다. 사랑했던 남자가 죽어 누워 있는 걸 본 살베스트라는 눈물을 흘리며 지롤라모의 품에 엎드렸고, 영영 일어나지 못했습니다. 살베스트라도 지롤라모 품에서 숨이 멎은 것입니다. "살아서 사랑으로 결합하지 못했던 그들을 갈라놓을 수 없는 동반자로 결합시켜 준 것이 바로 죽음이었다." 감동이 아닐 수 없습니다.

또, 학창 시절에 교과서에 나왔던 학다리 이야기도 재밌습니다. 하인이 주인 식탁에 올릴 학고기를 요리하다가 그만 다리 하나를 먹어치웁니다. 주인이 다리가 왜 하나냐고 묻자 원래 학은 다리가 하나라고 말합니다. 주인이 들판에 나가 확인을 하니 정말 학은 한 다리로 서 있었습니다. 그러다가 훠이훠이 소리치니 날아가면서 두 다리가 다 보이게 됩니다. 주인은 하인에게 왜 거짓말을 했냐고 하니, 그날 식사 때에는 주인이 훠이훠이 소리치지 않았기 때문에 다리가 하나였던 거라고 재치있게 답변합니다. 그 답변을 듣고 하인을 용서하게 되었다는 이야기입니다.

'아라비안 나이트'와 마찬가지로 '데카메론'도 스토리가 중요한 게 아닙니다. 그 안에 담긴 생각과 정신을 가슴에 담고 마음에 새겨야 합니다. '이솝우화'나 '탈무드' 못지않은 지혜가 담겨 있습니다. 그 속에서 자연스럽게 인간의 주체성을 부각시킵니다. '데카메론' 100가지 이야기 안에 담긴 세상을 생각하며, 저와 당신이 꿈꾸는 세상을 바라봅니다. '데카메론'의 처음과 끝은 바로 인간입니다. 그리고 그 안에는 인간을 향한 인간의 사랑, 인간에 대한 인간의 사랑이 가득 담겨 있습니다. "오직 인간을 돌아보고, 오직 인간으로 돌아가라." 이것이 '데카메론'이 우리에게 던지는 메시지라고 믿습니다.

우리의 진정한 영웅,
돈 키호테 (세르반테스)

"그다지 오래되지 않은 옛날, 이름까지 기억하고 싶진 않은 라만차 지방의 어느 마을에 창꽂이에 꽂혀 있는 창과 낡아빠진 방패, 야윈 말, 날렵한 사냥개 등을 가진 시골 귀족이 살고 있었다."

너무나도 유명한 세르반테스의 '돈 키호테'라는 작품입니다.

오늘날 전 세계를 대표하는 고전 중의 하나인 '돈 키호테'를 쓴 미겔 데 세르반테스는 셰익스피어와 더불어 역사상 가장 위대한 작가이며, 스페인어 문학사에서 가장 위대한 인물로 손꼽히는 작가입니다. 해럴 드 블룸이라는 미국의 문학평론가가 평한 다음과 같은 말이 세르반테스의 모든 걸 표현한다고 생각합니다.

"세르반테스의 삶은 온갖 사건과 불행으로 점철되어 있기 때문에, 마치 에스파냐어권의 뛰어난 작가가 쓴 소설처럼 드라마틱하다. 그의 명성은 서양 언어권에서 단테, 셰익스피어, 몽테뉴, 괴테와 톨스토이가 보여 주었던 탁월함처럼 영원한 것이다. (…) 세르반테스는 글 쓰는 방법을 알았고, 돈 키호테는 행동하는 방법을 알고 있었다. 이 두 사람은 오로지 서로를 위해 태어난 하나다."

또, '참을 수 없는 존재의 가벼움'을 쓴 밀란 쿤데라는 이렇게 말했습니다. "모든 소설가는 어떤 형식으로든 모두 다 세르반테스의 자손들이다."라고 말입니다. 그의 대표작인 '돈 키호테'는 최초의 근대소설이며 세르반테스에게 불멸의 명성을 얻게 해 준 걸작입니다. 그의 영향력은 언어에도 영향을 미쳤는데 근대 이후의 스페인어 자체를 '세르반테스의 언어'라고 부를 정도이고, 멕시코의 대표 작가 카를로스 푸엔테스는 세르반테스를 '라틴 아메리카 문학의 건국의 아버지'라고 평했습니다.

세르반테스는 1547년 9월 29일, 에스파냐의 수도 마드리드 인근에서 태어났습니다. 어린 시절에 관해서는 정확히 알려진 바가 없고, 예수회 계열의 학교를 다니면서 인문 교육을 받았으리라 추정될 정도입니다. 그가 19세 때인 1566년에 쓴 소네트가 최초의 창작으로 여겨지며, 1568년에 사망한 여왕 이사벨 1세를 추모하는 공동 작품집에 시 몇 편을 썼다고도 전해집니다.

그러나 애초부터 작가를 지망했던 것은 아니었으며, 그의 생애에서 가장 중요한 이력은 오히려 군인이었습니다. 1569년에 추기경의 비서가 되어 이탈리아로 건너갔고, 베네치아에서 그곳에 주둔한 에스파냐 군대에 자원입대했습니다. 1571년 10월 7일, 베네치아 · 제노바 · 에스파냐의 연합군이 투르크 군과 지중해의 패권을 놓고 격돌한 유명한 레판토 해전이 벌어지는데 그 전투에서 부상당해 왼손을 쓰지 못하게 됩니다. 하지만 이후로도 5년이나 더 군인으로 복무하며 여러 전투에서 활약했고, 28세에 퇴역 후 고향 에스파냐로 향하다가 해적선의 습격을 받아 알제리로 끌려가 5년 동안 노예 생활을 합니다.

사실 그의 전반적인 군 생활이 어떠했는지 대중들은 잘 모르지만, 직접 참전하여 부상을 입었던 레판토 해전에 대해서는 비교적 많이 알려져 있습니다. 레판토 해전은 세계 전사에서 매우 유명한 전투입니다. 1571년 10월 7일에 신성동맹 함대가 오스만 투르크 함대를 격파한 해전입니다. 당시 지중해를 제압하고 있던 투르크가 베네치아령 키프로스섬을 점령하자 베네치아는 이들이 서지중해 지역으로 더 이상 팽창해 오는 것을 저지하기 위하여 교황청과 에스파냐와 동맹을 주도하였습니다. 교황 비오 5세는 돈 후안 데 아우스트리아가 지휘하는 베네치아·에스파냐와 교황청의 연합함대로 하여금 코린트만의 레판토 앞바다에서 알리 파차가 지휘하는 투르크 함대를 공격하게 하여, 큰 승리를 거두었습니다.

이 전투에서는 사상자가 많이 발생했습니다. 전사자만 따져도 투르크 해군 전사자는 2만 5천 명, 동맹함대의 해군 전사자는 7천 명으로 무려 3만 2천여 명의 전사자가 발생하였습니다. 이 전투의 특징은 약 17만 명의 병력을 동원하여 바다에서 격돌한 16세기 유럽의 최대 규모 해전이었으며, 화력으로 승부가 결정난 최초의 해전이었고, 동시에 노와 돛을 주로 쓰는 군용선인 갤리선 시대 최후의 전투였다는 점입니다. 레판토 해전 이후에는 범선과 함포를 중심으로 한 해전이 나타났기 때문에 레판토 해전은 해전 사상 중세에서 근대로 이행하는 갈림길이 되었다는 평가도 있습니다. 이 전투의 승리로 신성동맹은 일시적으로 나마 지중해의 해상권을 장악했고, 서지중해의 기독교 세력은 오스만 투르크 제국으로부터 안전을 보장받을 수 있게 되었습니다. 레판토 해전이 또 하나 유명한 건 앞서 말씀드린대로 바로 세르반테스가 참전한 전투라는 점이었습니다. 1569년에 추기경의 비서가 되어 이탈리아로 건너간 세르반테스는 베네치아에서 그곳에 주둔한 에스파냐 군대에 자원입대했고, 레판토 해전에 참전하게 되고, 부상까지 당해 왼손을 쓰지 못하게 됩니다. 그럼에도 불구하고 세르반테스는 뒤에 이 해전을 '전에 없는 가장 위대한 순간'이라고 평가하였습니다.

1580년, 자유의 몸이 되어 귀국했지만 경제적인 어려움을 겪다가 생계가 막막해진 세르반테스는 38세가 되던 해인 1585년에 발표된 첫 번째 소설 '라 갈라테아'는 호평을 받았지만 큰 명성을 얻진 못했고, 천신만고 끝에 말단 관리가 된 세르반테스는 이후 10여 년간 무적함대의 물자 조달관으로, 세금 징수관으로 일하다가 드디어 57세 때인 1605년에 '돈 키호테'를 출간하면서 일약 명성을 얻게 됩니다. 이 작품은 대단한 성공을 거두었지만, 생활고로 인해 출판업자에게 판권을 넘겨 버린 까닭에 경제적 이득을 얻지는 못했습니다.

말년에는 신앙생활에 전념해서 아예 수도회에 들어갔고 '모범소설집'(1613), '돈 키호테' 제2부(1615) 등의 작품을 연이어 펴냈고, '돈 키호테' 2부를 펴낸 이듬해인 1616년 4월 23일, 69세를 일기로 세상을 떠납니다. 흥미로운 건 이 날짜로 당대의 또 다른 대작가 셰익스피어와 똑같은 날에 세상을 떠난 것입니다.

세르반테스의 문학 세계에 대해 조금 더 자세히 살펴보고 싶습니다. 그를 한 마디로 평하자면 통섭의 작가였다고 할 수 있습니다. 저는 그를 문학에 있어서의 레오나르도 다빈치라 말하고 싶습니다. 당대 거의 모든 문학 장르를 섭렵했습니다. 소네트가 발달한 르네상스 시대의 탁월한 시인이기도 했으며, 또 산문가로 목가소설, 기사소설, 비잔틴소설 등 로망스 장르를 다양하게 편력했습니다. 하지만 단연 돋보인 것은 소설가로서의 세르반테스였습니다.

특히, 그의 문학 세계에서 '돈 키호테'는 단연 독보적입니다. 독창적으로 창조한 주인공 '돈 키호테'의 방랑과 대화에 민담, 고전 우화와 14세기에서 16세기에 걸쳐 이탈리아에서 유행한 단편소설 양식인 노벨레 등 모든 형식의 이야기들을 망라해 녹여내어 탄생시킨 서양 최초의 근대소설 '돈 키호테'는 세르반테스 곧 자신이라고 할 수 있을 정도로 위대한 작품입니다. 오늘날 호메로스와 단테나 셰익스피어의 작품에 필적하는 세계문학의 걸작 가운데 하나로 여겨지며, 과거와 당대의 다양한 스토리텔링 양식을 실험하고 융합해 시대 변화를 통찰한 창의적 문학 지평을 연 것으로 평가받고 있습니다. 이 작품은 기사를 선망하는 주인공이 시대착오적인 행동으로 비웃음만 산다는 내용만 보아도 알 수 있듯이, 시대적으로는 중세에서 근대로의 이행을, 사조적으로는 낭만주의에서 사실주의로의 이행을 보여 주는 작품이라고 할 수 있습니다.

생전에 그가 쓴 작품은 약 30여 개에 이르지만 가난 속에 헐값에 판권을 팔았고, 지금까지 전해지는 것은 '돈 키호테'와 '알제리에서 삶', '누만시아', '라 갈라테아', '모범소설집'이 있습니다. '돈 키호테'와 더불어 기억해야 할 작품이 '모범소설집'입니다. 1613년에 출간된 모범소설집은 귀족을 주인공으로 이상주의적 교훈을 담은 소설과 도시 서민과 날품팔이, 떠돌이 악사, 건달, 도둑 같은 하층민을 주인공으로 하는 소설로 크게 나뉘는데, 두 부류의 문체와 소설의 짜임새 및 완성도에서 보이는 차이는 이것들이 긴 시간에 걸쳐 쓰인 작품들임을 알려 줍니다. 여러 우여곡절이 얽혀 전개되며 르네상스적 사랑을 주제로 하는 전자에 비해 리얼리즘적 시각에서 생동감 넘치는 문체로 펼쳐지는 후자가 더 나중에 쓰인 작품들입니다. 이는 세르반테스가 작가로서 보이는 발전 양상일 뿐 아니라 소설이라는 장르의 발전상을 드러내 주는 흥미로운 대목이라는 평가를 받고 있습니다.

'돈 키호테'는 문학 이외의 다른 예술 분야에서도 큰 영향력을 발휘했습니다. 미국의 작가이자 비평가인 클리프턴 패디먼이 이런 말을 했습니다. "돈 키호테는 오늘날 사람들이 읽기보다는 인용하기를 더 많이 하고, 즐기기보다는 칭찬하기를 더 많이 하는 책이다."라고 말입니다. 그 영향력이 어느 정도인지를 짐작하실 수 있을 것입니다.

미술 작품으로는 무엇보다도 구스타브 도레의 유명한 삽화를 빼놓을 수 없습니다. 오노레 도미에, 파블로 피카소, 살바도르 달리 같은 화가들도 이 소설을 소재로 한 작품을 남겼습니다. 음악 분야에서는 헨리 퍼셀, 게오르크 필립 텔레만, 펠릭스 멘델스존, 쥘 마스네, 모리스 라벨, 리하르트 슈트라우스 등등 저명한 음악가들이 저마다 '돈 키호테'

에서 소재를 취한 작품을 남긴 바 있습니다. 새밌는 건 일본에는 '돈 키호테'라는 할인잡화점이 있다는 점입니다.

현대에 나타난 '돈 키호테'의 각색 작품 가운데 특히 주목할 만한 것으로는, 우리나라에서도 '뮤지컬 돈 키호테'라는 제목으로 소개된 뮤지컬 '라만차의 사나이'(1964)가 있습니다. 이는 데일 와서만의 희곡에 미치 리와 조 대리언이 작사 작곡한 노래를 덧붙여 만든 뮤지컬로, 세르반테스의 감옥 생활과 '돈 키호테'의 줄거리를 교묘하게 접목시킨 액자형식으로 이루어져 있습니다. 극 중에서 '돈 키호테'가 부르는 '불가능한 꿈'이라는 제목의 노래가 특히 유명하며, 토니상 5개 부문을 석권하고 1972년에는 피터 오툴과 소피아 로렌 주연의 영화로도 제작되었습니다.

'돈 키호테'는 전 세계 작가들이 가장 좋아하는 소설 1위로 꼽은 작품입니다. 참고로 2위는 톨스토이의 '안나 카레니나'였습니다. 사실 우리가 '돈 키호테' 하면 풍자가 가장 먼저 떠오를 정도인데, 지금까지 알고 있는 것은 빙산의 일각이라고 할 정도로 세르반테스는 대단한 작가이고, '돈 키호테'는 불세출의 명작입니다. 무엇보다도 제가 높이 평가하는 것은 세르반테스가 시대를 충실히 살아가고 사랑하면서도 시대를 앞서간 작가였다는 점입니다. 그 정신이 '돈 키호테'라는 소설 한 편에 다 담겨 있습니다. 그런 면에서 세르반테스가 '돈 키호테'이고, '돈 키호테'가 세르반테스라고 감히 말씀드릴 수 있습니다. 스페인의 국왕 필리프 3세는 어떤 사람이 길에서 책을 읽으면서 눈물을 줄줄 흘리고 배꼽이 빠져라 웃어 대는 꼴을 보고는 이렇게 말했다고 전해집니다. "저건 미친 놈 아니면, '돈 키호테'를 읽는 놈이로군." '돈 키호테'가 얼마나 탁월한 유머 소설인지를 보여 주는 일화입니다.

'돈 키호테' 속에는 많은 이야기들이 담겨 있습니다. 그중에서 특히 어떤 이야기가 감동적이냐고 묻는 사람들도 있습니다. 어떤 작품에서 사람들에게 공통적으로 감동을 주는 이야기가 있지만, 사실 받아들이는 사람이 처해 있는 마음 상태, 상황, 여건 등에 따라 감동의 정도는 다 다를 것입니다. 이 '돈 키호테'에 나오는 수많은 이야기들도 그렇습니다. 하나하나 차근차근 읽어 가시다 보면 특별히 내 마음에 감동을 주고, 교훈을 주는 내용들을 발견하실 수 있을 것입니다.

이 작품의 전편을 관통하는 분위기는 무엇보다도 풍자이며, 유머임을 우리는 잘 알고 있습니다. 원제가 '재기발랄한 시골 향사, 라만차의 '돈 키호테'입니다. 주인공은 키하나 라는 오십이 다 된 귀족입니다. 중세의 기사 모험담에 매료된 그는 낡고 녹슨 갑옷을 차려 입고, 늙고 말라빠진 말 로시난테에 올라타 기사로서의 대장정에 나섭니다. 풍차를 거인으로 알고 덤볐다가 나가떨어지기도 하고, 여관을 성으로 착각하고 여관 주인에게 기사 작위를 받기도 하며, 죄 없는 시골 사람들을 적이며 마귀로 오인하고 덤벼들기도 하지만 주위 사람들은 그에게 화를 내기도 하고 폭력을 휘두르기도 하지만, 대개는 엉터리 기사 행각을 재미있어 하고 도리어 놀려 먹기도 합니다.

'돈 키호테'는 출간되자마자 대단한 인기를 얻었고, 심지어 그 인기에 편승한 가짜 속편이 유통되기도 했습니다. 세르반테스는 그로 인한 불이익을 막기 위해 서둘러 진짜 속편을 펴냈는데, 일각에서는 1부보다 2부가 더 탁월한 작품이라고 단언하기도 합니다. 제2부에서 '돈 키호테'와 '산초 판사'는 이미 유명인사가 되어 곳곳에서 환대를 받는데, 두 사람은 기회 있을 때마다 세상에 떠도는 가짜 속편을 비난하며 자신들이 '진짜'라고 주장합니다. 작품 속의 '돈 키호테'는 여러 가지 모험을 즐긴 끝에 고향으로 돌아와서 제정신을 되찾고 노환으로 사망합니다.

이 책을 읽다 보면 이런 생각이 드실 것입니다. 지금까지도 '돈 키호테'는 '무모한 사람', 산초 판사는 '우직한 부하', 로시난테는 '볼품없는 동물'의 대명사로 사용되는데, 우스갯소리로 어느 정신 나간 노인에 관한 17세기의 소설이 이토록 유명세를 얻게 된 이런 인기의 원인은 대체 무엇일까? 라고 말입니다. 단순히 대리만족이라는 말로 표현할 수 있을까요? 이 부분은 독자님들의 몫으로 남겨 놓겠습니다.

재미있는 것은 등장인물만 650여 명에 달합니다. 시도 많이 나옵니다. '돈 키호테'의 여정 곳곳에 무려 일곱 편이나 되는 '곁다리' 에피소드가 들어 있습니다. 그래서 전문가들 중에는 완독보다는 읽고 싶은 부분만 읽는 선독을 권하는 사람도 많습니다.

한 가지 꼭 말씀드리고 싶은 이야기가 '어느 젊은이가 돈 키호테와 양치기들에게 들려준 이야기'에 나오는 이야기입니다.

어떤 마을에서 한 사건이 일어납니다. 어느 부유한 귀족의 아들인 그리소스토모 라는 젊은이가 마르셀라 라는 여인에게 반해서 죽었다는 것이었습니다. 마르셀 라는 아름다운 처녀였는데 어느 날 양치기 옷을 입고 들판을 내달리자 수많은 젊은이들이 양치기가 되어 쫓아다녔던 것이었습니다. 그리소스토모 라는 젊은이도 역시 두메산골을 돌아다니기 위해 양치기가 되었는데 사랑을 이루지 못하자 죽은 것입니다. "그대 잔인한 여자여 그대의 냉혹한 무자비함을 많은 사람들에게 전하기를 원하노니…."라는 장편 시를 남기고 말입니다. 그런데 장례를 치르고 난 그의 무덤 옆에 마르셀라가 나타났습니다. 친구인 암브로시오가 사람을 죽게 만든 잔인한 여자가 대체 왜 왔느냐고 따지자 마르셀라는 이렇게 말합니다. 자기 자신을 해명하러 왔다고 하면서 말입니다. 이 말이 정말 우리 모두가 가슴에 담아야 할 이야기입니다. "나를 아름답게 만든 건 하늘입니다. 사람들은 자신들이 내게 보여 주는 사랑으로 해서 내가 그들을 사랑해야 한다고 원하며, 말하고 있습니다. 하지만 사랑을 받고 있다는 이유 때문에 자신을 사랑해 주는 사람을 사랑해야 하는 이치를 잘 이해할 수 없습니다. 아름답기 때문에 너를 좋아하니 내가 비록 밉더라도 너는 나를 사랑해야 한다는 이치는 매우 잘못된 것이 아닐까요? 참된 사랑은 분할되는 것도 아니고 강요받는 것도 아니고 자발적이여야 합니다."라고 말입니다. 사랑에 대해 깊이 생각해 볼 내용입니다.

영화나 연극도 엔딩이 중요하듯이 이 '돈 키호테' 역시 끝 장면이 궁금하지 않을 수 없습니다. 결말은 '돈 키호테'가 성상을 멘 신부님 일행을 귀부인을 납치하는 것으로 오해하고 공격하게 되고, 가마를 메고 있던 어느 농부와의 싸움에서 패하게 되자 제정신을 차려 집으로 돌아오게 되고, 결국 죽음을 맞게 됩니다.

이 책에 나오는 수많은 이야기들 중에서 '돈 키호테'의 영원한 환상 속의 연인인 둘시네아에 대해 언급하고자 합니다. 우리가 흔히 불멸의 연인이라는 말을 합니다. 불멸의 연인이라고 하면 누가 생각나시는지요? 단테에게 베아트리체가, 베토벤에게 테레제가, 로댕에게 카미유 클로델이 있었다면 '돈 키호테'에겐 둘시네아가 있습니다. 사실 '돈 키호테'가 모험을 떠난 이유도 둘시네아를 세상의 위험으로부터 구해 내기 위해서입니다. 다른 무엇보다도 책의 끝부분에 나오는 '둘시네아'의 묘비명을 꼭 말씀드리고 싶습니다.

"여기에 둘시네아 잠들도다
처참하고 추악한 죽음이
그녀를 차가운 재로 돌아가게 했도다
그녀는 순결한 피와 고상한 아리따움이 있었으며
위대한 돈 키호테의 정염이자
라만차의 영광이어라."

오늘날 우리가 살아가는 세상은 불확실성의 시대입니다. 엄청난 과학기술의 발달로 예측 가능한 삶을 꿈꾸고 있고, 그 꿈이 조금씩 현실로 나타나는 세상에서 살아가지만 여전히 삶은 불확실성 투성이입니다. 곳곳에서 일어나는 자연재해로 인한 안타까운 피해들을 보면 그야말로 한 치 앞도 내다보지 못하는 것이 우리의 삶입니다.

그런 세상 속에서 우리는 어떻게 살아가야 할까요? 세상을 향해 무모한 도전을 한 것 같은 '돈 키호테'가 다시 돌아온다면 우리에게 무슨 말을 하고, 어떻게 살아가라고 할까요? 중세를 극복하고 근대를 이룬 선구자적인 생각과 그 생각을 과감하게 행동으로 이끌어 간 '돈 키호테'는 오늘을 살아가는 우리에게 마치 다소 엉뚱하고 무모한 듯하지만 자기 자신을 따라오라고 알려 주는 건 아닐까 생각합니다.

더할 나위 없이 소중한 것이 내 자신의 삶입니다. 꽃길만 걷자고 늘 외치고 다짐해도 어디 꽃길만 있겠습니까? 울퉁불퉁 자갈길은 물론이고 때로는 깊은 웅덩이가 곳곳에 파여 있어 숱하게 빠지기도 했을 것입니다. 그 시간들이, 그 세월들이 모이고 쌓여 지금의 내가 있음을 깨닫습니다. 되돌아보고 뒤돌아보니 이젠 모든 게 곁에 있습니다. 삶의 일부가 되고, 친구도 되었습니다. 그러니 어떻게 살아가야 하겠습니까? 영원한 우리의 영웅 '돈 키호테'처럼 끊임없이 일어나고 부딪치고 도전하며 나아가야 하지 않겠습니까? 살아 있다는 그 사실 하나만으로 견뎌 내고 극복해야 하지 않겠습니까? 그러다 보면 꽃이 피고 숲이 우거져 그늘이 될 것입니다. 그 나무 그늘 아래서 꽃길도 걷게 될 것입니다. 우리의 마음속에서 꿈과 희망을 놓지 않는다면 꼭 그날이 올 것입니다.

굴하지 않는 엄청난 자기 효능감, 노인과 바다 (헤밍웨이)

"그는 멕시코 만류에서 조각배를 타고 홀로 고기잡이하는 노인이었다. 그는 84일 내내 물고기를 단 한 마리도 잡지 못했다."

세계 명작 중에서도 빛나는 어니스트 헤밍웨이의 '노인과 바다'의 첫 문장입니다. 제가 가장 좋아하는 첫 문장이기도 합니다.

'노인과 바다'는 제가 인문학 강의를 할 때마다 언급하는 작품입니다. 저의 인생책이라서, 수많은 독자님들과 젊은 장병들에게 제일 먼저 읽어야 할 책이라고 권하기도 합니다. 인문학 강의 시간에 이런 말을 합니다. "책을 읽는 이유는 내 가슴에 던져지는 단 하나의 문장을 온전히 받아내기 위함이다." 다른 누가 아닌 제가 한 말입니다. 정말 그렇습니다. 책은 사람들에게 생각하게 하고, 사색하게 하고, 사유하게 합니다. 이 점에서는 그 어떤 것도 책을 대신할 만한 게 없습니다.

요즘 유튜브, 넷플릭스 같은 영상 매체들이 대세를 이루고 있습니다.

다양한 지식과 정보를 빨리 얻을 수 있는 순기능은 있으나, 무엇인가를 깊게 생각하게 만들지는 않습니다. 우리 독자님들은 책을 통해서 생각하는 삶, 사유하는 삶을 살아가시길 권하고 싶습니다.

어니스트 헤밍웨이! 퓰리처상과 노벨 문학상에 빛나는 20세기 대표 작가라고 할 수 있습니다. 그는 20세기가 막 막을 올리게 되는 1899년 미국에서 태어났습니다. 문학에 대한 천부적인 재능을 가졌다고 할까요? 고등학교 시절부터 시와 단편소설을 썼다고 합니다. 앞선 작품에서 살펴본 대로 그가 작가로서 명성을 얻는 작품은 '해는 또다시 떠오른다'입니다. 그리고 이후 '무기여 잘 있거라', '누구를 위하여 종은 울리나' 등을 통해 세계적인 작가의 반열에 올랐고, 마침내 1952년 대표작이라고 할 수 있는 '노인과 바다'를 발표합니다. 이 작품을 발표하고 1년 후에 퓰리처상을, 다시 1년 후에 노벨 문학상을 받았습니다.

헤밍웨이는 초창기 무명 시절 당시 최고의 인기를 구가하던 '위대한 개츠비'의 작가 스콧 피츠제랄드와 친구처럼 가깝게 지냈는데요. 헤밍웨이의 문학적 재능을 알아본 피츠제랄드의 소개로 본격적인 작가의 길을 걷게 됩니다. 그리고 곧바로 '해는 또다시 떠오른다'를 출간해 인기 작가의 반열에 오르게 됩니다. 헤밍웨이는 1차 세계대전에 참전했었다고 말씀드렸죠? 이 1차 세계대전 이후 많은 젊은이들이 방황하고, 환멸에 빠졌기 때문에 '길 잃은 세대, 로스트 제너레이션'이라고 불렀는데요. 헤밍웨이의 작품이 바로 이러한 젊은이들의 방황과 환멸을 사실적으로 묘사해 로스트 제너레이션에게 바이블이 될 정도였다고 합니다.

이후 이혼과 재혼, 아버지의 권총 자살 등 많은 가정사를 겪으면서도 '무기여 잘 있거라', '오후의 죽음', '킬리만자로의 눈' 등과 같은 주옥 같은 작품들을 발표했고, 한동안 슬럼프에 빠져 바다낚시 등을 하면서 소일하기도 했습니다. 그러다가 스페인 내전을 소재로 한 '누구를 위하여 종은 울리나'를 1940년에 발표하면서 다시 주목받았으나, 이후 2차 대전에 종군특파원으로 참전하였고, 또 한동안 방황하는 시절을 보내다가 드디어 1952년 '노인과 바다'를 발표하면서 절정의 명성을 얻게 됩니다.

헤밍웨이의 문체는 신문기자 생활의 영향을 받아서 문체가 간결하면서 명료한 것으로 유명한데요. 이러한 하드보일드 문체는 그의 이름을 따서 헤밍웨이 문체로 불리고 있습니다. 헤밍웨이의 작품 세계를 들여다보면 역시 문학이라는 건 체험의 기록이라는 말이 실감납니다. '무기여 잘 있거라', '누구를 위하여 종은 울리나'는 참전과 종군의 경험 등이 바탕이 되었고요, '노인과 바다'라는 작품에서 바다 위에서 일어나는 순간순간을 생생하게 묘사할 수 있었던 것도 다년간에 걸친 그의 바다 낚시 경험 덕분이었습니다.

저는 헤밍웨이의 '노인과 바다'에 나오는 하나의 문장을 세계문학 사상 가장 빛나는 명문장으로 꼽습니다. 한번 들어 보시죠! 주인공 산티아고 노인이 망망대해에 떠 있는 작은 고기잡이배 위에서 한 독백입니다.

"나는 언제나 미끼를 잘 놓지. 다만 고기가 물지 않을 뿐이야. 그러나 내일은 또 어떻게 될지 누가 알겠어. 나에겐 매일매일이 새로운 날이니까."

84일 내내 단 한 마리의 물고기도 잡지 못한 노인, 큰 배도 아닌 조각배를 타고, 다른 사람의 도움도 없이 홀로 고기잡이를 하는 노인입니다. 젊은이도 아닙니다. 그런 어부 산티아고 노인이 이렇게 말하는 것입니다. 나는 항상 미끼를 잘 놓는다고 말입니다. 고기를 못 잡는 건 자기 탓이 아닙니다. 물지 않는 물고기 탓입니다. 완벽한 책임전가가 아닙니까? 그런데 말입니다. 조금 더 깊이 생각해 보면 이것은 가장 탁월한 자기 효능감입니다. 언제, 어떠한 순간에서도 자기 자신을 믿는 마음이니까요. 그러면서 내일을 얘기합니다. 희망을 얘기합니다.

힘들다고요? 미래가 불투명하다고요? 살아 나갈 자신이 없다고요? 홀로 조각배를 타고 망망대해 속에서 고기를 잡는 노인, 84일 내내 단 한 마리도 잡지 못한 노인이 희망을 얘기하고 있습니다. 그 어떤 사람이 그 산티아고 노인보다 못할 수 있을까요? 저는 젊은이들에게 '노인과 바다'를 권하며, 산티아고 노인이 전하는 위대한 희망 메시지를 전하고 있습니다.

'노인과 바다'를 통해 처절한 고독 속에서 살다간 헤밍웨이를 만납니다. 헤밍웨이는 이 산티아고 노인의 입을 빌려 자기 자신에게 얘기했을 것입니다. 아버지도 우울증으로 권총 자살을 하고, 본인도 결국 자살로 생을 마감했잖습니까? 그의 죽음은 아이러니하지만 아마도 바다 위에 있는 산티아고 노인의 모습이 바로 자기 자신의 모습이었을 것입니다. 청새치와의 싸움은 바로 자기 자신과의 외롭고도 처절한 싸움이었고, 상어들과의 싸움은 자기를 둘러싼 수많은 외적 요인들과의 싸움이었던 것입니다.

헤밍웨이는 "우리는 우리가 상처받은 곳에서 더 강하다."라는 말을 했습니다. 이 세상을 살아가는 사람들 중에는 상처 없는 사람이 없습니다. 어느 시인도 흔들리지 않고 피는 꽃이 없다고 노래하지 않습니까? 중요한 것은 수많은 상처를 품으며, 살피며, 어루만지고 보듬으며 살아가는 것이 우리의 삶임을 깨닫는 것입니다. 우리 독자님들도 자기 내면을 들여다보고, 자기의 상처를 보듬으면서 더 자신 있고, 당당하게, 그리고 아름답게 자신의 삶을 펼쳐 나가시길 간절히 소망합니다.

영원한 생명의 터전,
대지 ^(펄 벅)

"왕룽이 결혼하는 날이었다."로 시작하는 '대지'는 중국을 배경으로 쓴 펄 벅의 명작입니다. 작가 '펄 벅'은 미국의 여성 작가로서는 처음으로 노벨 문학상을 수상한 작가이기도 합니다. 1892년 미국 웨스트버지니아에서 태어났습니다. 생후 3개월 만에 미국 장로회 선교사인 부모를 따라 중국으로 건너가서 자랐습니다.

오랜 중국 생활은 펄 벅이 자신을 중국인으로 생각했을 정도로 중국에 대한 애착을 갖게 하였지만, 한편으로는 당시가 청나라 말기였기에 제국주의 침략의 첨병 역할을 하는 선교사들과 외국인들에 대한 반감이 팽배해 있어서 물리적 테러 위협도 겪게 됩니다.

펄 벅은 중국인 유모와 함께 생활하면서 자연스레 영어, 중국어를 함께 구사할 수 있게 되었고, 어릴 때부터 중국의 고전문학 삼국지, 수호지 등을 원서로 읽으며 자라났으며, 훗날 미국에서 이 소설들이 출판될 때 번역을 맡기도 했습니다. 18세인 1910년 대학교를 다니기 위해 미국으로 갔다가 4년 후 졸업하고 다시 중국으로 돌아갔고, 1917년 농업경제학자 존 로싱 벅과 결혼하면서 벅이라는 성을 가지게 됩니다. 이후 난징대학, 난둥에서 영문학을 강의했고, 1926년 일시 귀국해 코넬대학에서 석사학위를 취득했으며, 1934년 중국 땅을 떠난 후에는 미국에서 삶을 영위합니다.

첫 작품은 '동풍 · 서풍'으로 그녀의 나이 38세가 되던 해에 발표한 작품인데, 동서양 문명의 갈등을 그린 이 소설이 출간과 함께 인기몰이를 하고, 그 이듬해에 바로 이 '대지'가 발표됨으로써 작가로서의 확고한 위치와 명성을 얻게 됩니다. 이 '대지'는 3부작입니다. 우리가 흔히 '대지'라고 하면 1부를 지칭합니다. 제1부는 발간과 동시에 베스트셀러가 되었고, 출간 다음해인 1932년 퓰리처상을 받았으며, 1938년 노벨 문학상을 받게 됩니다.

펄 벅이 다른 면에서도 높게 평가받는 게 있다면 바로 인권운동입니다. 1932년 뉴욕에서 했던 강의에서 "중국에는 선교사가 필요 없습니다. 그리고 선교사들이 다른 비기독교 국가에서 선교할 때 오만함을 버리길 바랍니다."라고 발언한 것이 문제가 되어 장로파 전도 위원에게 비난받아 선교사 직위를 사임했습니다. 펄 벅은 미국내 아시아인들에 대한 차별을 지적하며 그들의 인권에 대해 외쳤고 마찬가지로 그 당시 차별이 심하던 흑인 인권에도 관심을 보여서 아프리카계 미국인들의 지지를 받았습니다.

또 하나 기억해야 할 것은 펄 벅이 중국에서 오래 살았지만 우리나라와도 인연이 아주 많다는 것입니다. 전 남편과의 사이에 심각한 지적 장애를 가진 딸이 한 명 있었는데, 이 딸은 펄 벅 인생의 가장 큰 아픔이 되었습니다. 이 상실감을 극복하기 위해 펄 벅은 일곱 명의 아이를 입양을 하게 되었고, 이런 인연으로 한국과 중국에서 미군과의 사이에서 태어난 혼혈아들의 입양을 주선하는 펄 벅 재단을 1964년에 설립합니다. 이 단체는 6.25 이후 혼혈아들의 미국 입양을 알선해 주는 대표적인 단체로 자리잡게 됩니다.

펄 벅은 우리나라에도 여러 번 와서 정·재계 관계자 및 문학가들과 친분을 쌓았으며, 특히, 서울대학교 장왕록 교수와도 밀접한 관계를 맺어 대지 3부작의 초기 번역을 장 교수가 맡기도 했고, 장왕록 교수의 딸인 장영희 서강대 교수도 펄 벅의 작품을 번역하기도 했습니다. 이외에도, 이승만 대통령이 미국에서 독립운동을 하던 시절에 쓴 '일본 내막기'의 서평과 추천서를 남겼으며, 우리나라의 혼혈아를 소재로 한 소설 '새해'(1968년)를 집필하기도 했습니다.

많이 알려진 일화로서 소달구지에 얽힌 얘기는 유명합니다. 펄 벅이 1960년 우리나라를 처음 방문했을 때의 일입니다. 날이 저물어 가는 때에 경주의 시골길을 지나고 있는데 한 농부가 소달구지를 끌고 가고 있었습니다. 달구지에는 가벼운 짚단이 실려 있었고, 농부도 지게에 짚단을 지고 있었습니다. 이를 본 펄 벅이 통역을 통해 왜 소달구지에 짐을 싣지 않고 힘들게 지고 가냐고 물었습니다. 농부는 소도 하루 종일 힘든 일을 했으니 짐을 서로 나누어 져야 한다고 대답했습니다. 농부의 대답을 듣고 펄 벅은 나는 저 장면 하나로 한국에서 보고 싶은 것을 다

보았다면서 말 못하는 짐승조차도 존귀하게 여기는 농부처럼 인정 많고 배려하는 한국의 위대함을 충분히 느꼈다고 했습니다.

또한 유한양행의 창업자인 유일한 박사와의 교분도 있었는데, 부천에 있던 유한양행 소사 공장이 이사한 후에는 유일한의 도움으로 그 부지를 매입, 1964년 한국펄벅재단 소사희망원을 설립했고, 후일 그녀의 작품에 '김일한'이라는 이름을 가진 인물이 등장하기도 합니다. 그는 스스로 박진주(펄을 번역한 이름)라는 한국 이름을 지어 쓰기도 하는 등 여러 점을 미루어 볼 때 한국에 대한 애착이 꽤 컸던 것으로 보입니다.

우리나라를 배경으로 한 작품도 썼습니다. 1963년에 쓴 '갈대는 바람에 흔들리고'라는 작품입니다. 이 책의 초판본 표지에는 '아리랑' 가사가 쓰여 있고, 서문에 한국을 "고상한 사람들이 사는 보석 같은 나라"라고 언급하는 등 우리나라에 대한 애정이 드러나는 소설로 영미 언론에서는 '대지' 이후 최고의 걸작으로 평가받았습니다. 펄 벅이 이 작품을 쓴 목적은 당대 한국의 현실과 정경을 있는 그대로 표현하는 것이 아니라 한국은 역사적으로 고도화된 문명적 사회구조를 갖춘 나라로서 스스로 국가를 운영하고 유지할 수 있는 역량이 있음을 미국인 독자들에게 알리는 것이었다고 전해지고 있습니다.

이 작품이 나오기 한 해 전인 1962년에는 펄벅과 존 F. 케네디 대통령이 나눈 유명한 대화가 있습니다. 당시 케네디는 미군을 한국에 주둔시키는 것은 너무 큰 비용이 든다며 과거처럼 일본이 한국을 통제하게 하고 미국은 빠져나와야 할 것 같다고 말했는데, 그런 케네디에게 펄 벅이 그건 미국에게 다시 영국 지배 하로 돌아가라고 하는 것과 같다고 받아치는 사건이 있었던 것입니다. 이렇게 펄 벅 여사는 우리나라로 봐서는 아주 은인 같은 작가라고도 할 수 있습니다.

'대지'는 빈농으로 재산을 모아 대지주가 되는 왕룽과 그 일가의 역사를 그린 작품입니다. 1931년에 나온 '대지(The Good Earth)'와 그 이듬해 나온 '아들들', 그리고 1935년에 나온 '분열된 가정'의 3부작으로 되어 있습니다. 제1부에서는 왕룽이 대지주 황가의 여종인 오란을 아내로 맞아 아들 세 명과 딸 한 명을 두면서 홍수와 메뚜기의 내습 등 거듭되는 천재지변으로 인한 흉년과 폭동 등의 시련을 겪으면서도, 온갖 고난을 참고 돈을 모으고 땅을 사서 늘려 가는 과정을 그립니다. 마침내 대지주가 된 왕룽이 젊을 적 아내를 데리고 온 대지주의 저택을 사서 살게 됩니다. 후반부에 가서는 생활에 여유가 생긴 왕룽이 첩을 맞이하기도 하고, 끝까지 헌신적이었고 순종적이었던 아내 오란은 오랜 인고의 생애를 마칩니다. 1부의 끝부분은 늙어 노쇠해진 왕룽이 울먹이면서 "땅을 팔기 시작하면 집안이 망하는 거야. 우리는 땅에서 돌아왔고, 그 땅으로 돌아가야만 해. 너희가 땅을 팔면 그걸로 끝장이야."라고 두 아들에게 하는 말로 끝을 맺습니다. 흔히 '대지' 하면 1부가 널리 알려져 있습니다.

2부 '아들들'은 왕룽의 세 아들들에 관한 얘기입니다. 아버지 왕룽의 재산을 물려받아 귀족적인 생활을 하는 장남과, 상인이 되어 돈 버는 것을 보람으로 살아가는 차남, 아버지의 뜻을 거역하고 군인이 된 3남

등 토지에 대해 그들의 부모가 가지고 있던 지극한 애착심이 점점 사라져 가는 자식들의 생활이 디테일하게 표현됩니다. 3부 '분열된 집안'에서는 손자들에게 초점을 맞추는데, 중국의 대가족제도가 붕괴되고 근대사상의 파도가 밀려 들어오는 새로운 중국을 간결하고 소박한 문장으로 묘사하고 있습니다.

"왕룽과 오란이 밭에서 일하는 동안 아이는 땅바닥에 깔아 놓은 헤진 이불에서 잠을 잤다. 아이가 잠에서 깨어나 울면 오란은 급히 달려가서 아이에게 젖을 물렸다. 그러면 늦가을 햇볕이 방긋방긋 웃는 것처럼 이들 모자를 비춰 주었다."

"그는 이제 먹고 마시는 것과 그의 땅 이외에는 아무 생각도 하지 않게 되었다. 하지만 그의 땅에 대해서도 무엇을 수확하게 될 것이며 무슨 씨앗을 심을 것인가 따위의 생각은 하지 않고 오직 대지 그 자체만을 생각했으며, 가끔 몸을 숙여 흙을 손으로 집어 들고 앉아 손가락들 사이에 생명이 가득한 기분을 느꼈다." 저는 이 글이 이 작품을 한 마디로 표현한 명문장이라고 생각합니다.

러시아 문학을 살펴보면서 특징이 민중성이라고 말씀드렸는데, 이 작품에도 중국 민중의 결혼 생활, 가족관계, 삶의 기쁨과 슬픔, 인간의 욕망과 나약함 등이 도도히 흐르는 강물과도 같이 거침없이 흐르며, 동요하지 않는 중국 민중의 강인성이 생생하게 펼쳐집니다. 또한, 도스토옙스키의 '가난한 사람들'과 같이 물질문명 시대에 인간으로서 어떻게 살아갈 것인가?에 대한 깊은 사유와 성찰을 던져 주는 작품입니다.

우리나라도 여전히 부동산에 대한 관심이 뜨겁습니다. 솔직히 말해서 돈, 집, 땅 등 재산에 대해 관심이 없는 사람은 없습니다. 왕룽처럼 누구나가 다 돈을 불리고, 땅을 불리길 원합니다. 문제는 과연 무엇을 위해 그렇게 하느냐는 것입니다. 이 세상을 살아가면서 우리는 왜 돈을 벌고 땅을 사려고 하는가에 대한 진정한 목적과 성찰이 있어야 한다고 '대지'가 우리에게 전하고 있는 것이라고 생각합니다.

또 하나 이런 생각을 해 봅니다. 우리가 굴지의 기업을 일군 사람들을 보면서 흔히 "창업보다 수성이 어렵다."는 말을 하지 않습니까? 기업의 창업자는 온갖 고생을 하면서 어려움을 이겨 내고 그야말로 무에서 유를 창조하듯이 기업을 일궈 냅니다. 그 뒤를 잇는 2세와 3세는 그 기업을 잘 유지하려고 노력합니다. 하지만 쉽지 않습니다. 그야말로 창업자인 선대가 기울였던 노력보다 훨씬 더 많이 노력해야 합니다. 대지에서도 노쇠한 왕룽이 두 아들과 나누는 대화를 들을 수 있습니다. 아들들은 왕룽 만큼 땅에 대한 동경심이나 애착심이 없습니다. 그 어느 것이 되었든 쉽게 얻은 것은 쉽게 생각하기 마련이기 때문입니다. 이런 교훈도 '대지'라는 작품을 통해 느낄 수 있습니다.

바쁜 삶에서 잠시 숨을 고르고 들판에 서 보십시오. 그곳에서 대지의 소리를 들어 보십시오. 여기저기서 꿈틀대는 대지의 소리를 온 맘을 열고 듣는다면, 펄 벅의 '대지'가 우리에게 전하는 마음이 전해질 거라고 생각합니다. 대지는 우리를 변함없이 살아 있게 만들고, 살아가게 만드는 힘이 된다는 것을, 대지는 만물의 영원한 생명이 된다는 것을 마음 깊이 느끼실 거라 믿습니다.

인간평등의 위대한 요람, 톰 아저씨의 오두막 (스토우)

"당신이 이 큰 전쟁을 일으킨 책을 쓴 바로 그 작은 여인이군요."

1862년 겨울, 링컨 대통령이 백악관을 방문한 해리엇 비처 스토우를 맞이하며 한 말입니다. 링컨이 말한 큰 전쟁은 미국의 남북전쟁이고, 책은 바로 '톰 아저씨의 오두막(Uncle Tom's Cabin)'을 가리킵니다. 실제 링컨 대통령이 이 말을 했는지 안 했는지와는 무관하게 이러한 일화가 있다는 것만으로도 이 한 편의 소설이 미국의 역사에 얼마나 큰 영향을 끼쳤는지 우리는 알 수 있습니다.

이 '톰 아저씨의 오두막'은 아마도 모르는 분이 별로 없으실 것입니다. 우리의 마음속에 큰 감명을 준 작품이면서, 미국의 노예해방에 큰 영향을 미친 명작입니다.

작가인 해리엇 비처 스토우는 1811년 미국 코네티컷에서 목사의 딸로 태어났습니다. 다섯 살 때 어머니를 여의고 큰언니의 보살핌을 받으며 성장하고, 공부했습니다. 그러다가 노예 농장주와 결혼한 이모로 인해 노예제도의 참상에 대해 전해 들으며 사회 부조리에 눈을 뜨기 시작했습니다. 작품 활동은 신학교수인 캘빈 스토우와 결혼한 후에 문예지에 단편소설을 기고하면서 시작했고, 1850년에 도망노예법이 반포되자 노예제에 항거하는 소설을 쓰기로 결심합니다. 2년 후인 1852년, 그녀의 나이 마흔한 살에 이 '톰아저씨의 오두막'이 출간되었습니다.

그러나 이 작품이 세상에 나온 이후 북부에서는 뜨거운 찬사를 받았고, 남부에서는 금서로 지정되었습니다. 또, 학교의 교육현장과 진보와 보수, 기독교와 비기독교인 사이에서 논쟁이 끊이지 않았습니다. 작가 자신이 직접 경험하거나 목격한 사실들을 통해 야만적인 노예제도를 둘러싼 당시의 실상을 생생하게 증언했기 때문이었습니다. 미국에서 노예해방 등을 둘러싼 여러 가지 이유가 원인이 되었던 내전인 남북전쟁이 1861년부터 65년까지 4년간에 걸쳐 일어났는데, 이 작품이 큰 영향을 미쳤다고 할 수 있습니다. 스토우는 이후에도 노예제에 반대하는 두 번째 소설 '드레드'를 비롯하여 여러 작품을 발표하는 등 세상을 변화시키고, 85세의 나이에 세상을 떠났습니다.

참고로 말씀드리면 도망노예법은 도망한 흑인 노예를 소유주에게 되돌려주기 위해 미국 의회가 통과시킨 법률로 1793년과 1850년 두 차례에 걸쳐 통과되었습니다. 1793년에는 도망한 흑인 노예는 배심없이 연방판사가 신분을 결정한다고 만들었는데, 이를 무효화한 자유법이 북부 여러 주에서 제정되자, 1850년에 도망노예의 증언이나 배심 재판을 금하며, 노예를 도망하게 도와준 자의 처벌을 정하기까지 했습니다. 이 내용이 작품에도 언급되어 있습니다. 그러나 이 법이 공포된 후 노예의 도망을 돕는 지하철도 운동이 더욱 확산되었고, 북부에서는 새로운 자유법을 제정하는 등 남북 대결을 격화시켜 잘 알려진대로 남북전쟁을 일으킨 한 원인이 되었습니다. 결국 이 법은 남북전쟁 중인 1864년에 폐지되었습니다.

이 작품처럼 문학뿐만 아니라 예술이 세상의 변화를 이끈 경우가 많습니다. 특히, 글과 책의 경우에는 직접적으로 표현했기 때문에 더 구체적이고, 지대한 영향을 끼쳤습니다. 대표적으로는 이 '톰 아저씨의 오두막'이 남북전쟁과 노예해방의 원인이 되었고, 1차 세계대전의 참상을 전함으로써 인류에게 반전사상을 강하게 심어 준 레마르크의 '서부전선 이상없다'와 같은 작품이 눈에 띕니다.

문학은 아니지만 루소의 '인간불평등 기원론'과 '사회계약론'은 프랑스대혁명의 사상적 기반이 되었고, 찰스 다윈의 '자연 선택에 따른 종의 기원'은 인류 사상사의 터닝포인트가 되었다고 할 수 있습니다. 과학에서는 케플러의 '신천문학'이나 뉴턴의 만유인력의 법칙이 담긴 '프린키피아'가 세상을 바꾼 책으로 평가받고 있습니다. 또한, 중국의 대표적인 작가인 루쉰의 '광인일기'나 '아큐정전'에 담긴 계몽사상은 마오쩌둥을 비롯해 많은 중국인들에게 큰 영향을 미침으로써 오늘날의 중국을 만드는데 기여한 작품이라는 평가를 받고 있습니다.

'톰 아저씨의 오두막'의 내용은 그리 복잡하지 않습니다. 미국 켄터키주의 지주 셸비 부부는 노예들에게는 마음씨 좋은 주인입니다. 그런데 어느 날, 셸비는 사업에 실패하고 막대한 빚을 져 농장을 빼앗길 위기에 처하자, 어쩔 수 없이 자신에게 충실하였던 노예 톰과, 혼혈 노예 엘리저의 다섯 살난 아들 해리를 노예 상인에게 팔고 맙니다. 물론 돈을 벌면 다시 찾아오겠다는 말과 함께 말입니다. 그러나 아들 해리와 헤어질 것을 알게 된 엘리저는 해리와 함께 도망치고, 해리의 아버지인 조지 해리스를 만나 평화주의 교회인 퀘이커공동체의 도움으로 무사히 캐나다에 당도합니다.

한편 톰은 팔려가는 도중, 배가 강을 따라 내려갈 때, 같은 배의 승객인 꼬마 소녀 에바의 생명을 구합니다. 이것이 인연이 되어 그녀의 아버지 오거스틴 생클레어에게 팔려가고, 그곳에서 한동안 행복하게 지내며 자유로운 몸이 될 날을 꿈꿉니다. 그러나 에바와 오거스틴이 사망하자 오거스틴의 부인인 마리는 톰을 팔고 맙니다. 냉혹한 지주인 시몬 리글리에게 다시 팔려가서 목화밭에서 일하며 심한 학대를 받습니다. 톰은 리글리의 다른 노예인 캐시와 에믈린의 탈출을 도와주고 그로 인해 리글리로부터 모진 폭행을 당해 죽임을 당합니다.

톰이 죽기 직전 톰의 원래 주인인 셸비 부부의 아들 조지는 톰을 다시 사들이려고 찾아오지만, 톰은 결국 사망하고 맙니다. 조지는 톰의 시체라도 찾아오기 위하여 돈을 지불하려고 하자, 리글리는 검둥이의 시체 따위는 팔지 않는다면서 맘대로 하라고 합니다. 이후, 톰의 무덤 앞에 무릎을 꿇고 하는 조지의 기도가 이 작품이 전하고자 하는 모든 것을 말해 줍니다.

"톰 아저씨, 나는 오늘부터 노예제도를 없애기 위해서 싸우겠습니다. 자! 여기서 당신의 영혼에 맹세하겠습니다. 자유를 누리게 되면 톰 아저씨의 영혼에 진 빚을 생각하시고 톰 아저씨의 오두막을 볼 때마다 이웃을 사랑하고, 참되게 살다간 톰 아저씨를 본받도록 노력합시다."

조지는 켄터키 본가로 돌아가 노예들에게 톰의 희생에 대해 알리고, 모든 노예를 풀어 줍니다. '톰 아저씨의 오두막'이 노예해방과 남북전쟁의 도화선이 된 이유는 명확합니다. 북아메리카에 흑인 노예가 처음 들어간 때는 1619년이고, 이 작품이 발표된 것은 1852년이었습니다. 무려 233년 동안이나 계속되어 온 노예제도는 이미 정착되어 당연시되던 분위기였습니다. 이 견고한 틀을 '톰 아저씨의 오두막'이 깬 것입니다. 인간 이하의 취급을 받는 흑인 노예의 참상을 아주 자세하게 세상에 전함으로써 잠자고 있던 인간의 이성을 깨운 것입니다. 그런 면에서 이 작품은 인류 역사에 길이 남을 명작 중의 명작이라고 생각합니다.

또 한 가지 말씀드리고 싶은 것은 오늘날을 살아가는 우리들에게 던지는 메시지입니다. 지금 우리의 삶을 노예 같은 삶이라고 말하는 사람은 아마 한 사람도 없을 것입니다. 그러나 과연 그럴까요? 냉철하게 우리의 모습을 돌아본다면 우리 역시 알게 모르게 여러 가지 폭력에 여전히 노출되어 있고, 그 폭력을 경험하며 살아가고 있을지도 모릅니다.

어느 시인은 이를 빗대어 톰 아저씨가 겪은 절대적이고 무자비한 폭력이 아니라 가면을 쓰고, 절차가 구비된 다른 형태의 폭력이라고 했습니다. 만약에 그렇다면 우리 역시 톰 아저씨와 같은 노예의 삶을 살아가지 않는다고 누가 장담할 수 있겠습니까? 이 작품이 오늘날을 살아가는 우리에게, 그리고 고도의 기술로 대변되는 4차 산업혁명 시대를 살아가는 우리에게 던지는 의미를 한번 잘 새겨보는 것이 무엇보다 의미 있을 거라 생각합니다.

"여성이나 아이도 자유를 위해 말해야 할 때입니다. 인간이라면 말할 의무가 있습니다."

스토우의 말을 마음에 새깁니다. 오늘날 많은 갈등으로 인해 여기저기 갈라져 있습니다. 기성세대와 젊은 세대가 갈라져 있고, 이념과 지역 간의 갈등도 여전합니다. 통합의 정신이 사라져 가는 세상에서 우리는 '톰 아저씨의 오두막'을 만나야 합니다. 그 정신으로 70년 동안 분단된 우리 한반도도 다시 합쳐야 합니다. 평화적으로 통일을 이루어 가야 합니다. 이 하나의 문학작품이 남북전쟁을 통해 미국이 하나로 통합되는 위대한 길을 열었듯이 우리도 그렇게 하나 되는 위대한 나라, 멋진 세상을 열어 갔으면 하는 마음 간절합니다.

어린 소녀의 세기적인 고발,
안네의 일기 <small>(안네 프랑크)</small>

"내가 너에게 모든 걸 털어놓을 수 있게 되면 좋겠어. 그동안 아무에게도 털어놓을 수 없었던 비밀까지도. 그래서 너에게 위로와 격려를 받을 수 있기를."

안네 프랑크 라는 소녀가 쓴 '안네의 일기'입니다. 이 '안네의 일기'는 우리 모두가 살아 있는 동안에 꼭 한 번 읽어 보아야 할 감동적인 글입니다.

이 일기를 쓴 안네 프랑크는 1929년에 독일 프랑크푸르트에서 태어난 유대계 독일인입니다. 아버지는 은행가였기 때문에 집안은 유복했는데, 1933년에 히틀러와 나치가 정권을 잡으면서 운명이 달라집니다. 잘 아시다시피 유대인 학살이 일어났지 않습니까? 이를 피해 안네 가족은 네덜란드 암스테르담으로 망명하게 됩니다. 그런데 거기도 안심할 수는 없었습니다. 1942년 나치가 네덜란드를 점령하고 유대인을 색출해서 수용소로 끌고 갔기 때문이죠. 안네의 가족은 은신처로 들어가 숨어

지냅니다.

이 '안네의 일기'가 놀라운 점은 독일군을 피해 숨어 지내면서 함께 놀 친구도 없기에 외로움을 달래려고 쓴 소녀의 일기가 사춘기 소녀가 썼다고 하기엔 너무나 성숙하고, 문체가 자연스럽습니다. 내용은 더 감동입니다. 당시 안네가 바라본 시대 상황, 사랑을 포함한 내면 고백, 나치 정권의 잔인함 등이 잘 표현되어 있습니다. 물론 1947년 이 '안네의 일기'가 출판된 이후에 반응은 엇갈렸습니다. 정통 유대주의자들은 유대인의 정체성이 없다고 혹독하게 비판하기도 했죠. 그럼에도 불구하고 이 '안네의 일기'가 세계적인 베스트셀러가 된 이유는 분명합니다. 전 세계인들에게 유대인의 비극, 전쟁의 비참함을 널리 알리는데 무엇보다 큰 공헌을 했기 때문입니다.

'홀로코스트'라는 말은 다들 들어 보셨을 것입니다. 나치의 반유대주의, 유대인 절멸 정책으로 나타난 인류 역사상 최악의 죄악이자 참극인데요. 이 결과 유럽에서 무려 600만 명 이상의 유대인이 학살되었습니다. '안네의 일기'는 바로 이 나치의 만행에 대한 생생한 고발이자 그 시대를 견뎌 낸 위대한 인간 승리의 고백입니다. 2009년에는 유네스코 세계 유산으로도 등재되었습니다. 글의 힘이라는 게 얼마나 대단하고 위대한지 이 '안네의 일기'가 보여 주었던 것입니다.

우리가 살아가는 이 시대는 고도의 기술이 발달된 시대지만 한편으로는 인간성이 점점 더 상실되어 가는 상실의 시대이기도 합니다. '안네의 일기'는 그런 시대를 살아가는 우리에게 인간의 길을 알려 줍니다. 열세 살 소녀 안네는 1942년 7월 8일 수요일 일기에 이렇게 쓰고 있습니다. "나는 아직 이렇게 살아 있다. 아빠는 우리가 어떤 어려움 속에서도 살아 있다는 사실이 가장 중요한 거라고 말씀하셨다. 그래. 난 확실히 아직 살아 있다." 지금 우리가 살아 있다는 것의 의미는 무엇인가? 진정 인간다운 길은 무엇인가? 인간이 살아가는데 있어서 끝까지 품고 가야 할 의미와 가치는 어떤 것인가를 진솔하고 담담하게 돌아보고 느낄 수 있는 좋은 시간이 될 것이라 믿습니다.

한 가지 더 말씀드리고 싶은 것은 이 '안네의 일기'와 남아공의 넬슨 만델라 대통령의 인연입니다. 만델라 대통령은 대통령으로 선출된 지 얼마 안 된 1994년의 한 연설에서 이렇게 말했습니다. "안네 프랑크의 일기는 우리의 정신을 고양시켰으며, 자유와 정의의 대의는 승리할 수밖에 없다는 확신을 가져다 주었다."라고 말입니다. 그만큼 대단한 글이라고 할 수 있습니다.

이제 작품 속으로 들어갑니다. 안네는 열세 살이 되는 생일날 일기장을 선물받습니다. 이 일기장이 안네의 친구 키티입니다. '안네의 일기'는 바로 이 가상의 친구인 키티와 대화하는 형식으로 쓰여져 있습니다. 원래 제목은 네덜란드어 원어로 'Het Achterhuis'라고 '집 뒷채(은신처)'라는 뜻입니다. 안네의 아버지 오토 프랑크의 집 뒷채인 공장 3층 창고와 4층 다락방에서 숨어 살았기에 일기장에 이런 제목을 붙였습니다. 1947년 첫 출간 이후 세계 각국에서 출판되었고, 1959년에는 할리우드에서 영화로도 만들어졌습니다.

"나는 정말로 내 마음 밑바닥에 있는 것까지 모두 이 일기장에 털어놓고 싶다. 종이는 사람보다 참을성이 강하다. 그래 종이라면 잘 참고 견뎌 줄 거야. 이 일기장은 남자든 여자든 진정한 친구가 아닌 이상 절대로 보여 주지 않을 거야." 안네가 이렇게 일기장에 고백하고 있습니다.

'안네의 일기'를 읽는다는 것은 단순히 책 한 권을 읽는 게 아닙니다. 안네가 고백했지 않습니까? 진정한 친구가 아닌 이상 절대로 보여 주지 않을 거라고 말입니다. 그래서 이 '안네의 일기'를 읽는 사람은 누구든지 모두 안네의 진정한 친구가 되는 것입니다. 아버지가 숨어 살아야 될지도 모른다고 하니까 이렇게 기도합니다. "아아 하나님, 아빠의 말씀이 아득히 먼 훗날의 일이 되게 해 주세요. 제발!" 현실이 되지 않게 해 달라고가 아니라 먼 훗날의 일이 되게 해 달라고 빌었으니 소녀다운 생각이지 않습니까?

이 '안네의 일기'는 1944년 8월 1일로 끝납니다. 그리고 3일 뒤 안네의 가족은 나치당원들에게 발각되어 끌려가게 되고, 안네는 1945년 3월, 2차 대전 종전을 얼마 남겨 두지 않은 시점에 언니와 함께 열병에 걸려 열다섯 살의 나이로 세상을 떠나게 됩니다. 안네가 남긴 일기는 지인이 가지고 있다가, 훗날 유일하게 살아 돌아온 아버지 오토 프랑크에게 전해지게 되고, 오토 프랑크는 1947년에 '안네의 일기'를 출판하게 되어 오늘날까지 우리들의 가슴속에 전해지고 있는 것입니다.

많은 사람들이 일기를 쓰고 싶어하고, 간단하게나마 일기를 쓰는 사람도 많습니다. 매일매일 하루를 정리하면서 일기를 쓰는 것만큼 좋은 습관은 없을 것입니다. 일기 쓰기는 단순한 습관을 넘어 글쓰기에 있어서도 가장 좋은 방법이라는 점에 이견은 없습니다. 유명한 철학자이자 작가인 미셸 푸코는 이렇게 말했습니다. "일기를 쓴다는 건 마음속의 동요와 어리석음을 몰아내고 어려움을 극복하는 일이고, 철학을 실천하는 방법이다."라고 말입니다. 참으로 좋은 표현입니다. 저 역시 동의합니다. 일기 쓰기는 자기 자신과의 대화를 통해 진정한 사유와 성찰에 이르는 지름길이자 숭고한 자기 사랑의 표현이라고 생각합니다.

우리 독자님들도 이제 책을 읽는 단계를 넘어 글을 써 보시는 건 어떨까요? 어렵게 생각하시지 말고 당장 일기 쓰기부터 한번 시작해 보십시오. 일기는 잘 쓰려고 고민할 필요가 없습니다. 중요한 것은 가급적 매일매일 조금씩이라도 쓰신다면 시간이 지날수록 달라진다는 걸 스스로 느끼실 것입니다. 내년 새해 다짐 중 하나로 일기 쓰기를 꼭 넣어두시고 실천하시면 더 멋진 삶을 펼쳐 가실 수 있지 않을까 싶습니다.

안네가 겪었던 나치의 만행처럼 우리나라도 일제 35년간 식민 지배를 당했던 쓰라린 아픔을 가지고 있습니다. 결코 잊을 수 없는, 절대 잊어서는 안 되는 역사죠. 이 '안네의 일기'는 가슴 아픈 역사에 대한 기록이면서 세기적인 고발입니다. 그리고 앞으로 우리 앞에 다가올 미래를 향한 다짐입니다. 다시는 이 땅에 전쟁의 아픔이 있어서는 안 되겠다, 다시는 무고하게 목숨을 잃는 사람이 없도록 하겠다는 숭고한 고백의 기록으로 받아들여야 할 것입니다.

자유를 향한 원대한 꿈과 희망,
갈매기의 꿈 <small>(리처드 바크)</small>

"아침, 새로운 태양이 잔물결 이는 잔잔한 바다에서 금빛으로 빛났다."

읽는 것만으로도 가슴이 뛰고, 희망이 샘솟는 리처드 바크의 '갈매기의 꿈'입니다. 이 작품은 미국의 소설가 리처드 바크가 쓴 갈매기를 주인공으로 한 우화소설로 1970년에 미국에서 발표된 작품입니다.

리처드 바크는 1936년 미국 일리노이주 오크파크에서 태어나 롱비치에서 성장기를 보냈습니다. '어린 왕자'를 쓴 프랑스의 소설가 생텍쥐페리처럼 전직 비행사였는데, 공군에 입대해 복무도 했고, 상업비행기의 파일럿으로도 활약했습니다. 이후 뉴욕과 로스앤젤레스에서 비행기 잡지의 편집일에 종사하면서 글을 썼습니다. 27세인 1963년에 첫 작품인 '스트레인저 투 더 그라운드'를 발표하고, 그로부터 7년 후에 세 번째 작품인 이 '갈매기의 꿈(원제는 조나단 리빙스턴 시걸)'을 발표하면서 일약 세계적인 베스트셀러 작가로 명성을 얻게 됩니다. 이 '갈매기의 꿈'이 얼마나 대단했느냐면요. 그때까지 미국 문학 사상 최고 베스트셀러인 '바람과 함께 사라지다'의 판매 기록을 뛰어넘었을 정도였습니다. 이밖에도 '우연은 없다', '영혼의 동반자'라는 작품들이 우리에게도 잘 알려져 있습니다.

이 '갈매기의 꿈'이라는 작품은 출판 당시에 많은 화제를 뿌렸습니다. 그중의 하나가 성직자들로부터 거센 비난을 받았다는 점이었습니다. 이 소설이 신의 영역에 도전한 오만의 죄로 가득한 작품이라고 했던 것입니다. 책에 일부 그렇게 오해할 만한 내용도 나옵니다만, 그 정도로 엄청난 반응을 불러온 작품입니다. 우리나라에는 미국에서 발표한 지 3년 후인 1973년에 번역되어 소개되었으며, 지금까지 스테디셀러로 많은 이들에게 감동을 주고 있습니다.

앞에서 살펴본 첫 문장 "아침, 새로운 태양이 잔물결 이는 잔잔한 바다에서 금빛으로 빛났다."는 세계 명작 역사상 빛나는 명문장 중의 하나로 꼽힙니다. 이 한 문장 속에 들어 있는 '아침', '새로운 태양', '잔잔한 바다', '금빛', '빛났다' 등의 키워드를 생각만 해도 뭔가 가슴이 벅차오르고, 희망이 용솟음치는 느낌을 받지 않습니까? 마치 우리 몸이 동해안 정동진에서, 울산의 간절곶이나 포항의 호미곶에서 떠오르는 태양을 바라보는 듯한 기분에 사로잡히지 않습니까?

주위의 만류에도 불구하고 계속되는 연습을 통해 마침내 여러 비행 기술을 터득한 조나단은 이렇게 독백합니다. "고깃배에서 빵조각을 얻기 위해 단조롭게 다투는 것보다 멋지게 살기 위해 노력하는 것이 더 아름다우니까. 우리도 자유롭게 나는 새가 되어야 해." 현실에 안주하기보다는 자신이 원하는 꿈을 향해 도전하고 노력하는 모습을 조나단을 통해 느낄 수 있습니다.

"가장 높이 나는 새가 가장 멀리 본다." '갈매기의 꿈' 첫 문장과 더불어 널리 알려진 유명한 문장입니다. "모든 생의 보이지 않는 완벽한 원리를 더욱 잘 이해하기 위해서 배움의 노력과 연습을 중단하지 말라." 이 문장도 우리가 잘 새길 필요가 있습니다. 이 '갈매기의 꿈'에 나오는 주인공은 사람이 아닙니다. 갈매기입니다. 그것도 조나단 리빙스턴이라는 갈매기입니다.

조나단 리빙스턴은 좀 독특한 갈매기입니다. 단지 먹이를 구하기 위해 하늘을 나는 다른 갈매기와 다릅니다. 비행 그 자체를 사랑하는 갈매기입니다. 작가인 리처드 바크가 비행기 조종사였기 때문에 그런 캐릭터를 창조한 것이라고 생각합니다. 조나단은 비행 그 자체를 사랑한다고 했는데 그 비행은 조나단 만큼 특별한 비행입니다. 진정한 자유를 찾아서 날아오르는 비행이고, 진정한 나를 발견하기 위해서 날아오르는 비행입니다.

"그러나 멀리, 어선과 해변의 저쪽에 혼자 동떨어져 조나단 리빙스턴 시걸은 나는 연습을 하고 있었다. 30미터 상공에서 물갈퀴 달린 그의 두 발을 꺾어 굽히고, 그의 부리를 쳐들고, 그리고 그의 두 날개를 통해 고통스럽고 힘든 비행을 해 보려고 안간힘을 쓰고 있었다."

어느 사회에서나 오랫동안 암암리에 전해지고 내려온 관습을 깨뜨리고 새로운 길로 나아가는 것은 결코 쉽지 않습니다. 많은 걸림돌들이 있습니다. 수많은 편견과 질시와 배척을 불러오는지도 잘 알고 있습니다. 조나단 역시 당연히 그런 대접을 받습니다. 조나단이 겪는 것은 오늘날 우리 사회에서도 비일비재하게 일어나는 일종의 집단 따돌림, 왕따입니다. 이해하고 받아들이기보다는 잘난 척한다고 배척하고 따돌린 것입니다. 그래도 조나단은 포기하지 않습니다. 타협하거나 굴복하지 않습니다. 그리고 마침내 해냅니다.

"최대한의 속도, 시속 340킬로미터를 나는 갈매기! 그것은 확실히 경이적인 성공이었고, 갈매기 떼의 역사 속에 가장 위대한 순간이 아닐 수 없었다. 그리고 그 순간부터 조나단에게는 새로운 세계가 열린 것이다."

"나에 대해서 어리석은 소문을 퍼뜨리거나, 또는 나를 신처럼 떠받들지 않도록 해라. 알았지, 플레처? 나는 한 마리의 갈매기에 불과해. 나는 그저 나는 것을 좋아한단다."

우리가 '갈매기의 꿈'을 꼭 읽어야 하는 이유가 분명합니다. 조나단을 통해 자기 자신의 꿈을 다시 한 번 들여다보아야 하고, 조나단의 꿈을 통해 나의 꿈은 진정 무엇인가 사유하고 성찰해야 하는 것입니다. 결말은 해피 엔딩입니다. 조나단은 자신에게 주어지는 온갖 시련과 역경을 딛고 자신이 목표한 대로 끝내 완전한 비행술을 터득합니다. 마침내 무한한 자유를 느낄 수 있는 초현실적인 공간으로까지 올라갑니다. 조나단이 훌륭한 것은 그의 꿈이 혼자만의 성취로만 끝나지 않는다는 것입니다. 자신을 핍박했던 동료 갈매기들까지 이끌며 사랑합니다. 이런 조나단을 통해 우리들의 삶을 돌아봐야 하지 않을까 싶습니다.

이 "갈매기의 꿈"에서 많은 사람들이 받아들이는 키워드는 뭐니 뭐니 해도 자유를 향한 꿈과 희망입니다. 그리고 역경을 딛고 일어서는 불굴의 자아실현이고, 더불어 함께 가는 마음입니다. 이 작품이 발표된 시기는 정보화 혁명이 거세게 불어오는 시기였습니다. 지금까지 살아온 대로 살아간다면 앞으로 인간의 삶은 점점 더 어려울 것이기에 그 관습을 깨뜨리고 날아오르는 꿈, 인간 본연이 놓치지 말아야 할 소중한 의미와 가치들을 끝까지 품고 날아올라야 한다는 담대한 메시지가 이 안에 담겨 있다고 생각합니다.

리처드 바크가 갈매기 조나단 리빙스턴을 통해 사람들에게 전하는 메시지는 책에 나오는 다음 문장으로 대신하고 싶습니다. AI(인공지능) 와 같은 첨단 기술 문명의 시대를 살아가는 우리에게 큰 울림을 전해 줍니다.

"우리는 이 세계에서 배운 것을 통해 다음 세계를 선택한다. 우리가 이 세계에서 아무것도 배우지 못하면 다음 세계도 이 세계와 같을 것이고, 똑같은 한계와 극복해야 할 과제가 남을 것이다."

삶을 위한 고귀한 헌신과 희망,
마지막 잎새 (오 헨리)

"워싱턴 광장 서쪽의 한 작은 구역은 길들이 질서 없이 뻗다가 몇 개의 길고 작은 마을로 갈라져 들어갔다. 이 마을에는 복잡한 갈림길이 많았다. 어떤 길은 그 길 자체가 한 번이나 두 번씩 교차되기도 했다. 옛날 한 예술가가 이 마을의 훌륭한 가치를 발견했다."

오 헨리의 '마지막 잎새'는 이렇게 시작합니다. 작가인 오 헨리는 필명이고 본명은 윌리엄 시드니 포터입니다. 오 헨리는 1862년 미국 노스캐롤라이나주에서 태어났습니다. 오 헨리의 어린 시절은 유복하지 않았습니다. 일찍 어머니를 여의고 숙모 밑에서 자랐습니다. 일찍 독립하여 텍사스에서 카우보이, 점원, 직공 등 여러 직업을 전전하기도 했고, 결혼 후에는 은행에 근무하면서 잡지를 창간하기도 했습니다. 그는 어린 시절부터 독서를 통해 문학의 꿈을 키웠고, 젊은 시절부터 글을 쓰기 시작합니다. 그러다가 공금횡령죄로 징역형을 살기도 합니다. 모범수로 석방된 후로는 감옥 생활 동안 얻은 체험을 바탕으로 단편소설을 썼는데 곧 작가의 능력을 인정받아 뉴욕으로 거주지를 옮기고 본격적인 작품 활동에 나섭니다.

오 헨리가 48세로 세상을 떠나기 전까지 소설가로 활동한 기간은 불과 10년 남짓했습니다만, 그 기간 동안 300여 편의 주옥같은 단편소설을 발표하여 대단한 인기를 누립니다. 무엇보다도 우리가 오 헨리에 주목하고 있는 것은 그의 소설들이 풍부한 상상력과 치밀한 구성으로 재미있기도 하지만 결말에 가서는 마음이 따뜻해지고 콧등이 시큰해지는 큰 감동을 주기 때문입니다. 해피 엔딩이지만 뻔한 해피 엔딩이 아니라 반전이 있는 사랑의 해피 엔딩이 독자들의 마음을 사로잡은 것입니다. 알퐁스 도데의 '별'과 함께 전 세계 사람들이 가장 좋아하는 단편소설로 이 '마지막 잎새'가 늘 꼽히는 이유는 바로 그런 사랑의 마음이 가득 담겨 있기 때문입니다.

예술이 갖는 기능을 생각해 보면 우리 인간에게 주는 많은 유익이 있습니다. 치유, 위로, 회복, 희망 등이 대표적인 가치들이라고 할 수 있습니다. 그중에서도 문학은 조금 더 특별합니다. 무엇보다도 직접적이고, 구체적입니다. 또 일반적이고 보편적입니다. 이 말은 문학의 기능이 다른 예술들처럼 특별한 소양이나 사전 지식을 덜 필요로 한다는 뜻일 수도 있습니다. 물론, 작품에 따라 다를 수 있습니다만, 일반적으로는 작품을 대하고 글을 읽으면 다소 이해도의 차이는 있겠지만 그 작가가 전하고자 하는 메시지를 누구나가 다 느낄 수 있습니다. 알퐁스 도데의 '별'이나 오 헨리의 '마지막 잎새'를 읽으면서 많이 배운 사람은 더 많이 느끼고, 덜 배운 사람은 덜 느끼고 하는 게 아니지 않습니까? 그런 면으로 볼 때 이 '마지막 잎새'가 갖는 아주 대단한 의미가 있습니다. 그것은 바로 '헌신과 희망'입니다.

전 세계 문학작품 중에서 '헌신과 희망'을 생각할 때 가장 먼저 떠오르는 작품이 바로 이 '마지막 잎새'입니다. 이 작품은 오직 그것을 노래하기 위해 태어난 작품이라고 해도 과언이 아닐 정도로 우리 모두의 마음속에 깊이 각인되어 있다고 생각합니다. 이 '마지막 잎새'의 스토리는 아주 간단합니다. 어느 한 작은 구역에 미술가들이 모여 사는 가난한 마을이 있습니다. 그 '화가촌'에 젊은 여자 화가 두 사람이 자리잡습니다. 수와 존시입니다. 그런데 존시가 폐렴에 걸립니다. 당시에 폐렴은 아주 치명적인 병이었습니다. 오죽하면 오 헨리도 작품 속에 피투성이 주먹을 가진 숨결 급한 늙은 악한이라고 폐렴을 표현했을까요?

존시는 하루하루 죽어 가면서 네덜란드식 작은 창문 넘어 보이는 담쟁이덩굴의 잎새를 세기 시작합니다. 그 잎새들은 금방 떨어지죠. 불과 사흘 만에 백 개에서 다섯 개까지 줄어듭니다. 존시는 마지막 잎새가 떨어지면 자기도 죽을 거라고 합니다. 그야말로 실낱같은 목숨인 셈입니다. 의사도 가망이 없을 거라고 했으니까요. 그 두 사람이 사는 집의 1층에는 평생 제대로 된 걸작품 하나 그리지 못한 예순 살이 넘는 노화가 버만이 삽니다. 수는 버만을 찾아가 존시의 상태를 얘기해 주죠. 그날 밤에 비바람이 몹시 불었습니다. 다음 날 존시가 창문을 여니 놀랍게도 잎새 하나가 붙어 있는 것이 아니겠습니까?

밤새 다 떨어졌을 거라고, 이제는 자기도 죽을 거라고 여겼던 존시는 놀랍니다. "마지막 잎새가 남아 있네." 존시는 이렇게 말합니다. 그리고는 또 "오늘 밤에는 결국 떨어질 거야. 그러면 나는 죽을 거야."라고 합니다. 그다음 날 북풍은 다시 세차게 불어닥칩니다. 그래도 마지막 잎새는 그대로 남아 있습니다. 이것을 본 존시는 기운을 차립니다. 죽고 싶다는 것은 일종의 죄악이라고 깨달으면서 다시 일어납니다. 어떻게 된 일일까요? 다 아시다시피 버만 할아버지가 그의 삶에 있어 유일한 걸작품, 명품을 그린 것입니다. 비바람이 몰아치던 날 밤에 사다리를 타고 올라가 마지막 잎새를 그려 넣은 것입니다. 그리고 그만 폐렴에 걸려 버만 할아버지는 세상을 떠나고 맙니다. 그가 남긴 유일한 걸작품 '마지막 잎새'는 한 사람의 생명을 살린 위대한 작품이 된 것입니다.

작품 속에 빛나는 명문장들을 살펴봅니다.

"아 놀랍게도! 밤새도록 비바람이 휘몰아친 후인데도 잎새 하나가 벽 돌담에 그대로 매달려 있지 않은가. 담쟁이덩굴의 마지막 잎새였다."

"사람이란 신비롭고 먼 죽음으로의 여행길을 떠날 채비를 하고 있을 때 가장 외로운 것이다. 친구들이나 이 세상의 모든 것과 맺었던 유대가 하나하나 단절되어 가자, 죽음에 대한 생각이 그녀를 점점 더 강렬하게 엄습하는 듯이 보였다. 그럭저럭 한낮이 지나 황혼이 깃들었을 때에도 마지막 잎새는 담에 붙어 있는 덩굴줄기에 외롭게 매달려 있었다."

"버만 할아버지가 오늘 아침에 병원에서 폐렴으로 세상을 떠나셨어. 할아버지는 이틀밖에 앓지 않으셨어. … 창밖을 내다봐. 벽에 있는 마지막 덩굴 잎새 말이야. 바람이 불어도 흔들리지 않는 게 이상하지 않니? 존시, 저것이 버만 할아버지의 걸작품이야. 그분이 마지막 잎새가 떨어져 버린 그날 밤에, 그 자리에 저것을 그려 놓았어."

우리가 이 작품을 대할 때 가슴에 새겨야 할 소중한 가치들이 있습니다. 먼저, 수와 존시의 우정과 사랑이 그것입니다. 예술에 대한 열정도 담겨 있습니다. 그런데 이 작품의 궁극의 메시지가 무엇이냐고 하면 누구나가 다 '희망'을 떠올릴 것입니다. 좌절과 희망은 따로 구분되어 있는 게 아니라 똑같은 상황 속에서도 마음에 따라서 좌절하기도 하고, 희망을 품기도 하는 것이라는 걸 이 작품이 우리에게 전하는 가장 큰 의미인 것입니다.

또 하나가 헌신입니다. 우리는 존시의 '희망'만을 생각하기 쉬운데, 그 '희망'을 일궈 낸 사람은 보잘것없는 삶을 살아가고 있다고 여겼던 노화가 버만이었다는 걸 가슴 깊이 담아야 합니다. 목숨까지 바친 버만의 위대한 헌신으로 인해 가장 큰 희망, 사람의 생명을 살리는 희망이 생겨난 것이지요. 우리의 희망은 누군가의 헌신 덕분이라는 걸 결코 잊어서는 안 됩니다. 그리고 자기의 목숨을 내놓으면서까지 한 생명을 살리고자 했던 숭고한 헌신이 이 세상 곳곳에 자리잡고 있는 이상 우리가 살아가는 세상은 언제 어떠한 상황에서도 살아갈 희망이 있다는 것을, 결코 포기해서는 안 된다는 것을 이 '마지막 잎새'가 우리에게 전하고 있는 것입니다.

인간의 영원한 노스탤지어,
고향 (노신)

"지난 20년 동안이나 고향을 떠나 있던 나는 혹독한 추위를 무릅쓰고 2천여 리나 떨어진 먼 곳으로부터 고향으로 돌아왔다."

중국의 작가 노신의 '고향'에 나오는 첫 문장입니다.

'아큐정전'으로 유명한 노신은 중국 근대문학의 창시자라고 불리는 유명한 작가이자 중국 신문화 운동의 주춧돌을 놓은 사상가입니다. 그의 작품 세계는 근대화주의와 민족주의, 민주주의를 바탕으로 중국의 봉건사회에 대한 강한 부정과 군벌정치와 군벌 독재에 대한 저항을 담고 있습니다. 그에게도 역시 문학이 곧 당시 중국 사회의 부조리와 투쟁하기 위해 선택한 가장 큰 무기였던 것입니다.

노신은 1881년 저장성 사오싱에서 태어났으며, 본명은 주수인입니다. 1902년 4월, 일본으로 유학을 가서 의학을 공부했으나 중국과 중국인의 암울하고 비참한 현실을 목도하고는 그로부터 2년 뒤 의학을 포기하고 글을 쓰기 시작했습니다. 20대 후반인 1910년부터 본격적으로 문 필 활동을 하면서 37세가 되던 1918년 5월, '노신'이란 필명으로 중국 현대문학사 최초의 백화문 소설인 '광인일기'를 발표하여 중국의 근대 문학의 시작을 알리고, 신문화 운동의 주춧돌을 놓습니다.

이 '광인일기'가 세상에 나오자 중국 문단은 발칵 뒤집혔다고 합니다. 소설은 한 미치광이의 체험을 통해 장장 5천 년 동안 이어져 온 사람 을 잡아먹는 '식인'의 역사를 폭로함으로써, 반 전통과 문화 반성이라 는 강력한 목소리를 낸 것입니다. 말 그대로 잠자던 중국을 깨웠다고 도 할 수 있습니다. 이를 계기로 노신의 명성은 높아져 갔고, 그는 계속 해서 중국의 낡은 문화와 전통을 비판하고 암울한 현실을 폭로하는 작 품들을 펴냅니다.

과거제의 독과 그것에 마취당한 지식인을 묘사한 '공을기', 중국 하층 민들의 마비된 정신상태와 우매함, 신해혁명과 하층민의 이탈을 심각 하게 반영한 '약(藥)', 당시 농촌 경제의 암울한 현실과 농민들에 착취와 압박의 고통 및 정신적 마비를 무겁고 처량한 심정으로 그려 낸 '고향' 등등이 잇따라 발표되었습니다. 하지만 역시 노신 하면 생각나는 가장 대표적인 작품은 그가 불혹의 나이인 40세에 완성한 중편소설 '아큐정 전'입니다.

노신은 신해혁명이 실패한 역사적 교훈을 종합하여 과거 중국 하층 민의 우매하고 무지한 현상을 폭로하는 한편, 아큐 라는 생생하고 황 당한 인물의 이미지를 문학적으로 대단히 성공적으로 빚어냄으로써 중국 국민의 열악한 근성을 끌어냈다는 평가를 받고 있습니다. 1936년에 56세를 일기로 상하이에서 병으로 세상을 떠났는데, 장례식에는 무려 1만 명 이상의 군중이 자발적으로 모여들어 정중하고 장엄한 장례를 거행하는 한편, 관에는 '민족혼'이란 큰 깃발을 덮었다고 합니다. 그만큼 노신의 삶과 작품들이 중국 문학사와 사상사에서 큰 비중과 의미를 차지했고, 후세에 끼친 영향이 컸다고 할 수 있습니다.

'고향'은 당시 농촌 경제의 암울한 현실과 농민들의 고통을 무겁고 처량한 심정으로 그려 낸 단편소설입니다. 이 작품에서 노신이 그리고 있는 고향의 모습이 지금 우리의 모습과도 별반 다르지 않을 것이기에 더 공감이 됩니다. 노신은 고향을 이렇게 표현했습니다. "표현하고자 했던 것이 그림자도 형상도 모두 사라져 버리고 할 말도 자취를 감춰 버렸던 것이다. 어쩌면 고향이란 것이 그런 것인지도 모른다." 우리 모두의 마음속에도 고향은 이럴 것입니다.

어른이 된 주인공이자 화자인 나는 고향에 남아 있는 집을 정리하기 위해 오랜만에 고향을 찾습니다. 그러나 대부분의 사람들에게 마음속에 담겨 있는 고향과 실제의 고향이 다르듯이 주인공의 고향도 어린 시절의 따사롭고 푸근했던 고향의 모습이 아니었습니다. 사람도 달라졌고, 풍경도 달라졌습니다. 주인공은 황량하고 피폐한 고향의 풍경에 낯설어합니다. 특히, 어린 시절에는 친구 룬투로부터 덫을 놓아 새를 잡고, 오소리로부터 수박도 지키고, 바닷가에 있는 형형색색의 온갖 조개껍질 얘기를 들으면서 새로운 세상을 알게 될 정도로 친형제처럼 함께 지냈지만, 다시 만난 룬투는 예전의 룬투가 아니었습니다. 주인공이 반

갑게 룬투형이라고 부르는 순간 룬투는 나으리라고 부릅니다. 이 대목이 이렇게 묘사됩니다.

"나는 오싹 소름이 끼치는 것 같았다. 슬프게도 우리 둘 사이에는 이미 두꺼운 장벽이 가로막고 있었던 것이다. 나는 아무 말도 할 수 없었다." 세월의 흐름에 따른 외모의 변화뿐만 아니라 신분의 격차에서 오는 아픔을 느낀 것입니다. 다른 훌륭한 문학작품과 마찬가지로 이 작품이 좋은 건 그 아픔과 상실과 좌절에 머물지 않습니다. 다른 대상을 통해 작가는 희망을 말합니다. 바로 주인공의 조카인 훙얼과 룬투의 다섯째 아들인 쉐이성입니다. "애, 훙얼아. 쉐이성이랑 함께 밖에 나가 놀아라." 어머니의 말에 가벼운 걸음걸이로 밖으로 나가는 그 아이들은 다름 아닌 과거 어린 시절의 주인공과 룬투의 모습이었습니다.

이 작품의 끝 문장을 우리가 꼭 기억할 필요가 있습니다. 작가 노신이 이야기하는 희망입니다. 아주 널리 알려진 명문장입니다.

"나는 생각했다. 희망이란 것은 본래 있다고도 할 수 없고 없다고도 할 수 없다. 그것은 마치 땅 위의 길과 같아서 본디의 땅에는 길이 없었지만 걸어가는 사람이 많아지면 그것이 바로 길이 되는 것이다."

글을 마무리하며 다시 한 번 생각합니다. 이 작품의 끝 문장에도 나와 있지만 희망이라는 말을 다시 언급하고 싶습니다. 결론적으로 고향은 곧 희망입니다. 희망은 우리가 언제, 어떠한 순간에서도 넘어지지 않고, 쓰러지지 않고, 다시 일어서게 만드는 가장 강력하고 중요한 동기가 됩니다. 고향은 바로 그런 존재입니다. 단순히 우리가 태어나서 자란 곳이라는 지역적 관념을 넘어 우리의 삶에 있어 영원한 희망입니다.

또 하나는 미래 세대를 향한 작가의 마음입니다. 작품 속에는 어렸을 때 친구 사이였던 주인공과 룬투의 서먹서먹한 모습과는 달리 그의 조카인 훙얼과 룬투의 아들 쉐이성이 만나자마자 서로 친해지는 모습이 그려집니다. 다음 세대, 미래 세대는 자신이 처한 현실과는 다른 모습으로 살아가길 원하고, 다른 시대가 오기를 간절히 염원하는 모습이 담겨 있다고 생각합니다. 우리도 마찬가지입니다. 우리가 고향을 잃어버리면 우리의 자녀들, 손주들, 미래 세대들은 그 고향을 다시 찾을 길이 없습니다. 찾지 않을 것입니다. 고향이 늘 희망이어야 하는 이유입니다.

위대한 사랑의 정점 용서,
돌아온 탕자 (앙드레 지드)

"오래 집을 비운 동안 환상에 빠져 허우적대며 자신에 대한 환멸을 느낀 탕자는 그가 갈구했던 이 궁핍한 생활의 밑바닥에서 아버지의 얼굴을 떠올렸다. 침대 위로 어머니께서 굽어 살펴 주시곤 하던 널찍한 침실도, 물줄기가 흐르며 촉촉하게 젖어 있던, 그러나 울타리가 쳐져 있어 그가 언제나 도망치고 싶어했던 그 드넓은 정원도, 인색한 형의 얼굴도 떠올랐다."

　앙드레 지드의 '돌아온 탕자'입니다. '좁은 문'으로 유명한 앙드레 지드는 모파상과 더불어 프랑스가 낳은 세계적인 작가입니다. 그는 문학의 여러 가능성을 실험하면서, 프랑스 문단에 새로운 기풍을 불어넣어 20세기 문학의 진전에 지대한 공헌을 하였다는 평가를 받으며 1947년에 노벨 문학상을 수상했습니다. 1869년 11월 22일 파리에서, 파리 법과대학 교수인 아버지와 가톨릭교도인 어머니 사이에서 태어났습니다. 11세 때 아버지를 여의고 엄격한 종교적 계율을 강요한 어머니 밑에서 소년기를 보냈는데, 18세경부터 문학에 대한 열정을 보이기 시작하였다고 전해집니다.

첫 작품은 22세 때, 사촌 여동생에 대한 열띤 사랑의 표현을 짙게 담은 '앙드레 발테르의 수기'라는 작품이며, 그 후 프랑스의 대표적인 상징파 시인인 스테판 말라르메의 영향을 받아 상징주의적인 발상에서 '나르시스론'을 비롯한 몇 편의 수상집과 시, 소설 등을 쓰면서 본격적인 작품 활동을 이어 갑니다. 그의 인생에서 결정적인 전환점이 된 것은 25세인, 1893년의 아프리카 여행이었다고 합니다. 아프리카의 작렬하는 태양과 야성적 풍토는 지금까지 그를 묶어 온 엄격한 그리스도교적 윤리에서의 해방을 가져왔으며, 모든 구속에서 풀려난 강렬한 생명력을 향유하는 것이 삶의 길임을 가르쳐 주었다고 전해집니다.

이후 수많은 작품을 발표하면서, 발표할 때마다 문단에 새로운 화두를 던졌습니다. 특히, 그가 57세에 발표한, 유일하게 '소설'이라고 지칭한 '사전꾼들'이라는 작품은 아주 독특합니다. 평가에서도 극과 극을 달리고 있습니다. 소설가가 쓰는 소설을 쓰는 소설가의 이야기라는 격자구조를 통해 종래의 소설 관념을 타파하고 새로운 형식과 구성을 시도한 획기적인 작품으로 현대 소설에 있어서 새로운 자극을 주었다는 평가를 받고 있습니다.

일찍이 데카르트, 니체 등의 철학서와 문학서를 읽고, 로마 가톨릭 교회와 개신교의 영향을 받은 지드는 사상가, 평론가로서도 대단히 의미 있는 족적을 남겼습니다. 유명한 '도스토옙스키론'을 비롯한 여러 논문에서 외국 문학을 새로운 각도에서 소개하고 해석하였을 뿐만 아니라,

프랑스 문학에 관한 비평에서도 종래의 견해를 뒤엎는 혜안과 통찰을 겸비한 창의적인 작가였습니다. 1947년 그에게 수여된 노벨 문학상은 문학의 감성과 지성을 다각적으로 재검토하고 갱신한 그의 평생의 공적에 대한 당연한 찬사라는 평을 받고 있습니다.

앙드레 지드의 작품 세계를 조금 더 살펴보겠습니다. 앙드레 지드는 한 마디로 팔색조와 같은 작가라고 할 수 있습니다. 발표하는 작품 하나하나가 늘 새로웠기에 그렇습니다. 그의 문학과 사상은 어느 한 곳에만 얽매어 있지 않고, 변신을 거듭하면서 삶의 온갖 측면을 통찰하고 문학의 여러 가능성을 실험해 나갔다는 평가를 받고 있습니다. 바로 이 규정지을 수 없는 다양성이 가장 큰 특징이라고 할 수 있습니다.

표현 형식이 어떤 것이었건 작품 전체를 관통하는 주제는 기독교 이원론적 세계관과 관련된 도덕 윤리적 문제입니다. 그의 초기작들을 보면 육체적 욕망과 정신적 사랑의 갈등이나 자아에 대한 심리적 분석과 같은 테마가 밑에 깔려 있는 것을 알 수 있는데, 그가 불혹의 나이에 쓴 우리가 잘 알고 있는 대표작인 '좁은 문'(1909)에는 청교도적인 금욕주의가 짙게 깔려 있습니다. 작품의 제목은 유명한 성경 마태복음에 나오는 "좁은 문으로 들어가라 이는 멸망으로 인도하는 문은 넓고 그 길이 광대하여 그리로 들어가는 사람이 많으나 생명으로 인도하는 문은 좁고 그 길이 협소하여 그것을 찾는 자가 적음이니라"라는 말씀에서 따왔음을 우리는 이미 잘 알고 있습니다.

이 작품 외에도 '전원교향곡'(1919), '여인학교'(1929), '교황청의 지하실' 같은 작품을 통해서 종교적 계율이 가져오는 위선과 비극을 그리고 내적 자아를 살피며 성찰하고, 인습적인 도덕을 초월한 절대적 자유의 가능성을 실험하고 있습니다. 이렇게 워낙 다양한 작품 세계를 보여 주고 있기에 오늘날 지드에 대한 평가는 일정하지 않고 그의 작품들에 대한 해석도 가지가지입니다. 그러나 프랑스 문단에 새로운 기풍을 불어 넣어 20세기 문학의 진전에 지대한 공헌을 하였고, 창작 이외에 사회적 관심과 비평 활동을 통해 사상가로서도 큰 영향을 미쳤다는 점을 주목할 필요가 있습니다.

특히, 우리가 주목하고 기억해야 할 사실은 그가 대단한 용기를 지닌 행동하는 지식인이었다는 사실입니다. 1926년에 발표한 '콩고 여행'이라는 작품이 대표적입니다. 프랑스 식민주의에 시달리는 원주민의 참상을 여지 없이 폭로하여 큰 파문을 일으켰고, 또, '소련기행'을 발표하여 소련의 문화적 폐쇄성과 획일주의를 통렬히 비난하는 등 이념을 초월하여 바른 소리를 한 용기 있는 작가로 자리매김하고 있습니다.

이제 작품 속으로 들어가 보겠습니다. '돌아온 탕자'라는 말을 들으면 제일 먼저 머릿속에 떠오르는 게 있으실 것입니다. 바로 성경의 누가복음 15장에 나오는 '돌아온 탕자에 관한 이야기'와, 네덜란드가 낳은 위대한 화가 렘브란트의 '돌아온 탕자'라는 그림입니다. 세계 3대 미술관이라고 하는 러시아의 상트페테르부르크 에르미타주 미술관에 소장되어 있는 이 작품 역시 성경의 이야기가 주제입니다.

렘브란트의 그림 이야기를 잠깐 언급합니다. 렘브란트는 성경의 '돌아온 탕자' 이야기 가운데 인간의 사랑과 용서와 포용이 잘 드러나는 장면을 택하여 그의 그림의 주제로 삼았습니다. 그림을 보면 아버지는 자식으로 인한 지난날의 고통과 슬픔의 감정을 억누르려는 듯 눈을 지그시 감고 다정한 손길로 아들의 어깨를 어루만집니다. 그 아버지 앞에 무릎을 꿇고 앉아 있는 돌아온 아들의 모습은 왜소하고 초라하며, 값진 옷과 화려한 모자를 쓴 채 서 있는 형은 굳은 표정으로 아버지와 잃어버렸던 동생을 바라보고 있습니다. 이 한 장의 그림이 그 모든 이야기를 다 품고 있다고 해도 과언이 아닐 정도로 명작입니다.

앙드레 지드의 '돌아온 탕자'는 성경을 리바이벌하거나 표절한 것이 아닙니다. 작가의 탕자 이야기는 패러디를 넘어서는 풍자입니다. 주인공 탕자는 자기가 누구인지 알기 위해 안락한 집을 떠났다가 외려 자기 나약함을 절감하고 집으로 돌아오고, 가족으로부터 대단한 환대를 받습니다. 지드의 작품에서 탕자는 성경에 나오는 내용을 넘어 그 이후의 일들을 작가의 시각으로 그려 냅니다. 탕자는 바로 다음 날부터 가족들과 일대일 대화를 나눕니다. 첫날은 아버지와, 다음 날은 형, 그리고 그다음 날은 아머니…로 이어집니다.

먼저, 아버지께는 잘못을 사과합니다. "아버지! 하느님과 아버지께 죄를 지었습니다. 감히 아버지를 부를 수조차 없는 불초 죄인이오니 이제는 아들로 생각지 마시고 머슴으로나마 써 주십시오." 하지만 아버지는 다 용서합니다. "내 아들아! 네가 내게로 돌아온 오늘이야말로 하느님의 축복받은 날이다! 여봐라, 어서 들어가 장 속에 넣어 둔 가장 좋은 옷을 가져오너라. 그리고 내 아들의 발에 신발을 신겨 주고 손가락

엔 값진 반지를 끼워 주어라. 그리고 외양간에 가서 살진 송아지를 잡고 잔치 준비를 하여라. 죽은 줄로만 알았던 내 아들이 살아 돌아왔으니 이보다 더 기쁜 일이 어디 있겠느냐?"

이 작품에 나오는 아버지, 형, 어머니, 동생과의 대화 내용은 매우 흥미롭습니다. 사상가인 작가의 정신이 담겨 있기에 매우 철학적으로, 삶을 살아간다는 것에 대한 깊은 의미가 담겨 있습니다.

아버지는 집과 광야, 재물과 가난, 덕성과 망상에 관해 질문했고, 탕자는 자유와 행복과 욕망의 가치에 대해 답변했습니다. 살진 송아지의 달콤한 맛이 귀환을 재촉한 것이 아니냐는 공박에 거친 도토리의 향긋한 맛은 어떤 음식도 따라갈 수 없다고 합니다. "애야, 내 곁을 떠났던 이유가 뭐냐?"라고 묻는 아버지의 질문에 아들은 "아버지, 제가 정말로 아버지 곁을 떠난 거로 생각하세요? 아버지의 존재는 도처에 있지 않습니까? 저는 한 번도 아버지를 사랑하지 않은 적이 없습니다."라고 말합니다. 도저히 미워할 수 없는 아들입니다.

형은 규범의 미덕과 오만의 부덕, 선량하고 순종적인 태도와 그렇지 못한 것에 대해 묻습니다. 형이 아버지의 집이 모두가 기거해야 할 곳이라고 말하자 탕자는 아버지의 품이 세상의 전부일 수는 없다고 말합니다.

어머니는 가족과 형제, 배고픔과 추위, 결혼과 가정에 대하여 이야기하며, 동생도 뛰쳐나갈 것을 염려하여 동생을 타일러 달라고 말합니다. 그는 어머니에게 이렇게 고백합니다. "어머니! 제가 어떻게 어머니 곁을 떠날 수 있었는지 저도 도무지 알 수 없습니다."

그리고 끝으로 그를 기다리고 있던 동생과 대화를 나눕니다. 그리고 끝내 자기와 같이 떠나려고 하는 동생을 격려하는데 동생은 함께 떠나자고 합니다. 이 작품의 끝 문장이기도 한 이 말의 여운이 오래 남습니다.

"나는 그대로 내버려 둬라. 나는 남아서 어머니를 위로해 드려야 한단다. 그리고 내가 없어야 네가 더욱더 용감해질 수 있을 거다. 나의 모든 희망을 짊어지고 가는 나의 아우야. 용기를 갖고 우리는 잊어라. 나도 잊으련다. 부디 돌아오는 일이 없도록 조용히 걸음을 옮겨라. 내가 등을 밝혀 주겠다."

앙드레 지드의 작품을 살펴보면 작가가 평생 천착한 것으로 알려진 신앙의 의미, 기성종교의 도덕률, 인간의 죄의식, 행복에 대한 그의 생각과 사상을 엿볼 수 있습니다. 하지만, 신앙적인 관점이 아니더라도 꼭 한 번 읽어 볼 필요가 있습니다.

'돌아온 탕자'의 삶은 분명 일상에서의 탈출, 일탈이었습니다. 지드는 탕자의 일탈을 통해 삶의 한 특징인 불확실성을 노래하고 있습니다. 그리고 탕자와 그의 뒤를 잇는 동생이라는 존재를 통해 바로 그 불확실성에도 불구하고 고뇌하며 나아갈 수밖에 없는, 그것도 최선을 다해 꿈과 욕망을 향해 나아가는 인간 본연의 모습을 그리고 있지 않나 싶습니다.